【八咫烏系列】卷四

空棺の烏

空棺之烏

Chisato Abe
阿部智里

目次

用語解說 4
人物關係圖 6
序章 9
第一章 茂丸 22
第二章 明留 113
第三章 千早 205
第四章 雪哉 306

・用語解説・

山內 山神開闢的世界。掌管山內的族長一家稱為〈宗家〉，宗家之長為〈金烏〉。由東、西、南、北深具實力的四家貴族，分別治理東領、西領、南領和北領。

八咫烏 生活在山內的住民。卵生，可變身成鳥形，平時以人形生活。〈宮烏〉指貴族階級，尤其是住在中央的貴族；相對於居住於街上從事商業活動的居民，稱為〈里烏〉；在地方從事農業的庶民，稱為〈山烏〉。

招陽宮 宗家皇太子、下一代金烏的居所，也是治理政治之地，與朝廷中心的〈紫宸殿〉相連。

櫻花宮 日嗣之子后妃之居所，相當於後宮的宮殿。硬實力貴族的女兒搬入櫻花宮成為候選皇后，就稱作〈登殿〉。日嗣之子在此一見傾心的女子，將成為皇太子妃，稱為〈櫻君〉，未來掌管櫻花宮。

谷　間 允許妓院和賭場存在的地下社會，擁有與一般社會不同的獨特規定之自治組織，而掌管該區住民的幹部住處，則稱為〈地下街〉，很少允許外人進入。

勁草院 專門培養名為山內眾的宗家近衛隊的機構。

山內眾 宗家的近衛隊，在名為〈勁草院〉的培訓機構，接受成為高階武官的嚴格訓練，只有成績優秀者才有資格成為宗家貼身護衛。

羽林天軍 由北家家主擔任大將軍，為保衛中央所成立的軍隊，也稱為「羽之林」。

人物關係圖

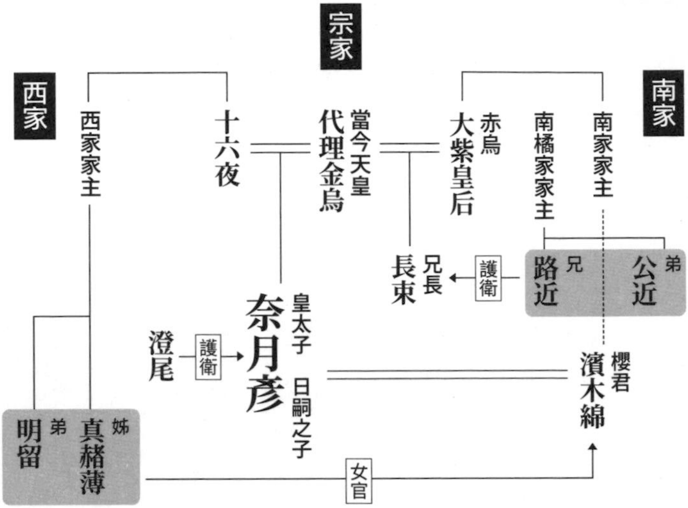

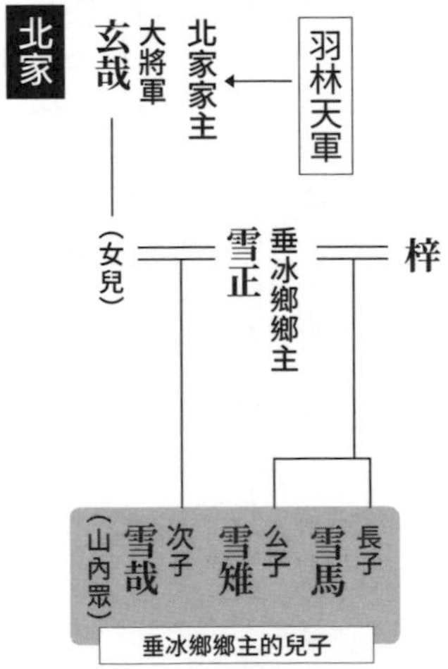

勁草院士

尚鶴（院長）
華信（術科主任）
清賢（學科主任）
翠寬（負責〈兵術〉練習）

勁草院生

市柳（北領風卷鄉出身・雪哉學長）
茂丸（北領風卷鄉出身・山內眾）
千早（南領南風鄉出身・山內眾）
桔苹（來自東領・與雪哉同屆）
久彌（平民階段・與雪哉同屆）
辰都（平民階段・與雪哉同屆）
定守（平民階段・與雪哉同屆）
治真、鐵丙、昭時、小澭（雪哉學弟）

外國典籍曰，疾風知勁草，嚴霜識貞木，風暴見泰山。
猛烈強風中，可知不畏風力之勁草；
冬日嚴霜中，可知不屈嚴寒之樹木；
狂風暴雨中，可知屹立不搖之高山。
太平盛世中，費盡唇舌扮忠臣者眾；
動亂之世中，盡忠竭力者絕無僅有。
遭遇困難，始能發掘真實堅強忠義之士；
故本培養忠義者之學部，賜名爲勁草院。

摘自『大山內寺社緣起』中「金烏賜予勁草院之名段落」

序章

「欸，你聽說了嗎？今年好像進來了一個厲害的狠角色。」

新生即將入學的早晨，有人在討論此事。

「狠角色是什麼意思？」

「那人武藝高強嗎？」

其他人不掩訝異地議論紛紛。

帶來八卦消息的男子故作神秘地說道：「這就不清楚了，只聽說是大貴族的公子，他的身分比目前勁草院內所有人都還要顯赫呢！」

難怪啊！雜亂排列的食案上方，瀰漫著恍然大悟的氣氛。

「難怪最近那些來自中央的傢伙有點心神不寧，原來是這個原因。」

「搞不好他們會因此失去目前的優勢。」

「不管搞得好、搞不好，反正他們無法再像以前那樣囂張了。」

那些人原本就只會仗勢欺人，如果有比他們地位更高的新生入學，應該整天就只能忙著察言觀色、阿諛奉承。

「無聊！」市柳聽著其他院生的熱烈討論，不屑地喃喃啐道。

由於聽到有人說「**厲害的狠角色**」，他才好奇豎起了耳朵，沒想到竟是這等乏味之事。

「市柳，你怎麼了？」其他院生聽到他的低罵聲，不解地轉頭看向他。

市柳冷哼一聲，淡譏道：「聽起來那個傢伙只是身分不凡而已，這就算是什麼狠角色？簡直笑掉大牙，別忘了我們可是武人。」他停頓了一下，不以為然地蹙眉，環顧著在場的所有人。「即使他的出生再好，若劍術不精通，根本不值一提。在道場見識他的實力之前，就如此長他人志氣，實在難以苟同。」

市柳和其他人所在的〈勁草院〉，是一所培養宗家近衛隊〈山內眾〉的武人學院。

山內眾的職責是保護宗家，也就是金烏家族。

金烏居住在朝廷所在的中央山上，統率山內的所有八咫烏。而羽林天軍則是為了保衛包括中央山在內的中央，所建立的軍隊。羽林天軍必須聽從大將軍的號令，山內眾則是聽從宗家主人所下達的指令。

山內眾是不同於其他士兵的精銳部隊，根據主人的命令，可能會掌握極大的權限，所以只有通過勁草院嚴格訓練的武人，才能成為山內眾。然而，雖然表面上只要具備聰明才智，不拘身分，任何人都能進入勁草院，但這已是很久之前的事了。

市柳對那些重視血統的院生心有不滿，才會說出剛才那番話，但他們所露出的眼神，簡直就像遇到了會說話的狗似地大驚小怪了起來。

「那傢伙是怎麼回事？他吃錯藥了嗎？」

「不是不是，他想在新生面前擺出一副學長的姿態，所以從現在就開始裝模作樣了起來。不要理他就好。」

幾個院生看似在竊竊私語，實則是故意講給他聽。

「你們這些人……」市柳燃著薄怒正想要站起來。

「市柳，你先別激動。我並不非只因為他身分高貴，才說他是狠角色，而是還有其他理由。」最先聊起這個話題的男子連忙舉起雙手制止，以一副很瞭解狀況的表情，得意地笑道：「聽說那傢伙之前還是皇太子殿下的近臣。」

「他是皇太子殿下的近臣？」

「真的嗎？」

「這就厲害了。」

其他人忍不住瞪大眼睛，七嘴八舌議論起來。

皇太子是日嗣之子，日後將背負起整個山內。而皇太子的近臣，將來很可能成為金烏陛下的親信，在朝廷內掌握實權。因此，那個狠角色絕對是目前整個山內，前途最光明耀眼的八咫烏。

「……但這就有些奇怪了。既然這樣，他大可直接進入朝廷就好，為什麼還要特地來勁草院呢？」

其中一個人沉吟了半晌，喃喃道出疑慮，市柳聽了也擰著眉深思。

當今朝廷有所謂的〈蔭位制〉，可以根據一個人的出生顯赫給予官位。若皇太子中意之人身分地位較低，為了正式提拔他而送來勁草院，這還情有可原。問題在於，傳聞中的「狠角色」是大貴族的後代。

「聽說，若靠蔭位制提拔，會浪費他一身好武藝。」

「即使進了勁草院，也未必一定能夠畢業，他還要來這裡嗎？」

瞭解勁草院有多麼嚴格的院生們，皆面面相覷。

「我搞不太懂，他再怎麼優秀，也只是以中央貴族的標準而言吧？」

「但如果傳言屬實，他身分高貴，而且武藝也很高強，那就真的是狠角色了。」

「無論如何，希望他不是討人厭的小鬼。」

院生們不停地揣測、討論著。

市柳沉默不語，他仔細分析剛才所接收到的訊息——大貴族的公子，又是皇太子殿下的近臣，既然有高貴的血統，照理說可以直接當官，但那人卻選擇來勁草院當新生。

噹！市柳的腦海中響起了警告的聲響，一名少年的臉浮現在他的腦海。

該不會是他？市柳立刻不悅地搖了搖頭，像是要甩開那張假意無憂無慮的邪惡笑容。

那個傢伙曾經明確表示，絕對不會去勁草院，也不打算到中央的朝廷做事。正因為那傢伙這麼說，自己才決定來到勁草院。

市柳一股勁兒地把碗裡的白飯扒進嘴裡，努力擺脫內心不祥的預感。

用完膳後，大夥兒走出食堂，一起前往道場。

目前正在放春假，學院並沒有強制晨訓，自主訓練的院生稍微比試幾下後，便準備前往浴堂好洗去一身汗水。

這時，搶先一步去浴堂的人猛然喊道：「喂，新生已經來了！」

市柳和其他人都發出了「喔——喔——」的叫聲。

「這麼早就來了啊！」

「真的是新生嗎？」

「應該是新生，而且是坐飛車來的。」

飛車，是由名為馬的大烏鴉牽引，在天空中飛翔的車子，只有高階貴族才能乘坐。

來者顯然就是剛才成為大家討論話題的「狠角色」，而如此猜測的院生爭先恐後地衝了出去，想一探究竟。

對「狠角色」萌生不祥預感的市柳，則是腳步沉重拖拉地走在最後，當走到杜鵑花叢前時，那裡已經擠滿了人，大家都想一窺新生的真面目。

「原來是為了把家當搬過來，所以才提早到來。」

「他的行李也未免太多了，想當初我只帶了一個包袱而已。」

「而且那裡不是這所學校內最新的房間嗎？」

「應該是教官特別為他安排的。」

市柳聽著周遭半嘲諷、半嫉妒的討論，不禁感到納悶，因為他所猜想的那個「狠角色」並不喜歡奢侈。

市柳戰戰兢兢地從眾人後方探頭張望，映入眼簾的是那名少年目中無人地聳著肩膀，站在盛開櫻花樹下的背影。

少年一身深紅色內襯的白色斜紋緞織物，豪華的盛裝在早晨的陽光下閃著光芒，一頭富有光澤的紅棕色頭髮梳得整整齊齊。只見他張開雙腿站，用灑上金箔的淡紫色暈染圖案扇子發號施令，指揮下人搬運行李。

當他轉過頭聽著下人說話時，市柳看到了一張至今為止從未見過的端麗臉龐，皮膚宛如在曙光下綻放的白牡丹，一雙炯炯有神的大眼如同陽光下的清泉熠熠閃亮。

雖然有著如花似玉的漂亮五官，但緊抿的雙唇和兩道濃眉為俊美的臉龐增添幾分狂野，全身散發出強烈的不羈及強大的自信。少年並非只是容貌出眾而已，更具備了致命的魅力。

如果宮廷的詩人在場，或許會為他的俊秀寫下一、兩首詩歌。

不過，市柳根本不在意他的外貌有多麼出色，只為眼前這個據說是「**皇太子以前的近臣**」，並非自己想像中的那個傢伙而暗自鬆了一口氣。

「他的長相太俊俏了。」

「因為貴族都娶美女當小老婆。」

「可惡，真希望他跌個狗吃屎。」

其他院生驚歎著少年的相貌，紛紛交頭接耳指指點點。

太好了，不是那傢伙！當市柳證實這件事後，前一刻的鬱鬱寡歡頓時消失得無影無蹤，即使聽到這些話語，也能夠帶著愉快的心情轉身離開。

淨身洗漱完後，市柳走向新分配的宿舍。

二號樓十號房。接下來這一年，這個房間將成為市柳的堡壘。

勁草院的院生，從初學年到最後一學年的三年期間，必須通過三場考試。

山內流傳下來的古籍中，有這樣一句話——「疾風知勁草，嚴霜識貞木，風暴見泰山」——如同吹起強風時，才能夠發現強韌的草；嚴霜降臨時，才能分辨堅貞的樹木，遭遇真正的困難時，才能夠發現強者。

勁草院的三場考選，也因此分別命名為〈風試〉、〈霜試〉和〈嵐試〉。

初學年的院生稱為〈荳兒〉。雖然是尚未冒芽的荳，但只要通過學年末舉行的風試，就可以成為冒芽的〈草牙〉。一年之後，通過針對草牙舉行的霜試之後，升上最後一個學年的人，稱為〈貞木〉。

即使很多種子都會冒芽，卻很少能夠成長為參天大樹；同樣地，能夠成為貞木的院生也是少之又少。此外，三場考試中最難的就是最後的嵐試，如果不能在嵐試中獲得優秀成績，就無法畢業成為山內眾。

荳兒、草牙和貞木中，只有貞木准許擁有自己的房間，荳兒和草牙必須與其他兩名同學或學長共居一室。通常每間宿舍都有一名擔任室長的草牙和兩名荳兒，草牙在監督兩名學弟的同時，也擔任指導的角色，協助學弟瞭解勁草院生活的基本常識。

然而，對荳兒而言，這種共同生活無疑是莫大的痛苦。也因此每年升級之前，都有將近半數的荳兒退學離開。一方面是通過風試不易，另一個很大因素是與其他八咫烏之間惱人的人際關係。

即使市柳和學長之間的關係良好，他也覺得很辛苦。如今他終於成為草牙，不必再介意同居一室的學長，他為此感到高興不已，同時也很期待自己將有學弟這件事。

雖然早膳時有人說他「**裝模作樣，擺出學長的姿態**」讓他怒火中燒，但其實在內心深處確實有這種想法。

與市柳同室的學弟，其上門拜訪的時辰就快到了。

雖然市柳內心忐忑不安，但為了讓自己看起來更有威嚴，他坐在宿舍後方的書案前。

不一會兒，外頭就出現喧鬧聲，隔壁房間也漸漸傳來少年緊張的說話聲。

正當他心想時間差不多時，察覺到有人站在門前。

「請問十號房的學長在嗎？」來者聲音響亮，簡直像是來踢館似的。

市柳感到很意外，他原本以為新生說話的聲音會帶著謙恭不安。

「進來。」

當市柳開口請對方入內，對方在回應的同時，拉門已被豪邁地打開。

「打擾了。」

一個龐大的身軀站在門口，簡直就像是巨人一般，將整個門口都塞滿了。

市柳目瞪口呆，高大的男生沒有理會，想要走進屋內，結果聽到「咚」的一聲，腦袋撞到了門楣。他痛得皺起眉頭，隨即害羞地笑了起來，慢條斯理地在市柳面前鞠了一躬。

「初次見面，我是將在十號房和學長同室的茂丸，承蒙學長照顧，請多指教。」

即使茂丸已經鞠躬，市柳仍然必須抬起頭看他。

茂丸黝黑的臉看起來十分健康，未曾修剪的濃眉好似毛毛蟲，圓圓的蒜頭鼻和一雙墨黑的眼睛，讓原本看起來有點可怕的臉增添了親切的印象。他整個人看起來就像是一頭去除了所有猙獰凶惡的熊，是一個親切和善的青年。

「……你今年幾歲了？」

「呃，再兩個月就十八歲了。」

「十八歲。」

進入勁草院稱為〈峰入〉，或是〈入峰〉，規定只有十五到十七歲的少年才能入學。貴族子弟通常滿十五歲就會馬上進入勁草院，在峰入時已經十七歲的人，幾乎都是平民階級。

市柳算是地方貴族，在十五歲那一年成為荳兒，沒想到竟然遇到一個比自己年長，而且個子也比自己高大的學弟。原本打算以學長身分指導一下忐忑不安的學弟，這種期待中的場景應聲消失。幸好茂丸對學長的態度很恭敬，只是他想像中的學弟應該更天真無邪。

市柳想起還沒告訴學弟自己的名字，慌忙自我介紹。

「呃，喔，對了！我是草牙市柳，接下來這一年，我們都將共處一室，請多指教。」

學弟露出無憂無慮的笑容。

「我知道。因為我來自風卷鄉，很久以前就聽說了鄉長家三公子的傳聞。鄉民都說你現在越來越出色，為你感到驕傲。」

原來是同鄉，事情越來越棘手了。

市柳正愁不知該如何回答時，茂丸突然轉頭對著身後問起話來。

「你應該也認識學長吧？」

市柳這才發現茂丸高大的身軀後，還有另一名看起來很矮小的新生，他認為至少必須在新生面前保持端肅，正準備挺起胸膛。

「是的，當然認識。」

這個聲音怎麼那麼熟悉……

「非但認識，我和市柳學長的關係，可說是兒時的玩伴。只不過現在既然是學長和學弟的關係，就無法再像以前那樣隨便了，能和值得信賴的人住在同室，真是太幸運了。」

語畢響起悠然的笑聲，喚醒了市柳想忘也忘不了的記憶——毆打的疼痛、劈頭痛罵、一成不變的笑容、發瘋似的刺耳笑聲……

市柳的惡夢驀然從茂丸身後探出頭，一頭略帶棕色的細軟頭髮下，是一張並無太大特徵隨處可見的面容，此刻露出狡黠眼神的可怕雙眼，背叛了那張臉上的忠厚表情。

「市柳學長，好久不見。容我再次自我介紹，我是垂冰的雪哉，以後請多指教。」

市柳聽到他面帶燦爛笑容說的話，不禁發出驚恐的尖叫。

第一章　茂丸

「請問有人在嗎？」玄關響起一個高亢響亮的聲音。

我抬頭看向敞開的拉門，逆光中有一個矮小的身影正站在那裡。

「喔，有什麼事嗎？」

這個陌生的男孩看起來差不多七歲左右，正納悶他是否迷路了？

「呃，呃，上屋敷……」男孩用力拉著自己衣服的下襬，低頭呢喃道。

由於我身材高大，僅是站著就會讓小孩子心生畏懼，於是我走下玄關，來到他面前後蹲了下來，與男孩的視線保持相同的高度。

「上屋敷怎麼了？」

男孩好像下定決心般抬起了頭。「我送東西來上屋敷，但現在家裡都沒人，能不能讓我留在這裡等呢？」

男孩將事先背下的說詞努力說出的模樣令人莞爾，想必是被父母交代要這麼說的吧！

「當然沒問題。你幫大人跑腿嗎？從哪裡來的？」

男孩聽我如此回應，似乎知道我並非壞人，明顯鬆了一口氣，臉上的表情也放鬆下來。

「下屋敷。」

「你是下屋敷的小孩嗎？你一個人來這裡啊？真是太了不起了。」

下屋敷是在舊街道旁，遠離這個村莊的一棟老舊大宅。雖然從下屋敷到這裡只有一條路，但平素少有往來，而且以小孩子的腳程，並不算太短的距離。

「我有一半的路是用飛的。」

「太厲害了，你已經會飛了嗎？」

「會一點點。」

「即使只是會一點，也很厲害了。我叫茂丸，你叫什麼名字？」

「我叫英太。」

我正和這個靦腆男孩說話的同時，聽到了啪答啪答急切的腳步聲，看來是幾個弟弟從外面回來了。

「茂哥，有客人嗎？」

「是個陌生的孩子吔！」

同年紀的小孩子很快就打成了一片，在上屋敷的人回來之前，我們一起玩了鬼抓人、轉陀螺，玩得不亦樂乎。

就在他辦完大人交代的事，準備跟我們道別回家時，我送給一臉寂寞的他一個新陀螺。

「啊！這不是到目前為止，做得最好的陀螺嗎？」

「真羨慕你，茂哥做的陀螺很棒喔！你要好好保管。」

「……你要送我嗎？」

男孩的雙眸興奮得發亮，但仍有些遲疑，不知該不該收下。

這是在弟弟和村莊裡那些搗蛋鬼身上已看不到的謙虛態度，我忍不住噗哧一聲笑出來。

「你不用客氣，雖然你第一次玩，但資質很不錯。你下次來這裡之前，記得先用這個陀螺好好練習。」

「下次……」英太小聲地嘀咕著。

「對啊！」幾個弟弟也嚷嚷了起來。「你想來應該就可以來吧？」

「反正還會見面，到時再一起玩。」

「下次記得帶過來，我們來比賽。」

英太聽了，開心地笑了起來，頻頻點頭。

「再見，要再來玩喔！」

「一言為定喔！」

「嗯，改天見！」

他在漸漸西沉的太陽下一次又一次地回頭，矮小的身影漸漸朝回家的方向消失。

那是我第一次，也是最後一次見到英太。

這是一個晴朗的早晨。

蔚藍的天空帶著柔和的春色，無疑是邁向人生新旅程的最佳日子。燦爛的陽光靜靜照耀大地，放眼望去，盛開的櫻花彷彿翻騰的白雲般爭奇鬥豔。

茂丸帶著賞花的心情在上空中飛翔，不時看到徒步走在坡道上的人影，而天空中也到處可見騎著大烏鴉的身影。順著他們前進的方向望去，半山腰上有好幾棟像是巨大寺院般的建築，被高大的圍牆圍了起來，這片壯觀雄偉的建築傲視周圍的一切。

定神一看，已經有好幾隻大烏鴉降落在看起來像是正門前的廣場上。

原來是那裡！茂丸將鳥喙朝向廣場的方向，雙翼拍打著空氣在天空中滑翔，準備降落在廣場的同時，將身體稍微一用力，捲起塵土的雙翼和具有尖銳鉤爪的三隻腳，在轉眼之間，就幻化成小麥色的強壯身體，從大烏鴉變成了人形。

茂丸伸展了肌肉飽滿的身體，把原本咬在嘴上的包袱拎在手上。**準備就緒！**當他抬起頭時，發現周圍的少年都瞪大了眼看著他這個從天而降的大個子。

這些應該是在未來三年內同食共寢、共同生活的夥伴吧！他們是不是想說什麼？

茂丸歪著頭看著他們，他們卻像是猛然回過神似的，匆匆走向大門的方向。

當他們走進大門內側時，裡面已排放了好幾張接待新生的細長桌子，事務員忙著應對前來報到的少年。

「有推薦信嗎？」茂丸走到桌前，還沒有開口，事務員便主動問道。

「在這裡。」

「姓名和出生地？」

「我是風卷鄉的茂丸。」

「是院長和鄉長推薦，確認無誤。」

事務員確認茂丸所遞交的推薦信內容後，用紅毛筆在手邊的紙上書寫了起來。

「你先前往宿舍，擔任指導的學長已在等候，他會指示你該怎麼做。」

當茂丸準備接過寫著「二號樓十號房」的紙張時，男性事務員露出了苦笑。

「你以鳥形降落在大門前，真有膽識啊！」

「有何不妥嗎？」茂丸聽到他無奈的語氣，不禁感到訝異。

「不，雖然沒有明確規定，只是會被宮烏看不起。」事務員將紙張交給他時，低聲說道。「你從外地來，可能還不知道，很多中央貴族都是這樣。如果你瞭解這些情況，還堅持這麼做，我當然不會阻止你，不過還是小心為上。」

雖然茂丸不知道該小心什麼，也不知道該如何小心，但察覺到眼前的事務員似乎在關心自己，於是坦誠道了謝，便轉身走向宿舍的方向。

經剛才的事務員提醒後，他才發現其他抱著行李、走向相同方向的少年，都穿著各種有顏色的衣服。

茂丸和其他八咫烏都可以自由變成人形或鳥形，但是從人形變成鳥形時，必須身穿可說是身體一部分的黑色衣服，也就是〈羽衣〉。靠意識編織出的羽衣可以自然變成羽毛，一旦穿著絲綢或是麻紗等製作的衣裳，在變身時會成為阻礙。

沒有錢買衣服的人在日常生活中也都穿著羽衣，不過，進入勁草院的少年們，很少有人家境如此清寒。

茂丸發現自己剛入峰，就已經因為負面因素引人注意了。他用指尖抓了抓頭，猝然在一片深藍色和棕色衣服中，發現一個和自己一樣，身穿漆黑衣服的身影。沒錯，那絕對就是穿著羽衣的新生。

茂丸跑了過去，用力拍了拍他的背。

「嗨！你也是從外地來的嗎？」

那個同學被他用力一拍，差點往前衝，氣得對方猛然轉過了頭。

照理說兩個人的年紀相仿，但眼前這名少年十分矮小，可能是被茂丸壯碩的體格嚇到了，瞠目結舌的模樣看起來很獃氣，而且五官也還很稚嫩。

「雖然我很高大，但也是新生。我來自北領，不太懂中央的規矩，咱們兩個鄉下人就來當朋友吧！」

少年抬頭打量茂丸後，露出了笑容。

「真是太巧了，我也來自北領。」

「真的嗎？我來自風卷。」

「我老家是垂冰鄉，原來我們是鄰居啊！」

這名說話很有禮貌的少年自我介紹說，自己叫雪哉。而且他溫順平和的樣子，讓茂丸覺得「這個同學很不錯」。

當他們打算一起走去宿舍，各自拿出寫了宿舍房號的紙張時，發現竟然都是「二號樓十號房」，兩個人都大吃一驚。

「竟然是同一間宿舍。」

「真是太有緣分了，以後請多指教。」少年禮貌地說道。

「也請你多指教。」茂丸也向他回禮。

他們簡單地相互寒暄後，走過整排的講堂之間，來到有許多小房間的宿舍。

在確認掛在房間前的房號後，茂丸搶先向前打了招呼，而等在宿舍內的學長剛好也是他認識的人，茂丸覺得自己很幸運。

擔任指導的市柳，是很有時下年輕人風格的青年，以前有些叛逆，再加上喜歡奇裝異服，曾經讓鄉民擔心不已。不過，經過勁草院的訓練後，目前已經成為出色的院生。雖然他的眼神很不友善，嘴巴也很毒，其實是一個直爽的人。

至少接下來這一年，不需要為和室友之間的關係操心。茂丸暗自鬆了一口氣。

只是沒想到，當市柳一看到雪哉的臉，立刻臉色大變。

「你為什麼會在這裡？你不是說不會來勁草院嗎？」市柳尖聲地質問道。

「因為很多事情有了變化。」雪哉依舊維持沉穩的態度，苦笑著回答。

茂丸看著兩個人迥然不同的態度，忍不住疑惑地歪著頭。

「怎麼了？你們之前有什麼過節嗎？」

「沒、沒什麼，請不必擔心。」市柳用力皺著眉頭。

雪哉以一臉不容別人繼續追問的笑容敷衍道：「因為我們是兒時玩伴，任何人都可能會為無聊的事吵過一、兩次架。我們又不是小孩子，不可能為這種事記仇，對不對？」

市柳聽到雪哉的話愣怔了一下，接著用力點頭附和道：「對、對啊！怎麼可能為以前的事耿耿於懷，就讓過去的事付諸東流吧！」

雪哉笑得更開懷，倏忽鞠躬說道：「不過，我不會因為這樣就對你沒大沒小。市柳草牙，請你務必以學長的身分，多給予指導。」

「……嗯，好啦……那就請多指教。」市柳露出了好像看到世界末日的表情。

過了一會兒，市柳似乎認命了，只是不知道為什麼，他的眼神就像是被打上岸的死魚一般。看著市柳消沉的樣子，茂丸不禁有點擔心。

「日出時分就要起床。」

當市柳領著兩名學弟走出宿舍，說要參觀勁草院時，整個人似乎已經決定豁出去了，他用有點自暴自棄的口吻向他們說明院內的生活。

「起床時間、上課和下課時，鐘樓的鐘聲都會響起。基本上，只要聽鐘聲行動，就不必擔心用不到膳。只不過偶爾會有『奇襲』，這件事務必特別小心。」

「奇襲？」

「就是為了因應可能會發生的緊急狀況，學校會毫無預警地召集。無論是在上課時，或是在睡覺時，都可能聽到連續猛敲的鐘聲。在這個時候需要帶著〈珂仗〉，馬上到大講堂前的廣場集合。」

「珂仗是什麼？」

「就是這個。」市柳迅速地解開深紅色佩繩，拿下腰間的佩劍。

茂丸拿在手上一看，發現比想像中更輕，黑漆的劍鞘和低調的裝飾都很漂亮。

「雖然看起來像真劍，其實只是做得十分出色的竹劍而已，你們不久之後就會拿到。珂仗也是代表勁草院院生的身分證明，黑色飾珠代表〈貞木〉，白色飾珠代表〈草牙〉。你們的飾珠應該是綠色，要隨時帶在身上，絕對不可遺失。」

一旦離開勁草院，就必須歸還珂仗，萬一不慎遺失，就會立刻被趕出勁草院。

「通過最終考試，正式成為山內眾時，竹劍就會變成真劍。」

茂丸道謝後，將珂仗交還給市柳，市柳用熟練的動作將珂仗繫回原位。

「起床後就是晨訓，晨訓結束後才是早膳。早膳和午膳有專人製作，只要把食案放在桌上就好。完膳後，將食案收起，豈兒就直接在食堂內開始上課。」

上午幾乎都在課堂內上學科；午膳之後，幾乎都是術科。

「道場是由最後上課的人來收拾，各宿舍的人必須輪流協助製作晚膳。月初會在食堂門口貼出值日表，請務必要確認輪到自己的日子。」

夜晚沒有特別訓練時，晚膳後便不用上課，但不要以為這樣就沒事做了。

「因為學科會有許多作業，在適應之前，甚至必須佔用到睡眠時間才能完成。除此之外，還有院生相互切磋的研究會，以及學長會舉辦一些講習會，來傳授一些課堂上沒有教的應用武器。有時間的話，都可以自由參加。」

接著，他們參觀了勁草院中最大的講堂。

寬敞的講堂內鋪上了木地板，後方有一個大祭壇，祭壇前垂著簾子，鄭重祭祀著山神。好幾根柱子支撐的天花板很高，上方還有莊嚴的黃金華蓋。

勁草院原是祭祀山神的寺院，因此用來上課的講堂和道場都很華麗，包括練習泅水的水池和實習的山林在內，佔地相當大。

天黑之前，市柳帶著茂丸和雪哉在廣大的勁草院內參觀。到了晚膳時間前往食堂時，發現已經有許多院生聚集在那裡。

食堂角落的大飯桶內裝了剛煮好的米飯，鐵鍋內盛滿大量雞肉丸子和野菜的燉菜。

茂丸和雪哉在市柳的指導下，拿了堆放在食堂牆壁前的食案和碗盤，盛裝了自己想吃的分量，其他院生在食堂內大聲聊著天。

三人找到空位後圍坐在一起，合掌說了聲：「開動了！」便吃了起來。咬了一口肉丸子，肉汁流出來，浮著金色油脂的肉汁有著大鍋料理特有的美味，百吃不厭。

茂丸一路飛來勁草院，早就餓壞了，他專心大口地吃著膳食。當他飽食後，正在收拾著食案時，只見幾個像是貞木的高大學長，帶著酒瓶和發出香噴噴味道的紙包走了進來。

原來每年都會舉辦迎新會，所以這些學長特地去買了酒菜。雖然有幾名新生打算起身幫忙，學長卻制止了他們，親自動手為宴會做準備。

貞木把緊張的新生叫到身旁聊天，草牙俐落地忙來忙去，分配著酒菜。確認所有人手上都有酒杯後，一名貞木在其他人的推派之下站了起來。

「各位新生，恭喜你們峰入，我們歡迎你們的加入。明天開始，你們就沒時間快樂逍遙了，至少趁現在好好享受勁草院的氣氛。」

「萬一喝醉，明天就慘了，酒量差的人別喝多了。」
「只有這點酒，根本不可能喝醉。」
「好了、好了，今天不要說這些，想喝就喝吧！」
即使坐在周圍的貞木打岔，最後大家還是順利說著：「乾杯！」每個人都喝了起來。
茂丸一口氣喝完後，和坐在附近的院生、學長開心地聊了起來。
不一會兒，新生便開始自我介紹。
大部分新生都沒有喝醉，或是只有微醺，但也有人已經滿臉通紅，說話口齒不清。由於大家都喝了酒，所以新生有說有笑地介紹起自己的名字、出生地，和進入勁草院的過程。介紹完之後鞠躬，再坐回原來的座位，然後由附近的其他新生接棒。
「我是住在二號樓十號房，來自北領垂冰鄉的雪哉。」輪到坐在茂丸身旁的雪哉時，他毫不緊張地說道。「我叔叔以前是山內眾，從小就聽說在勁草院要吃很多苦，雖然很擔心會跟不上課業，但我會全力以赴，請多指教。」
雪哉的自我介紹簡直四平八穩到極點，周圍響起零星的掌聲。正當他準備坐下，突然傳來一個聲音——

「等一下，你不說明為何要來勁草院嗎？」一名紅色頭髮的少年口齒清晰地問道。

茂丸看著他的臉，忍不住發出了「喔喔」的聲音。

紅髮少年玉樹臨風，品貌非凡，在老家時很少能看到如此俊美的人。茂丸帶著好像在欣賞珍禽異獸般的心情驚歎不已。

雪哉不慌不忙，轉頭看向那名少年。

「並沒有什麼特別的理由，只是希望能成為出色的山內眾，為保護山內盡一份心力。」

「保護山內？真的只有這樣嗎？」美少年清秀的臉上露出質疑的表情。

「……恕我失禮，請問你是哪一位？」雪哉面對逼問的少年，緩緩眨了眨眼。

「我叫明留，是西本家的明留。」

聽了紅髮美少年自我介紹，食堂內響起了驚訝的竊竊私語聲。

「原來就是他。」

就連鄉下人茂丸也知道，西本家是有錢有勢的大貴族。

山內實質上是由四大貴族分頭治理，東領由東家治理、南領由南家治理、西領由西家治理、北領由北家治理。四家的祖先是首代金烏的四個孩子，掌握宮中實權的中央貴族都來自這四大貴族。

明留是這四大貴族之一，西家的公子，是山內身分地位最高的少年之一。

「喔！原來你就是傳聞中獲得皇太子殿下青睞的人。」

驀然又響起一個語帶嘲弄的聲音，順著聲音的方向望去，發現一名學長身體後仰，盛氣凌人地坐在那裡，他的周圍有許多跟班。

那是一名草牙，剛才其他人忙碌地為宴會做準備時，他動也不動地坐在那裡。他的鷹鉤鼻子很好看，只是有點像假的，雖然容貌略比明留遜色，卻有著一看就知道是貴族的端正臉龐。他手長腳長，肩膀很寬，也比其他草牙高大。長相和體格都很出眾的他，卻毫不掩飾自己目中無人的態度，讓人不想接近。

「你是誰？」明留訝異地探問。

「我是南橘家的公近。」學長露出挑釁的眼神。

聽了他的回答，明留恍然大悟地「喔」了一聲，露出了銳利的眼神。

「之前就聽說過關於你的傳聞。」

「我不知道你聽說了什麼傳聞，至少在這裡，我是你的學長，所以在開口說話之前，先搞清楚自己的身分。」公近在說話的同時站了起來，挺起了胸膛，倨傲地看著明留。「我不管你之前是不是皇太子的近臣，這種事在這裡完全沒有任何意義，如果你敢囂張，後果就自行負責。」

「你在威脅我？」

「你要這麼認為也無妨，反正阿斗皇太子沒什麼好怕的。」

「你怎麼說我都沒有關係，但我不允許你侮辱皇太子殿下！」明留露出嚴厲的表情，倏忽轉頭看向雪哉問道：「你為什麼不吭氣？不說點什麼嗎？」

雪哉一臉為難的表情看著他們，突然被問到這句話，顯得有些不知所措

「呃，不好意思，我不太瞭解你們在爭什麼，所以沒辦法……」雪哉語無倫次地說。

「你沒聽到他在侮辱皇太子嗎？」明留不耐地皺起了眉頭。

緊閉雙唇的雪哉聽到這句話，眼底深處露出了厭煩的眼神。

啊！雪哉不是無法回答，而是不想回答。茂丸發現這點之後，當然無法袖手旁觀。

「啊呀啊呀，即使你這麼說，我們也不知道該怎麼回答啦！」

茂丸雖然不懂為何會變成目前的情況，還是硬是插了嘴，在場的所有人都看向他。

「各位好，我和雪哉同宿舍，是來自北領的茂丸。」茂丸說話的同時也緩緩站了起來，拍了拍一臉詫異的雪哉肩膀，半開玩笑地繼續說道：「因為遲遲沒有輪到我，我就擅自主動自我介紹了。我和他一樣，也是因為想要保護山內才選擇進入勁草院。我和他境遇相同，但必須說，明留的問題實在太難回答了。」

「為什麼？」明留似乎有點困惑。

「因為像我們這種鄉下人，從來沒有見過宗家。別人在討論我們根本不知道對方為人如何的八咫烏，當然既無法表示肯定，也沒辦法反駁。」

明留頓時啞口無言，而公近也對茂丸這番雲淡風輕的話感到意外。

「那你來這裡，是打算畢業之後向誰效忠？」公近挑釁地問道。

「現在當然還不知道，畢竟還有三年的時間嘛！」茂丸滿不在乎地笑了起來。「目前的首要任務，就是好好努力，培養能夠成為山內眾的實力。聽說，到時候會根據在這裡的成績決定去處。雖然不知道到時候會保護宗家的哪一位，但無論保護誰，無論被派去哪裡，只要能夠為山內盡力，我就心滿意足了。」

茂丸的意見單純至極，食堂內陷入了一片安靜，但剛才默默聽著他們對話的貞木終於忍不住笑了出來，食堂內的氣氛也頓時緩和下來。

「嗯，茂丸說的沒錯！」

「今年有一個有趣的新生啊！」

「公近，你也坐下，難得喝酒，這樣酒也變難喝了。」

公近原本露出掃興的眼神看著茂丸，聽到一名貞木這麼說後，很不甘願地閉上了嘴。

明留雖然一臉難以接受的表情，卻也在周圍跟班的安撫下作罷。

茂丸確認新生繼續開始自我介紹，又坐回原來的座位。

「茂哥，謝謝你。」雪哉小聲道謝。

「不必在意。」茂丸揮了揮手。

正當覺得終於能喘了口氣，準備吃點小菜時，市柳皺著眉頭走到他們面前。

「你們跟我來一下。」

市柳說完，便把他們帶出了宴會會場，來到了浴堂。

「哇，真是太棒了！」

「真不錯啊！」

勁草院的浴堂很大，茂丸以前從來沒有看過這麼大的浴堂，他把腳伸進浴池，和雪哉悠閒地坐在那裡放空。

這時，市柳打開了浴池和沖澡區之間的門走了進來。

「還真會享受啊！知道我為什麼帶你們離開宴會嗎？」市柳不等他們回答，便大聲嚷嚷地繼續說道：「因為貞木交代我要好好指導你們，以免你們繼續惹事生非！那些貞木真的超可怕的！」

「但這不能怪我們啊，是西家的少爺找麻煩。」雪哉一臉不耐煩地反駁道。

「那茂丸呢？」市柳試圖將矛頭指向茂丸。

「茂哥不瞭解朝廷的情況，他單純想要幫我，當然只能那麼說囉！市柳草牙，你剛才沒有幫我，現在卻來指責茂哥，我覺得不太妥當。」

雪哉語中帶刺地責備，市柳不由得發出了懊惱的低吟。而茂丸從他們的對話中，發現事情似乎並不單純。

「……我是不是闖禍了？」茂丸問得戰戰兢兢。

「沒事。」昏暗中，聽到雪哉低聲笑道：「只是朝廷內無聊的權力鬥爭。」

雪哉似乎很瞭解內情。茂丸感到很不可思議。

雪哉可能察覺到他的疑惑，害羞地抓了抓頭。

「之前沒來得及告訴你，其實我和市柳草牙一樣，也是鄉長家的次子，而且不久之前，還在宮中當差。」

「原來是這樣。」

難怪雪哉雖然是鄉下人，卻完全不覺得他很俗氣。

雪哉來到勁草院時，也是穿著羽衣，才令茂丸誤會。雪哉雖來自外地，其實是貴族。

「搞不好你比我更適合向他說明情況，就由你來說吧！」市柳建議道。

「好吧！」雪哉允諾後，將身體轉向茂丸。「茂哥，你知道十年前，皇太子殿下和他的皇兄長束親王之間，曾經相互爭奪日嗣之子一事嗎？」

茂丸一臉茫然地對著開始向他說明的雪哉搖了搖頭。

「只是聽說過傳聞，但完全不瞭解詳細情況。」

不久之前，中央曾經為到底該由誰接任下一任金烏而爭執不休。由於此為山內之大事，因此消息也傳到了地方，沒多久便聽到皇太子將成為下一任金烏。

「我只耳聞兄弟之間嚴重不和……」

「不，事實並非如此。也許你聽了會感到意外，但皇太子殿下和長束親王之間的關係並不差，不僅如此，長束親王還十分照顧皇弟。看在旁人眼中，也不禁感到驚訝。」

聽雪哉說話的語氣，好像認識長束親王與皇太子殿下兩兄弟。

由長子繼任金烏漸漸成為宗家的慣例，身為皇弟的皇太子多虧了皇兄的助力，才能夠順利成為日嗣之子。

山內族長的金烏，有〈真金烏〉和〈代理金烏〉之分。據說真金烏天生就具備了統治山內的所有必須要素，當宗家有真金烏誕生時，即使不是嫡長子，是側室所生的孩子，都理所當然該成為八咫烏之長。當沒有真金烏出現時，便由宗家的嫡長子擔任代理，而代理真金烏的人，被稱作代理金烏。

「雖然都稱為金烏，原本就是統治者的真金烏和代理金烏之間，在本質上是完全不同的。而神官判斷皇太子殿下，是真金烏。」

「等一下！」茂丸按著太陽穴，頭昏眼花地打了岔。「因為別人說胞弟是真正的金烏，所以原本要成為代理金烏的兄長，便將日嗣之子的位子讓給了胞弟嗎？」

「就是這樣。」

長束認為，既然已有真金烏，就不需要自己代理了。長束原本就是個光明磊落的人，對權力沒有興趣，贊成按照傳統讓自己的皇弟即位。

然而，有人卻對這樣的情況感到不滿。

「感到不滿的不是別人，正是大紫皇后，也就是長束親王的母妃。她是來自南家的正室，皇太子的母親則是來自西家的側室。」

此外，由於長年未出現真金烏，南家貴族強烈反對長束讓位，而西家當然希望皇太子能夠即位。也因此，宮廷內無視長束本人的意志，分成了皇太子派及長束親王派這兩大派。

「因為這些原因，擁護長束親王的南家與擁護皇太子殿下的西家，產生了嫌隙而對立。這種情況，似乎也對勁草院產生了影響。」

「是啊！」市柳待雪哉的說明完，一臉疲憊地附和道：「我相信你應該已經知道，公近是南家的宮烏吧！」

「明留是西家的公子；所以公近學長是長束親王派，明留是皇太子派。」

「啊啊啊，亂成一團了，根本搞不清楚啊！」

雪哉剛才一口氣說了太多事，茂丸覺得自己好像如墮煙霧。

「也就是說，父親有一大塊地，已經有了妻子，以及長子這個繼承人，卻還在外面拈花惹草，結果與外面的女人另外生了孩子。但是二兒子十分優秀，原本是繼承人的長子，想將那塊地讓給弟弟繼承。原配強烈反對，原配的娘家和外面那個女人的娘家，全都一起進來攪和，事情一發不可收拾……是不是這樣啊？」

市柳和雪哉啞然無語地沉默了片刻。

「也未免說得太露骨了……」

「不過，茂哥說的並沒有錯。按照你剛才的比喻，原配娘家的人就是公近學長，小老婆家的人就是明留。」

「喔——，我終於搞懂了。」

市柳對著終於豁然大悟的茂九叮嚀道：「盡可能不要和他們扯上任何關係，多一事不如少一事，這才是生存之道。」

「這應該是上策吧！只要他們不招惹我們，我們也沒必要做什麼。」雪哉也表示認同。

「好了，這件事就討論到此，我要先出去了。你們泡了這麼久，竟然還能面不改色。」

看到市柳搖搖晃晃地站了起來，茂丸才終於發現自己早已滿身大汗。

三人梳洗完，一身輕鬆地回到宿舍，打算早早上床就寢，迎接明天。

房間的中央擺放了一道滿是補丁的屏風，房間後半部屬於市柳的空間，靠門口的前半部是雪哉和茂丸的空間。

他們一邊將放在房間角落的舊被子鋪平，一邊閒聊著來勁草院的真正目的。

「我也想知道，尤其是雪哉的真正目的。」市柳皺著眉說著，從屏風後方探出了頭。

「因為剛才漏聽了這個部分，而且你之前不是才信誓旦旦地說，不想來勁草院的嗎？」

茂丸感到意外，納悶地看著雪哉，只見雪哉難為情地聳了聳肩。

「我之前的確覺得若進來勁草院，一定跟不上訓練，自己會死在這裡。當初要我在勁草院和進宮當差中選一個，我還選了進宮當差。」

「既然這樣，你又為何改變主意？」

「自從去年夏天之後，情勢發生了變化，便讓我無法再說這種幼稚的話。」

茂丸和市柳聽到「去年夏天」這幾個字，都露出了嚴肅的表情。

「……你是說遭到『巨猿』襲擊一事嗎？」市柳低聲問道，雪哉默默地點頭。

去年夏天，發生了一起讓住在山內的所有八咫烏恐懼不安的事件

邊境村莊莫名遭到巨猿襲擊，村內所有居民都慘遭殘忍殺害，無一倖存。起初完全不瞭解巨猿的目的，也不知牠們從何而來，最後發現遇害的八咫烏已成為巨猿的食糧。

山內受到山神打造的結界保護，至今為止，從來不曾遭受外敵的攻擊。然而，巨猿為了啃食八咫烏而襲擊村莊，這讓山內的八咫烏驚恐萬分。

朝廷積極調查巨猿入侵的途徑，不久之後，便發現巨猿進入山內的〈捷徑〉。於是，朝廷正式對外宣佈，目前已經成功封鎖了捷徑，巨猿已無法再進入山內。

不過，雪哉果斷地認為，那只是中央貴族的一廂情願。

「那只是安慰自己『**目前已經把找到的洞封起來了，希望猿猴不會再來**』。雖然目的是為了避免山內人心惶惶，但這種見解也消除了民眾的警戒與自衛的勇氣。我認為，根本不應該宣佈『**已經阻擋了巨猿**』這件事。」

雪哉說話時顯得很焦慮，與之前悠然的態度截然不同，茂丸直覺他應該十分聰穎。

「原來是這樣，所以你才說是『為了保護山內』。看來你也是為了對抗巨猿，才進來勁草院的。」

「嗯，差不多就是這樣。」雪哉說完，停頓了一會兒，又補充道：「因為不能完全交給中央。」說到這裡，倏然看向茂丸問道：「你剛才說『你也是』……」

「是的，我來這裡的理由和你一樣。雖然我剛才沒說，我其實來自風卷鄉的佐座木。」

「佐座木！」

雪哉和市柳都來自北領，因此反應十分昭顯。

「是遭到巨猿襲擊的……那個佐座木？」市柳驚慌地低聲道，茂丸點點頭。

垂冰鄉的栖合和風卷鄉的佐座木，都是遭到巨猿襲擊的村莊。栖合是慘遭滅村，而佐座木只有遠離村莊的一戶人家遭到攻擊。在談論受到巨猿攻擊這件事時，幾乎都會提到栖合，當地居民認為，只要稍有閃失，遭到嗜殺的可能就是自己。

「巨猿襲擊的那戶人家，在當地稱為下屋敷。」

那裡原本是不同於佐座木的另一個村莊中心，也是歷史悠久的世家。由於隨著舊街道廢棄，村莊也漸漸荒涼，最後僅剩下屋敷那棟房子。近年來，住在下屋敷的人似乎能夠自給自足，所以也很少有機會與佐座木的村民交流。

「那年夏天，接到鄉長的通知，要求確認位在邊境的房子是否安全。我在老家那裡算是武藝不錯的人，就派我前去察看。」

茂丸到達目的地時，下屋敷已人去樓空，到處都是鮮血。綁在馬廄內死去的馬，發出了腐臭味，無數蒼蠅飛來飛去。地爐旁的地板變成了黑色，他起初不知道那是什麼，當看到被啃食得乾乾淨淨的骨頭丟棄在地上時，才終於意識到那些漆黑的污漬，是乾掉的血泊。

雖然他與下屋敷的人並不熟稔，但也並非完全沒有交流，而他最先關心的，是幾天前才見面的小男孩安危。

英太，你在哪裡？茂丸急忙四處尋覓，終於在大宅一角找到一間好像被潑了墨汁般的寬敞木地板房間，他在房間內看到一個熟悉的小陀螺掉在地上。

我一輩子都無法忘記當時的心情。茂丸陷入了沉默。

雪哉和市柳看著緘口無言的茂丸，似乎也猜到是什麼情況，沒有催促他繼續說下去。

「……嗯，差不多就是這樣。」茂丸嘆了一口氣苦笑著。

雖然之前勁草院的人多次探問茂丸：「**要不要來參加勁草院的入峰考試？**」他向來都

表示拒絕。因為他不認為需要去勁草院，一直以為大部分的麻煩事，自己就可以搞定一切。然而，在親眼目睹巨猿襲擊的慘狀後，才明白自己的想法有多天真可笑。

「所以你為了自衛，避免遭到巨猿的襲擊，才想要更加精進武藝嗎？」

市柳可能覺得感同身受，露出了與剛才不同的認真表情。

茂丸笑著否認道：「不是的，即使我一個人練就高強的武功，當遭到許多巨猿同時攻擊時，我根本也無力招架。更何況，我得知巨猿進入山內的捷徑在中央時，終於領悟到——如果想要捍衛自己真正想要保護的東西，一個人揮舞著木棍，守在自家門口是沒用的。雖然我也不是很清楚自己成為山內眾之後，到底能夠發揮什麼作用？」

至少應該能夠比張腿站在家門口做更多的事吧！

他真的不想再次體會撿起被鮮血染紅的陀螺這種事了。

「若未來同樣的事情再次發生時，我不希望自己後悔——早知道應該去當山內眾、早知道不應該對現況感到滿足、或許有辦法做更多事。我絕不再讓自己悔不當初。」

茂丸覺得自己很幸運，在還符合入峰資格時察覺到這件事。

「我非常瞭解你的想法。」雪哉沉著的口氣，與面露喜色的表情並不符合。「茂哥，很慶幸跟你成為好朋友，我們一定要一起成為山內眾。」

茂丸看著天花板無奈地開口。

「不瞞你說，我入峰考試的學科分數是最後一名，不知道能不能順利畢業。」

雪哉聽了，噗哧一聲笑了起來，隨即放聲大笑。

「別擔心，我會罩你的，學科成績根本不是大問題。」

「喂，大塊頭，起床了！晨鐘早就響了。」

隔天早晨，茂丸聽到市柳的吼叫聲醒了過來。

「早安……」茂丸的被子已被掀開，刺眼的陽光讓他忍不住瞇起眼睛。

「你這個臭小子，膽子不小，竟然比學長晚起床！趕快漱洗更衣，要去吃早膳了。」

市柳說話的聲音聽起來有點興奮，只見他邁著輕快的腳步走了出去。

茂丸揉著惺忪睡眼看向周圍，發現旁邊那床被子已經摺好。

雪哉早已換下褻衣，身著一身羽衣，端坐在枕邊。

「茂哥，早安。」

「喔，早安。你起得真早啊！」

「我向來睡得很淺，聽到鐘樓的聲響，便馬上醒了。」

雪哉笑著遞給茂丸洗臉用的手巾。

「今天有入峰典禮，所以早膳的時間提早了，我們要趕快過去。」

「好，我知道了。」

在食堂吃完早膳後，市柳和其他學長一起走了出去。被要求留在食堂內的新生，按照身高排好隊，不一會兒，一名男性學務人員快步走了進來。

「那裡已經準備就緒，請你們排隊入場，不要竊竊私語！」

說完，他走到排在最前頭的雪哉前面，邁開步伐。其他人也聽從指示，列隊走進他們昨天參觀過的大講堂。

入峰典禮終於要開始了。

寬敞的大講堂內，草牙和貞木分別排在兩側，中間是新生，看起來像是教官的年長男性們都坐在祭壇前的上座。在場所有人都身穿羽衣，清一色皆是黑色，只有教官的肩上掛著五顏六色的懸帶。

——典禮開始前，首先向祭祀山神的祭壇鞠躬。

學長聽到號令後，馬上鞠躬行禮，新生也慌忙照著做。學長的動作一致，幾乎可以聽到整齊的聲音，但新生的動作生硬，七零八落。

一名教官致詞歡迎新生入峰勁草院，同時也說明了日常生活的注意事項和心得。

在所有新生當中，個子最高的茂丸在最後方打量著整個講堂，光是看著新生與學長的背影，就可以發現截然不同，這讓他感到很有趣。

教官滔滔不絕，新生中有人無法專心，身體微微搖晃。然而，站在旁邊的學長全都紋風不動，意志堅定且抬頭挺胸的穩定站姿，完全是新生難以比擬的。

一年之後，我也會像學長一樣嗎？正當茂丸思忖著這些事時，教官致詞已結束。

——出借珂仗的儀式正式開始。

一位黑髮中夾雜著白髮，年紀約六十過半的男人走了出來。他就是帶領勁草院，也是所有教官之長的院長尚鶴。他一身猶如神官僧衣般的羽衣，掛著有金色刺繡的深紫色懸帶。體格並不壯碩，面容充滿知性，看起來很嚴格。

昨晚找雪哉麻煩的西家明留代表新生向前，從院長手上接過珂仗的動作絲毫感受不到膽怯，態度落落大方，難以想像他的年紀比茂丸小。

院長確認明留回到原來的位置後，才開口發言。

「各位新生，首先感謝各位來到勁草院，歡迎你們。」

茂丸沒想到院長以如此謙卑的致詞開頭。

「我們誠摯歡迎各位。」

院長雖然上了年紀，但聲音深沉悅耳、充滿活力，新生原本無法聚焦的視線，很自然地都集中在院長身上。

「今年希望入峰者眾多，你們通過考試來到此地，絕對都是優秀人才，也可說是勁草院未來的希望。」院長沉穩的發言，強而有力。「勁草院的基本理念，就是獨立自主和實力主義。不受任何來自外界力量的限制，只要有實力，就可以持續向上。我們發誓效忠的對象，就只有宗家一族和金烏。」

「然而，山內目前正面臨前所未有的危機。」院長如此斷言，靜靜地打量著講堂內，片刻後，繼續開口說道：「為了進一步保護宗家、保護山內，你們將會上前線，希望你們做好捨身保護宗家與山內的心理準備。期待你們能夠完成使命，無愧於勁草院院生的身分。」

院長語畢，便回到原來的位置。

院長的致詞比想像中簡短，茂丸暗自鬆了一口氣。

典禮在肅穆中繼續進行，漸漸來到尾聲。

當典禮僅剩下結束的致詞時，外面突然傳來嘈雜聲。

「院長閣下，不得了了。」學務人員大驚失色地衝了進來。

坐在上座的教官聽了他的話，也頓時手忙腳亂了起來。

「把路讓開。」

萱兒聽從教官的指示，從中央退到兩旁，十分好奇是誰即將到來。

不一會兒，就看到一群衣著鮮豔的人快步走了進來，講堂內霎時陷入騷動。

「是長束親王！」低聲細語中夾雜著驚訝的聲音。

長束親王，將日嗣之子的位子讓給皇弟，同時也是宗家嫡長子的親王殿下。

這時，茂丸回頭一看，最先入眼的是一個外形相當奇特的男人，他魁梧的身軀就連體格高大的茂丸，也忍不住驚愕。即使隔著衣服也能感受到他渾身結實的肌肉，身上的羽衣是褐衣的樣式，頭上並未戴冠，僅隨意地紮起頭髮，就像絨毛覆蓋的狐狸尾巴。他帶笑的嘴唇下露出了尖虎牙，鷹鉤鼻和炯炯雙眼令人印象深刻。

*他看起來根本不像是宗家的皇子。*正當茂丸如此思忖時，突然被其身後的年輕身影給吸住了目光。

那人一看便知是中央的貴族子弟，雖然比走在前面那個男人稍矮一些，個子還是很高，相貌堂堂，一頭剪齊的長髮披在後背，紫色僧衣外穿著豪華的金色袈裟。雖然他相貌斯文，但五官輪廓很深，有著武人的嚴厲。

從他們的服裝判斷，走在前面的應是護衛，後頭的才是長束親王。

院長急忙帶領其他教官，來到講堂中央迎接一行人。

「長束親王，原本聽說您今年無法駕臨。」

「親王迅速處理完事情後，便趕來了。」走在前面的護衛不羈地露齒一笑，代替長束回答。「院長，你該感到高興，今天是代表皇太子殿下前來。」

「好了，路近，你先退下。」長束伸手推開名叫路近的護衛，走到院長面前。「皇太子殿下原本打算親自蒞臨，但殿下要處理朝廷事務，因此派吾前來。抱歉，不請自來。」

長束雖然年紀很輕，但談吐十分穩重。

院長聽到宗家皇子的致歉，緩緩地搖頭說道：「不，勁草院乃至所有山內眾都屬於宗家，您特地來此，欣喜至極，倍感惶恐。請跟我來。」

語畢，院長伸手指向設置在祭壇前的宗家御用椅。

然而，長束並沒有上座，反而來到列隊在講堂內的院生面前。而名叫路近的護衛也緊跟在後，站在長束一步後方的位置，其他部下也都緊跟著。

長束環顧眼前的院生，不等教官引言，便以宏亮的聲音致詞。

「各位荳兒，首先恭喜各位峰入。很高興在此見到各位，也為各位感到驕傲。」他停頓了一下，面不改色地繼續說道：「近年來，宗家和勁草院的關係略有疏遠，吾認為這對宗家和勁草院雙方而言，都是極其不幸的狀態。雖然皇太子殿下這次很遺憾無法和吾同行，但殿下日後有機會必定會前來勁草院。」

「目前正值時代變化之際，危害我們的巨猿闖入山內，勁草院、山內眾和宗家都已無法再像以前那般。除了新院生以外，在院生的各位，也必須抱持符合當今時代的態度。」長束目光炯炯，掃視講堂內。「吾和各位一樣，都是金烏的劍、金烏的盾，我們要擁戴主公，維持山內的安寧。如果無法以此為榮，就無法交付刀劍。吾期待各位在勁草院，意識到自己是對金烏最忠實的人。」

「好好努力！」長束大喝一聲，震撼了空氣。

「是！」所有院生都敬禮回應。

此雙手交疊在胸部下方，手心朝上的敬禮姿勢，是模擬向對方獻上變成鳥形時出現的第三隻腳的動作。

長束看著講堂內的院生，向他獻上肉眼無法看到的第三隻腳，他心滿意足地點頭。

典禮的致詞結束後，親王一行人便和院長一起離開了大講堂。

「長束親王和皇太子殿下關係，真的很好吔！」

茂丸來到食堂聽取今後的課程說明，找到了典禮期間站在最前排的雪哉。

「對啊！雖然有點保護過度，但他絕對是最支持皇太子殿下的人。」

「我第一次看到宗家的八咫烏，果然很有威嚴，或者說很神氣，反正就是與眾不同。」

在大家七嘴八舌地閒聊時，食堂門口出現一個人影。

茂丸還來不及看清來者是誰，就聽到有人倒吸了一口氣。

「你們至今仍無法意識到自己已經是院生了，是嗎？」

響亮的聲音幾乎讓柱子都震動起來，而原本正在悠閒聊天的荳兒，都緊張地跳了起來，慌忙想閉上嘴，卻已來不及了。

跟在輔助教官身後走進食堂的教官，額頭上冒著青筋，大聲喝斥道：「你們這些人唧唧喳喳、唧唧喳喳，簡直太得意忘形了！現在你們只是雛鳥，只會啼叫、喊叫、張嘴等待別人把餌食送進你們嘴裡，是吧！」

突然闖進來怒罵著新生的教官，以武人來說，個子並不高，他盛氣凌人地抱著雙臂，粗壯結實的手臂蓄滿了力量，想像一旦被他揮拳打到，不知道會有怎樣的下場。想到這裡，背脊不由得隱隱竄過寒意。

院長的容貌，在威嚴之中帶著年長者特有的深謀遠慮。而開罵的教官，年紀應該比院長小幾歲，有著一雙凹陷的雙眼及蒜頭鼻，一身皮膚好似使用多年的鞣皮，沒有頭髮的腦袋黝黑發亮，一臉凶相活脫就是流氓地痞的樣子。

「看到教官竟然還大搖大擺坐在那裡。站起來！」

被教官稱為雛鳥的新生聽到命令後，驚慌失措地站了起來。

「動作太慢！」

「不要磨蹭！」

在新生陸續站起來的同時，斥責聲從四面八方傳來。四名輔助教官不知道何時已包圍了新生，嚴厲森冷的目光射殺了過來。

「我是勁草院院士華信，是你們的術科教官。」

報名的教官以肅殺的眼神瞪視著荳兒，從他們面前走過。

「看到你們這些屁股上還黏著蛋殼的傢伙，我就感到頭痛，但既然接下了任務，就只能硬著頭皮上。只要看到哪個傢伙還張嘴吱吱叫的話，就用餌食塞滿他的嘴巴，塞到他的肚子撐爆為止。」華信轉身，繼續發狠地說道：「而你們要在肚子被撐爆之前，努力將餌食之人的飛翔方式和狩獵方式全都偷學下來。只要閉上嘴巴，好好咀嚼餌食，便能長出自己能夠展翅飛翔的血肉。」

語畢，華信猛然停下腳步，把臉湊到站在他眼前的新生。

「喂，我問你。」

「是、是！」

「山內眾必要的素養是什麼？」

「啊？」

「勁草院就是根據這些素養，決定了入峰的考選科目，你說看看！」

那名院生驚嚇得直發抖，完全答不上來。

「太慢了！如果不知道，就回答不知道。」

「我、我不知道。」

「你應該為自己的怠惰感到羞恥！下一個！」

「劍術、弓術……還有騎馬……？」旁邊的院生回答得語無倫次。

「僅只這些嗎？」
「我、我只知道這些。」
「你是雞嗎？連自己做過的事也不記得嗎？」
「對、對不起！」
「不要輕易道歉，即使只是虛張聲勢，也要抬頭挺胸。無論面對任何人，都不要輕易讓人有趁虛而入的機會。下一個！」
「六藝四術二學，是成為山內眾必須具備的素質。」下一個院生鎮定自若地開口。
聽聞，華信不再咆哮，直盯著那名院生，再次提問：「具體內容是？」
「六藝是指禮、樂、射、御、書、算這六大技藝；四術是指兵、劍、體、器這四大武術；二學則是醫、法這兩大學問。」
其他同學聽到如此流利的回應，不禁發出了感嘆聲。
被華信點名的第三名院生，是一頭紅髮的美少年，也就是西家的明留。
華信目不轉睛地注視著直視前方的明留片刻，才終於點了點頭。
「沒錯，正如他剛才所回答的，成為山內眾必備的素養，統稱為六藝四術二學。」

山內眾在緊急狀況時，具有和文官相同的權限，因此必須具備六藝。六藝分為〈禮樂〉、〈弓射〉、〈御法〉、〈書畫〉和〈算法〉這五大科目。

除此以外，還要學習四術。分別是用兵法的〈兵術〉、磨練劍法的〈劍術〉、學習徒手格鬥的〈體術〉，以及投擲長槍和手裏劍等使用刀和弓以外戰鬥技能的〈器術〉。

在此基礎上，還必須學習在緊要關頭，可以處理傷病的〈醫藥〉，以及有關朝廷法令，山內眾行使力量範圍的〈明法〉這兩門學問。

總共十一個類別，成為勁草院的主要教授科目。有時候還會根據實際情況增加特別課程，隨著學年升級，演習課程會超越學科教學。

「之後會有〈弓射〉、〈御法〉、〈劍術〉、〈體術〉和〈器術〉這五門術科課程。成為草牙和貞木之後，就可以參加〈兵術〉實戰演習。」

在這十一個科目中，半數皆由華信擔任教官。

「我不允許你們偷懶，也不會手下留情。想離開的人就趕快滾，想走就趕快逃。勁草院沒這麼好混，也不強留無法耽習的人。」

華信口氣平靜無波，唇角猶自噙著冷然，站在茂丸前的院生困難地嚥了嚥口水。

「接下來，將在本院期間借用的珂仗交付予你們，叫到名字的人應答後向前。」

「是！」荳兒敬禮應和。

新生一個個陸續領到了珂仗。茂丸拿到的珂仗佩繩雖然是新的，但上頭有許多細微的刮痕，可能之前曾經有多人使用過。

華信確認每個人都拿到珂仗後，把一名輔助教官叫到前面。

「從今天開始，上課僅能穿同一款羽衣，現在練習編出與輔助教官相同的款式。」

華信的話才剛落，輔助教官已張開雙手，緩緩轉了一圈，讓所有院生能清楚看到他身上所編織出的羽衣類型。

輔助教官身上的羽衣，和教官在參加典禮時穿的，或是長束的護衛穿的羽衣款式完全不同。袖子是沒有袖兜的筒狀，手肘部分收起。膝蓋以下部分的綁腿和短布襪連在一起，胸口到大腿以襴裙的褡褳包覆，褡褳外綁著腰帶，乍看之下，好像穿著袍子。

輔助教官在院生之間走來走去，指出有問題的部分。茂丸努力編出和輔助教官相同的羽衣，也被輔助教官糾正。

「光是看起來像，是沒有意義的。膝蓋和手肘的部分要編得更為紮實，充分貼合身體加以固定，至少要編得像腳底一樣厚實。」
「厚實？」
「這是為了保護關節。你重新再試試，多編幾層，才能夠在受到撞擊時緩和衝擊。」
原來如此！茂丸意會地點頭。
在茂丸重新編羽衣時，和輔助教官一樣在院生之間走來走去的華信開始說明。
「這種羽衣的款型，極力消除了不必要的部分，避免妨礙實戰時的動作，還能保護要害，機能性深受好評。只要編法正確，在儀式和典禮時也可保持威儀，即使是不知從哪裡冒出來的潦倒烏鴉，看起來也能神氣揚揚、有模有樣。」
華信一一確認編織訓練大致修正完畢後，再次叮嚀院生在日後的院內活動，都要穿著這種款式的羽衣。
「其次是，佩戴珂仗的方法。」
武人遇到意外狀況時，必須幻化成為烏鴉，因此一定要避免在變身時武器掉落，同時也要學會正確佩刀，防止佩繩妨礙變身的情況發生。
「你們今後將會學習〈御法〉，只要學會正確使用佩繩的方法，就能把刀劍當作銜勒*

和馬鐙＊。若散漫隨意地亂綁，導致緊要關頭無法確實發揮，我會親手宰了你們。」
雖然茂丸無法想像珂仗如何成為騎馬用具，但還是按照華信教官的指示綁好佩繩，將珂仗繫在腰上。
輔助教官再次檢查合格後，新生們才終於看起來有勁草院院生的樣子。
結束突擊教學之後，太陽仍然高掛在天空上。
所有荳兒都被帶去大講堂前的廣場上，茂丸內心充滿期待，終於要開始練武了。
然而，華信僅發出了「集合！」和「列隊！」這兩個口令。三三兩兩結伴而行的新生聽到命令後，列隊又解散，接著移動到其他地方，再次集合、列隊，然後再次解散。
直在日落之前，一直重複著這樣訓練。到了準備晚膳的時間，才終於聽到「今天到此為止！」的號令。
比起身體的勞累，這些新入院的荳兒，因精神上的疲累而精疲力盡。
「那是怎麼回事……？」
「那種訓練到底有什麼意義？」

院生們都因不斷重複相同指令而埋怨不已，而且這種無聊透頂的訓練，並沒有結束，第二天、第三天的下午，還是一直反覆相同的訓練。

這是讓院生充分學習集體行動的方法，直到身體一聽到號令，就能不加思索地採取行動之後，才能進行其他訓練。

荳兒對於不知何時才會結束的單調訓練，叫苦連天、怨聲載道，而且與此同時，還必須完成課堂上的學科。

對茂丸來說，上午的學科比訓練更傷腦筋。

上午的學科是〈禮樂〉、〈書畫〉、〈算法〉、〈兵術〉、〈醫藥〉和〈明法〉這六堂。

在故鄉時，茂丸就很少看書寫字，所以每一堂課都聽得一頭霧水、難以理解，而且教官要求他們寫的作業比傳聞中更多。

＊注：銜勒，穿套馬口以駕馭馬匹的器具。

＊注：馬鐙，掛在馬鞍兩旁，供騎馬的人上馬及騎馬時踏腳的器具。

用完膳、淨完身之後，他就會立刻回到宿舍，甚至放棄睡覺，抓緊時間寫作業，卻依舊寫不完。並非只有茂丸如此，大部分平民階級出生的院生，也都同樣陷入了苦戰。

第二天之後，雪哉便試著協助茂丸寫作業。而其他平民階級的院生聽說之後，都忍辱含羞地前來求助。雪哉不厭其煩地指導茂丸和其他人，卻遇到了一個很大的難題——雪哉很不會教人，簡直到了令人髮指的程度。

「太意外了，我沒想到竟然會在這件事上，深刻體會到自己的無力！」

雪哉起初得意洋洋地說：「這根本是小事一樁。」很快就遇到他人聽得懂他說的話，卻無法理解其中意思的瓶頸，他為此煩惱不已。

「雪哉，沒關係、沒關係，我知道你教得很認真……」

然而，聚集在十號房的同學，想到隔天將遭到教官責罵，都忍不住哭了起來。

雪哉看了實在於心不安，嘴上說著：「雖然這樣不太好……」還是偷偷讓同學抄襲自己的作業。

所有的學科都是茂丸的天敵，他當然不可能喜歡。不過，其中有一堂課，他卻覺得別具一格——那就是〈禮樂〉。

第一堂〈禮樂〉，是在入峰的隔天，也是他們在勁草院教室內上的第一堂學科。

收拾好食堂的食案，排好原本放在角落的矮桌，茂丸和其他人緊張地等待教官的到來。

沒多久，一個滿面笑容，嘴裡說著：「各位早安，昨天睡得好嗎？」看起來完全不像勁草院教官的男人走了進來。

他的年紀大約四十出頭，一頭乾爽的頭髮隨意綁起，溫和雙眸有著魚尾紋。根據自己的身材編織的羽衣很寬鬆，有一種年紀輕輕就退居幕後，賦閒養老的感覺。只不過與普通的賦閒者不同，他沒有右臂。

沒錯，〈禮樂〉的教官是一個年紀尚輕，卻成熟老練的獨臂男。

「我叫清賢，在接下來這一年期間，負責教導各位〈禮樂〉。若對於這堂課的內容，有不解之處或是有什麼要求，可以儘管提出來。因為這堂課的時數並不少，既然這樣，我們共同努力讓這堂課的時間更有意義。」

前一天，這些荳兒才被一臉兇惡可怕的華信教官呵叱了一整個下午，現下看到這個名叫清賢的教官臉上的笑容，不由得有些洩氣。大部分的荳兒都有點不知所措，但一部分頭腦簡單的院生，立刻得意忘形地想羞辱這位低姿態的教官。

「院士。」

在開始上課之前，對勁草院有這麼多學科感到不滿的院生舉起了手。

「有什麼問題嗎？」清賢面帶笑容看著院生。

「說實話，我無法理解在勁草院上〈禮樂〉這門課的理由。」院生自鳴得意地問道。

「啊呀！這就傷腦筋了。」清賢攏起眉頭皺成八字眉嘀咕道，並沒有動氣。

剛才發問的院生見狀，又得寸進尺地說道：「要成為山內眾，劍術不是最重要嗎？但昨天甚至沒有讓我們碰順刀＊。既然有時間上這種課，還不如去道場訓練。」

在所有課堂上所學的學科中，最難懂的就是〈禮樂〉這堂課的意義。

〈書畫〉與〈算法〉，是因為需要參閱指令公文，以及算計行軍的情況，因此能夠理解這兩堂課的重用性。然則，〈禮樂〉研習的是，儀表佩刀與宮中道德這些不明所以的內容。

這些荳兒原本就對目前除了集體行動訓練以外，都在課堂內上課的現狀感到氣悶，聽了這名院生的話，也竊竊私語表示認同。

「而且您的手臂怎麼了？」

「年輕時發生了一些事。」清賢聽到院生好奇的探問，忍不住苦笑。

「您不是勁草院的教官嗎？」

其言下之意，似乎對於獨臂院士是否能指導日後將成為武人的院生表示懷疑。

茂丸雖然也對有這麼多學科感到吃不消，但他認為這是兩回事，而且這樣的試探行為很不禮貌。他暗暗觀察著清賢教官，不知對院生的無禮態度會如何反應？

清賢卻沒有責備院生的無禮。

「感謝你的關心，我已卸下近衛之職。如你所見，這樣的身體無法勝任護衛工作。」

清賢一點也不慌亂，反而還露出傷腦筋的表情，這讓幾名院生不禁笑了起來。

「不過，這個世界的一切自有安排。」清賢淡然地說道。

那幾名院生聽聞也收起了笑容。

「所謂適材適用，只要有能力，就一定有地方可以發揮。雖然我早就失去了身為山內眾的資格，卻發現自己很適合從事磨練山內眾的工作，所以才會站在這裡指導你們。」

雖然他的表情依舊一臉平靜，不知為何，氣氛頓時緊繃了起來。

「山內眾被賦予，必要時須代替文官行使權力的權限。你們未來並非僅是士兵，在〈禮

＊注：順刀，為兩邊皆有刃的刀，是一種隨身短刀，主要作為砍伐、切割、挖掘和護身使用。

樂〉中所學到的，不是如何掌握力量，而是如何運用掌握的力量，也就是力量的使用方法。不只是這門課，而是所有的學問都是如此。」清賢臉上的表情深謀遠慮，完全不容年輕人侮辱。「你們自己不能成為武力的化身，這樣毫無意義。」

清賢教官斬釘截鐵地說完，瞇著眼看著陷入安靜的院生。

「你們不要搞錯了，如果只是武藝高強，那和谷間那些流氓沒什麼兩樣。你們並不是違法亂紀的人，勁草院也不是為了培養這種人而存在。這堂課的目的，就是為了讓那些空有蠻力無處發洩、容易失去理性、魯莽行事的野獸，成為一名出色的山內眾。」

清賢教官態度始終保持平靜，但說出來的話鏗鏘有力。

「若你們聽了這些話，仍對這堂課感到不服氣，也可以選擇不上，我會尊重你們的意願。不過，一旦影響到其他院生，我會立刻請你們離開。」

〈禮樂〉是六藝四術二學中排在首位的必修課，萬一被趕出了教室，就必須馬上回宿舍收拾行李離開勁草院。

「還有其他問題嗎？」

清賢用平靜卻難以抗拒的眼神，環顧愣怔的院生，嘴角勾起一抹笑。

「好，那我們就開始上課吧！」

這天的〈禮樂〉課，就在院生的自我介紹及清賢教官說明今後的安排，簡單結束了。清賢教官在課堂上不曾大聲斥責，始終保持溫和的態度。聽到鐘聲行完禮，走出了食堂，所有新生幾乎都有相同的感想——**他搞不好比華信院士更加可怕**。

直在下一堂〈算法〉課，他們才知道清賢是他們學科的主任教官。

在院生們整天忙於接受集體行動的訓練，完成學科作業之際，峰入時綻放的櫻花，也已經變成了葉櫻。

他們的集合、列隊不知不覺間已經無懈可擊，終於可以正式開始上術科了。

第一堂術科，是〈御法〉。所謂「御」，就是駕馭被稱為馬的大烏鴉和飛車的技術。

山內眾自己會變成馬，也會成為車夫，所以兩人一組，最終目標是在上空人馬交換，長時間持續飛行。

〈御法〉這堂課，從行軍訓練開始。

在教官和輔助教官的帶領下，荳兒們繞著勁草院內奔跑，有些地方必須變身鳥形飛行。八咫烏在天黑之後，會失去變身的能力，一旦在鳥形狀態下迎接日落，在隔天日出之前，都無法變回人形，反之亦然，因此行軍訓練都會在日落前結束。只不過操練的時間很長，雖然中間會稍作休憩，卻必須從午膳過後到日落之前，一次又一次地快速變身。

茂丸起初擔憂雪哉會跟不上，像自己這樣的平民很習慣變身成鳥形，但聽說有些宮烏一輩子都不曾變過身。事實上，其他科目成績都很優秀的明留，也在行軍訓練中陷入了苦戰。

當八咫烏進入中央，或是隨著地位越來越高之後，就會把鳥形視為一種恥辱。這樣的認知，與那些無法以人形生活的八咫烏，只能成為別人的馬有關。而且目前仍然有名為〈斬足〉的刑罰，那是僅次於死刑、逐出山內之重刑，強制要求受到處罰的人變成鳥形，一輩子成為馬服勞役。

對八咫烏來說，變成鳥形時出現的第三隻腳，是「**山神賦予的神性象徵**」，也是最重要的部位。正因為如此，山內的武人在敬禮時，會做出模擬奉獻第三隻腳的動作。

〈斬足〉意即砍掉這第三隻腳。一旦八咫烏被砍掉第三隻腳，就再也無法變回人形。

正因為如此，不需要變成鳥形也生活無虞的宮烏，不喜歡在人前變身。然則，對於平民來說，變成鳥形移動十分方便，而且更有效率，因此認為宮烏只是基於「很丟臉」這樣的理由排斥鳥形，實在荒謬得離譜。

雪哉是地方貴族，不知道他對這件事是怎樣的態度？

開始訓練時，茂丸就有些擔心，後來才發現自己不過是杞人憂天。

行軍訓練的最大難關，是竹林。

竹林內不必要的竹子被砍掉了，闢出一片變身鳥形後剛好勉強可飛行的空間。教官在上空監視，若想投機取巧從竹林上方飛越，會立刻遭到嚴格指正。

擅長巧妙運用翅膀的院生，可以維持鳥形飛越竹林；而不太會飛行的，就會在中途變回人形，或是撞到竹子。一旦有人在鳥形的狀態下卡在某處，就會擋到後面的人，就連經常飛行的茂丸，也對這種情況束手無策。

茂丸在無奈之下，只能變回人形，拿著珂仗正準備拔腿奔跑時，只見一個鳥影飛過頭頂上方的混亂。

那個人靈巧地操控著翅膀，速度沒有特別快，即使其他院生慌張地大聲叫喊，擠成一堆亂拍著翅膀，羽毛滿天飄舞，他仍然身輕如燕地飛閃而過。原本落於後方，最後反而加入了前頭部隊的行列。當他恢復人形時，一頭亂髮就像是蒲公英的冠毛。

絕對沒有錯，那個人就是雪哉。

「茂哥，辛苦了。」茂丸晚一步抵達，雪哉一臉從容不迫地上前迎接他。

「你太厲害了！才回過神，就發現你已飛到最前面，太驚訝了。」

「雖說我家是地方貴族，其實就是武人之家。我從小就學會了武人的基本，因為如果武人無法變成鳥形，發生意外狀況時就無法發揮作用。」

茂丸在不久之後發現，向來用閉門造車方式磨練武藝的自己，能夠和來自正統武人之家的雪哉成為好朋友，實在太幸運了。

在術科上，茂丸等平民階級出身的院生所練就的能力，都遭到教官徹底否定。

在〈弓射〉課時，被教官糾正姿勢有問題，甚至不准他拿箭。在其他課上，教官也斥責他們基本功有問題。在〈體術〉課時，一直要求他們練習防守。在〈劍術〉課時，命令他們先糾正姿勢，從頭開始練習順刀的握法。

連續好幾天，這些平民出身的院生們，不斷地被糾正射法、練習防守和空揮，大家的自信心受損，感到沮喪不已。

「……我們是不是被歧視了？」當所有術科都上完一輪後，有人提出這樣的質疑。

每天晚上，都會在空宿舍內舉行學習會。美其名為學習會，實質上是「大家抄雪哉的作業會」。起初都聚集在二號樓十號房，在求助的同學超過三名之後，便轉移到其他空房間。

這些同學雖然來自各地，卻都是出生平民階段。來自東領的桔苹，白天在〈劍術〉課上挨了教官一頓臭罵，此刻面對空白一片的作業本，滿臉悒鬱，猜想是否受到差別待遇。

「你怎麼了？為什麼突然這麼說？」正在趕作業的茂丸抬起頭，把毛筆放在硯台上。

「才不是突然咧！」懷疑遭到歧視的桔苹終於忍無可忍，將內心的鬱悶一股腦兒傾吐出來。「我一直都這麼覺得啊！不，如果只是學科，我還能夠理解，因為上課時不難看出明留他們的確很聰明。」

問題在於術科。這些平民階級出生的人，大多是因為劍術和體能受到賞識，才會進入勁草院。如今完全沒有機會發揮這方面的實力，反而整天遭到訓斥，簡直就像被暗中惡整一般，暗示他們趕快離開這裡。

「教官從來不罵明留和他的那些跟班，簡直太沒道理了。」
「我也有這種感覺。」
「我也是。」
其他人聽了桔苹的話後，也都應聲附和。
「我在老家那裡，劍術沒人比得過我，現在只准我練習空揮。」人來瘋的久彌嘟囔道。
「只要讓我們比賽，我們就能展現實力。」平時很少抱怨的辰都也感到不平。
「華信那個王八蛋，搞不好在背地裡瞧不起我們。」
茂丸看著桔苹惱怒的發言，覺得苗頭不對，他敏感地預想到這些抱怨的後續發展，馬上拍了一下手，試圖趕走眼前沉悶的氣氛。
「好了好了，你們不要只顧著抱怨，趕快寫作業啦！如果你們對自己的武藝有自信，等到自由練習時，就可以展現實力了。」
「茂哥，問題是教官根本不讓我們自由練習啊！」
「茂哥，你對眼前的情況覺得無所謂嗎？」
幾位相同境遇的人，露出不滿的眼神看著茂丸，茂丸一時半刻不知如何回答。

雖然茂丸本身並無此企圖，但自從大家都跟著雪哉開始叫他「茂哥」之後，茂丸漸漸成為他們的頭兒。雖然他不希望與宮烏發生糾紛，只不過他對這件事也有同樣的疑慮。

茂丸和其他平民出身的人總是為課業傷透腦筋，但貴族出身的人無論是學科或是術科都駕輕就熟。尤其可稱為宮烏代表的西家明留，更是出類拔萃，除了〈御法〉以外，從來沒有人見過他被教官責罵。

平民階段的院生在課業上吃盡苦頭，也因此他們看明留時，難免露出分不清是羨慕還是嫉妒的眼神。此外，教官總是對茂丸與其他平民出身的人大發雷霆，即使不是小心眼，也會忍不住猜想背後是否有什麼隱情？

茂丸正在思考該怎麼回答時，耳邊傳來熟悉的聲音。

「大家辛苦了。」剛才離席的雪哉懶洋洋地走了回來，露出親切的笑容。「我原本打算去要點茶葉，結果廚房的人給了我地瓜乾。大家要不要先休息一下？」

剛才在說宮烏壞話的人都尷尬地把頭轉到一旁，因為雪哉對他們都很好，當然沒有人會說雪哉的壞話。

「……發生什麼事了嗎？」雪哉察覺到氣氛詭譎，好奇地問道。

「沒有啦！沒事！」

久彌慌忙試圖掩飾，茂丸卻認為應該聽取雪哉的意見，於是就把剛才大家的憤憤不平，一五一十地告訴他。

雪哉並沒有對其他人批評宮烏感到不悅，反而冷靜地分析。

「我不這麼認為，我想目前教官教授的，是以御前比賽為前提的技術。」

「御前比賽？」

「這裡可是勁草院吔！」雪哉笑著解釋道：「宗家的近衛兵怎麼能與流氓相提並論呢？不該是胡亂打架，而是要學習正規的格鬥技巧。在某種程度上，之前從來沒有接受過正規指導的八咫烏，遭到糾正也是無可奈何的事。」

「不過，你們會怏怏不平也是理所當然。」雪哉理解地勸戒道：「只不過若動作不正確，之後是會對身體造成傷害的，現在最好還是虛心接受指導吧！華信院士雖然很苛嚴，但他不會胡亂指導的。」

「是……這樣嗎？」

茂丸和其他人甚至分不清楚，華信的指導是否正確？

雪哉對著難掩困惑的同學安慰道：「你們不必為此感到不安，教官的確完全沒有糾正明留，但並非因為他是西家的少爺才不去指正。我猜想他在入峰之前，就曾經接受優秀老師的指導，本就不需要改正。」

茂丸和其他人得知教官並沒有偏袒貴族子弟後鬆了一口氣，同時也為自己和貴族子弟之間的差距感到焦慮。

其他人愁容滿面，雪哉反而毫不在意。

「你們好像很在意和貴族之間的落差？但即使在道場上可以做出完美動作，真正實戰時未必真有那麼強喔！如果現在自由練習或是比賽，我認為你們可以獲得壓倒性勝利。」

「你這麼認為嗎？」

「無論怎麼看，我都不覺得他們很會打架啊！」雪哉瞇起眼睛，揚起了嘴角，只是這次怎麼看，都不像是在笑。「這段時間的觀察，當然知道誰有多少實力。你們不愧都是憑武藝進來這裡的，以體能來說，你們都名列前茅。」

「你上課時都在觀察人嗎？我在上課時，自己的事都忙不過來了。」桔苹愕然驚問。

「總之，像我這種雖然是宮烏，其實是武家出身的人例外，明留或是他的那些跟班很快就會露出破綻了。」

雪哉自信滿滿的斷言，讓其他同學都面面相覷。

「好，就相信雪哉的話，眼前盡自己最大的努力，如何？」茂丸徵求其他人的同意。

「好。」

「也對。」

剛才抱怨的人也都順從地點點頭。

姑且不論雪哉的話有幾分真實性，但看到其他人都欣然接受，茂丸暗自鬆了一口氣。

幾天之後，茂丸就發現雪哉幾乎都說對了。

首先，他們很快就知道，教官並沒有歧視的心態。

在平民出身的院生按照教官指導的動作完成打擊練習後，也都依次加入了自由練習。空揮練習時，使用的是木刀；自由練習和打擊練習時，使用的是用竹子做的順刀。

茂丸看著大家揮著順刀如魚得水的樣子，不禁感到高興。不久便見識到，必須說雪哉的話並不是「完全」正確，而是「幾乎」正確的情況。

明留身邊的跟班接連被平民出身的院生打敗，而明留仍然立於不敗之地。向來嫉妒明留的同學開始自由練習後，都相繼前去向明留挑戰，卻遲遲無法打贏他。

「他可能很少打架，但絕對經常在道場練劍術。」休憩時，茂丸用汗巾拭汗說道。

「是啊！至少他的確累積了相當的訓練經驗。」雪哉苦笑著回應。

茂丸看著成為討論話題的明留，可能對跟班的窩囊樣感到很氣憤，一臉極其不悅。

「我會不會太小看他了？」雪哉若無其事地說。

「你高高在上地評論別人，在自由練習時，很快就被打敗了嗎？」茂丸揶揄笑道。

「咦？你看到了嗎？」

「在等待自由練習時看到的。照這樣下去，你很不妙喔！」

雪哉之前在背後大放厥詞，但他的劍術實力真的不怎麼樣。由於打擊練習時的動作很到位，行動也很敏捷，因此在參加自由練習之前，茂丸一直認為他完全沒有問題。

沒想到實際自由練習後，發現雪哉完全不打算進攻，只是一味防守。雖然被教官大聲斥責，雪哉也只是嘿嘿笑著，完全沒有改善。

搞不好是雪哉自己很少打架。茂丸不禁如此猜想。

在勁草院，重視術科的考試勝於學科考試。在此之前，茂丸一直擔心自己跟不上，無暇顧及別人；當發現雪哉可能無法順利升級後，便開始為他擔憂了起來。

「沒事、沒事，我會在風試之前搞定。」

真是皇帝不急，急死了太監。

休憩時間結束，眾人回到道場內，空氣中瀰漫著，即使保持通風仍無法消除的汗臭味，他們都已經很習慣這種氣味了。

在教官指示之前，大家就將護胸和護臂等護具穿戴妥當，並用羽衣包覆頭部。

茂丸原本以為會繼續自由練習，沒想到教官說要以比賽的方式練習。照理說，應該以三戰兩勝的方式決定勝負，但為了讓院生適應比賽，無論哪一方先獲勝，都要完成三次對戰。

教官們站在道場中央的四個角落，規劃出比賽場地範圍。茂丸和雪哉一起在離教官有一段距離的地方，坐在最前排當觀眾。

主裁判華信站在正中央，點名參加比賽的院生。

「紅隊是三之二的明留，出列。」

明留可能預料到自己會被點到名，一臉理所當然的表情走上前，從輔助教官手上接過了紅色腰帶。

「白隊是一之一的千早，出列。」

明留的比賽對手是茂丸不太認識的荳兒，雖然記得曾經在上課時遇過，卻從來沒有交談過，也不記得他在自我介紹時說了什麼。

*怎麼對這個人沒什麼印象啊！*茂丸邊回想邊打量著對方，發現他似乎滿沉默寡言。

千早緊抿的雙唇，好像從出生到現在從來沒有打開過。他身材高大，體態勻稱緊實，由於臉型偏長，加上顴骨較突出，因此看起來很乾瘦，有一種不健康的感覺，臉上的長瀏海間露出了三白眼，眼神很銳利。

既然教官挑選他們成為第一場比賽的人選，代表這兩人目前在所有院生中最厲害。

千早將白色腰帶繫在腰上，站在已經等在開始線上的明留面前。

華信看到雙方準備就緒，向另外幾名副裁判交換眼神之後，相互點頭。

「開始！」

就在華信宣佈開始的同時，明留就大喝一聲「呀！」提振自己的士氣。千早卻一動也不動，沉默不語地注視著明留。明留臉上露出一絲狐疑，決定先主動出擊。與其他院生相比，明留的動作十分敏捷，他以迅雷不及掩耳之勢逼向千早，用力揮下順刀。

下一剎那，只見那把順刀落了空。一切發生在轉眼之間，千早稍微扭動了身體，避開明留的攻擊，接著用握在左手的順刀揮向明留的護胸。

砰！清脆的聲音響起，兩名副裁判同時舉起了纏繞著白色帶子的左手。

「白隊獲勝！」

宛如閃電般的神速妙技讓人目不暇接。

確認主裁判舉起左手後，千早拉了拉幾乎沒有凌亂的衣領。而明留則一臉茫然，但很快便回過神打起精神，退回開始線。

「開始！」

主裁判再次宣佈後，明留這次並沒有吆喝，也沒有主動出擊，而是微微移動，謹慎地晃動順刀前端，等待千早出招。

這次由千早主動採取了行動，他以難以想像正在比賽的輕鬆態度向前跨出一步，接著將原本雙手握住的順刀換到右手，對著試圖防守的明留揮了一刀，只見明留手上的順刀被打飛了出去，在半空中打著轉，朝向正在旁觀的院生飛了過來。當順刀掉落在慌忙躲避的人群中時，千早擊中了赤手空拳的明留臉部。

「這是怎麼回事？」茂丸聽到有人嘀咕，他也搞不清楚狀況。

兩個人的實力懸殊顯而易見，轉眼間，連輸兩局的明留臉色變得十分難看，按照三戰兩勝制，比賽原本已經結束，但這次還剩下最後一局。

當明留重新將順刀拿在手上，兩人相對時，臉上的表情呈明顯的對比。明留無論如何都想報一箭之仇，千早則對眼前的對手並沒有太多想法。

「開始！」

第三次指示聲響起的同時，明留發出宛如裂帛般的喝吆衝向千早。千早甚至沒有擺出迎戰的姿勢，也沒有用誇張的動作避開明留刺過來的劍尖，僅是歪了歪頭，用左手握著的順刀撞向明留的太陽穴。下一秒，明留的身體被打飛出去，而且不是平時練習的安全跌倒方式，就連旁人都忍不住為他擔心。

「白隊勝！喂，你沒事吧？」華信宣佈勝敗之後，連忙跑向明留身旁。

明留起身坐了起來，雖然沒有受傷，卻一臉難以理解眼前的狀況。而千早絲毫沒有看明留一眼，退回到開始線，依舊面無表情。

雙方相互行禮後，比賽結束。

教官似乎也沒有料到會如此輕易定下勝負，在稍微討論後，重新叫了其他院生上場比賽，不過千早和明留的名字，再也沒被叫到了。

「你太厲害了！」

「之前完全不知道你這麼厲害。」

「你的劍術是向誰學的？」

比賽之後，千早頓時成為紅人。除了平時就看明留很不順眼的人以外，還有那些欣賞千早劍術的人，大家都不約而同來向千早搭話。

千早沒有回答這些接二連三的提問，圍在他周遭的人也毫不在意，繼續熱烈地議論著。

下午的課程結束後，從道場回宿舍的路上，平時參加學習會的人，與千早以及圍在他身邊的人，保持了一點距離。

「可惡，原本我還希望自己第一個上場打明留。」

「唉呀唉呀，如果再上場比賽一次，我一定可以打贏。」

桔苹和久彌說得咬牙切齒。

「這就意味著你們根本不是明留的對手啊！」辰都歎了一口氣，一針見血地指出。

「你少囉嗦！」

「什麼嘛！辰都，你自己也沒有打贏啊！」

茂丸不理會開始內鬨的三人，將目光移向明留和他的跟班。

「話說回來，明留沒事嗎？」

明留用濕汗巾按壓著太陽穴，他身邊那些跟班露出極度不悅的眼神，看向千早身邊那些樂不可支的人。

「千早已經手下留情了，應該不必擔心他的傷吧！問題反而是……」

雪哉說到這裡，突然眨了眨眼睛。

「怎麼了？」茂丸順著雪哉的視線望去，忍不住「呃！」了一聲。

「千早！聽說你立了大功。」

原本你一言我一語的荳兒，看到來者都立刻住了嘴。

南橘家的公近不知道從何處得到消息，從食堂那裡走了過來。

剛才不停對千早說話的那些人，看到迎面而來的學長感到害怕，紛紛向後退。

公近不理會他們，親切地拍了拍千早的肩膀。

「聽說你把西家的公子打得一敗塗地，真的嗎？」

千早沒有吭氣，公近轉過頭，心情愉悅地叫住無視他的存在，想要離開的一群人。

「明留，真的有這回事嗎？」

明留停下腳步，一臉難掩煩躁，回頭看向公近。

「……是啊！我是輸了。有什麼問題嗎？」

「是嗎？是嗎？那真是太棒了！小子，如果你不知道，那我就告訴你。打敗你的千早，是為我家服務的山烏。」

他用下巴指向千早，千早默不作聲地站在公近身旁。

原來千早是服務於公近家，也就是支持長束親王派的南橘家。

公近露出鄙視輕蔑的笑容說道：「你自認是皇太子的忠臣，結果無論是身為皇太子派的代表，還是身為宮烏，你都輸給了最不該輸的對象，簡直丟臉丟到家了。」

明留面無表情，抿著嘴怒到發抖，隨即靜靜吐出一口氣後，很快恢復了平靜。

「真抱歉，破壞了你因打敗我而洋洋得意的興致，不過你的好日子也不多了。」

「嗯？」

「當今陛下已經決定要讓位給皇太子殿下。」

「你說什麼？」

「不久之後就會正式公佈，不知道南家的人還能夠神氣多久。」

明留斬釘截鐵地說完，臉上已經不見絲毫慌亂。

公近似乎第一次聽到這件事，原本得意的臉上露出了驚愕之色。屏氣凝神靜觀事態發展的其他人，也忍不住七嘴八舌地討論起來。

明留斜睨著他們，臉上露出了淡淡的譏笑。

「這件事千真萬確，皇太子殿下就是因為參加此事之御前會議，拖延到時間，所以才沒有來參加入峰典禮。」

公近陷入了沉默，讓人摸不著頭緒在想什麼？

明留看向始終不發一語的千早。

「千早，你很有實力，真是太遺憾了。政局的變化，可能會讓你和你的主子都被趕出勁草院。你跟到一個倒楣的主子，太不幸了，早知道應該跟隨皇太子派的人。」

千早聽了明留的冷嘲熱諷，依舊低頭看著腳下。

「……無論是長束派還是皇太子派，對我來說根本不重要。」千早淡然地表示。

明留聞言驚訝地瞪大了眼，公近似乎更加錯愕。

「喂！你在說什麼？你跟我來。」公近沒有向其他人示意，強扯著千早離開。

「……事情的發展是不是不太妙啊！」茂丸茫然地目送他們的背影，低喃道。

公近和千早之間看起來不像有信賴關係，茂丸看著離去的他們，心裡有不祥的預感。

一個小時後晚膳時，茂丸的擔心果然成了真。

「你不要太囂張！」

正在收拾的院生聽到響徹整個食堂的怒罵聲，一同看向聲音傳來的方向。

「怎麼回事？」

「吵架嗎？」

用完膳後，按照教官、貞木和草牙的順序依次收拾，現下幾乎只剩荳兒還留在食堂內。

茂丸朝著聲音望過去，發現那個滿臉漲得通紅的男生，有一個熟悉的鷹鉤鼻。

「那不是千早和公近草牙嗎？」

「公近草牙的那些跟班，去了哪裡？」

「越是需要他們的時候，他們就不見蹤影了。」

茂丸和雪哉竊竊私語的同時，公近和千早的對話越來越緊張。

「千早，我再說一次，你馬上幫我收拾食案。」

公近可能拼命克制不想大聲咆哮，所以說話的聲音正顫抖著。只是即使公近氣勢洶洶，千早還是坐在那裡，不為所動。

「我拒絕。」

「為什麼？」

「沒有理由。」

公近似乎要求千早為他收拾食案，遭到千早斷然拒絕。

「我不是說了，這是學長的命令嗎？你給我廢話少說，聽我的命令就對了！」

千早聞言，抬眼瞥了公近一眼，冷哼了一聲。

他們之間可能重複了多次這樣的對話，公近氣得整張臉都扭曲了起來。原本以為他會再次怒吼，沒想到他倏忽很不自然地露出了平靜的表情。

「你該不會忘了反抗我會有什麼後果？」

千早露出了疑惑的厭煩眼神。

「我可以幫你回想起，這不是你一個人的問題。」公近嘴角浮起獰笑，威脅道。

千早的眼神瞬間發生了劇烈的變化，他收起了前一刻的冷冽，激動的情感在他眼中燃燒，劍拔弩張的氣氛讓主動挑釁的公近也有點被嚇到。

「……怎樣？你想反抗嗎？」

千早無聲無息，動作極其流暢地站了起來。

不妙！茂丸心中吶喊著，他觀察四周，所有人都愣在原地，一動也不動。**看來只能由我出馬了。**茂丸正打算採取行動，身旁突然有個人影一閃而過。

「啊！我不小心手滑了。」

只見烤茄子和細麵味噌湯，全都倒在公近的後腦勺上。

茂丸總覺得雪哉是特地去盛裝剩飯，然後躡手躡腳走到公近身旁，再把整碗味噌湯倒在公近頭上，而且應該不是自己想太多。

雪哉這傢伙，竟然還有這招！茂丸拼命忍著不笑，跑向騷亂的中心。

「啊呀！真是對不起啦！但是學長，你也不該站在這裡發呆啊！其他草牙早就已經自己收拾好食案離開了，你還在這裡幹什麼？」

雪哉言不由衷地道歉，然後假裝用自己的袖子為公近擦拭，再暗地把爛糊糊的茄子都揉在公近的臉上。

公近和千早都對這突如其來的狀況感到不知所措，像雕像一樣呆怔在原地。

「喂！你這個死矮子！」公近終於回過神，揮開雪哉的手臂，激動地叫罵道。

茂丸覺得公近有這樣的反應很正常，只是現在沒時間嘲笑怒不可遏的公近，他慌忙擠進他們兩個人之間。

「好了好了，學長，請你不要激動，他並不是故意的。因為剛才上術科太累，所以腿都發軟了。對不對，雪哉？」

「對，沒錯，我真的不是故意的啦！」

雪哉一臉無辜的表情低著頭，看似有悔意，但公近並沒有受騙上當。

「搞什麼鬼！如果不是故意，人怎麼會在這裡？」

食堂很大，這裡距離收拾食案的地方有將近十公尺。

茂丸和雪哉互看了一看。

「你為什麼會在這裡？」

「我在散步。」

「他說他在散步。」

「你們想死在我手上嗎？」公近說話的語氣很平靜，額頭卻冒著青筋。

茂丸正思考該怎麼矇混過去，公近突然仔細打量著雪哉和茂丸的臉。

「你們兩個人都來自北領的邊境吧？你們這些來自鄉下地方的山烏可能不知道，南橘家在中央也有很大的勢力。」

茂丸聽到他倏然開始吹噓自己的家世，瞠目結舌地看著他。

「所以呢？」

公近看到茂丸不以為然的表情，臉頰抽搐了起來。

「……你不知道嗎？長束親王目前最大的親信叫路近，以前的名字叫南橘路近，也就是我的兄長。如果他知道你們不把他胞弟放在眼裡，搞不好會帶來更多的麻煩。」

茂丸還來不及開口，雪哉語氣堅定，幾乎嘆著氣地表明態度。

「你這麼輕易用令兄的權威欺負學弟，未免太無聊了，難道沒有其他招了嗎？」

公近立刻收起了前一刻趾高氣揚的態度。

「你這個下賤的東西，不要一副很瞭解狀況的樣子。」

即使被學長抓住胸口，準備要揮下拳頭，雪哉仍一副事不關己的眼神看著他。

茂丸突然驚覺到，雪哉露出等待公近快動手的表情。

「等一下。」

公近正要揮拳時，猛然被茂丸抓住了手臂。沒不著頭緒的公近，與準備挨拳頭的雪哉一起訝異地看著茂丸。

「你幹嘛抓住我的手？」

「如果學長是受不了學弟態度不禮貌想要動手，我能夠理解，但既然你提到了身分，我就不能袖手旁觀了。」

教官在課堂上剛教過，勁草院重視實力主義，和家世沒有關係。

「若因為出生就遭到輕視，那我們來這裡就失去意義了。我們並不打算因為你的身分巴結你，也沒有理由因為身分被你看不起！」

茂丸喝斥的聲音，猶如雷聲般響徹整個食堂。

公近默默倒吸了一口氣，卻仍然不甘示弱地瞪視著茂丸。

「放開你的手。」

「你先放開雪哉。」

雖然茂丸還是荳兒，體格比公近更加壯碩。儘管不知道是否有辦法對付年長一年的草牙，不過既然要打架，至少要在氣勢上先壓倒對方。

這時，意想不到的人出現，打破了眼前的緊張氣氛。

「公近草牙，我勸你最好到此為止。」

「啊——啊——？」

帶著一票跟班出現的，正是公近的天敵。

「明留，你也要向學長頂嘴嗎？」公近低聲脅迫道。

明留露出極其不以為然的神情，冷譏道：「你剛才不是身為前輩，而是以宮烏的身分在對他們說話。同樣身為宮烏，我要向你提出忠告。」

「什麼忠告？」

「你剛才想要動手打，還謾罵『下賤東西』的這個人，可是北家的公子。」

茂丸瞪大了眼轉過頭，雪哉臉皺得像是吃到滿是酸味的食物。

明留瞥了一眼，平淡地揭露雪哉的身分。

「他是北家家主，也是帶領所有武家大將軍玄哉公的孫子，在北本家內部，他的地位僅次於下任北家家主和家主的嫡子，位居第四，是宮烏中的宮烏。」

「他……？」公近怔愣地說不出話來。

「嗯，好像有這麼一回事。」雪哉的態度極其敷衍。

新生中竟然有意想不到的高級貴族這件事，對屏住呼吸靜觀事態變化的院生造成不小的衝擊。在陣陣漣漪般的議論聲中，不知道是否有人去叫了院士。

當清賢教官出現在走廊上時，公近輕輕地咂了嘴。

「你們在吵什麼？」

這到底該怎麼說？所有人都陷入了沉默。

「我不小心腳下一滑，結果把味噌湯倒在了學長身上。」雪哉第一個舉手。

「這樣啊！」清賢面不改色地點點頭，接著轉頭看向公近問：「是這樣嗎？」

由於公近是挑起事端的始作俑者，所以他不得不表示同意。

「對。」公近一臉不悅地回答。

清賢教官對他輕輕點了點頭。

「好，我瞭解情況了。雪哉，身為武人，跌倒時不可危及他人，你要向學長道歉。」

「是！公近草牙，真的很抱歉！」雪哉坦誠地道歉。

公近露出極度不痛快的表情低頭看向雪哉，清賢淡淡地看著公近。

「公近，你怎麼連這種狀況也無法避開呢？甚至還讓自己情緒失控地對荳兒大發雷霆，實在太難看了。」

「……抱歉！」

「看來雙方都有過失，那這件事就到此為止，有沒有意見呢？」

清賢靜靜地看著他們兩人。
「沒意見。」
「沒有。」
「很好，雙方都要深刻反省，這裡就由你們兩個人一起收拾作為處罰。」
也就是說，他們並不會因為這件事遭到責備。
「是。」兩人都敬禮回答。
「很好。」清賢露出了微笑。
正當大家以為事情到此結束，沒想到清賢將目光看向明留。
「你剛才勸架也辛苦了。」
「我身為和雪哉同一陣營的宮烏，當然不會袖手旁觀。」明留一本正經地回應。
清賢依然面帶笑容，卻語帶暗示地說道：「我瞭解，不過在勁草院內提起家世並不值得鼓勵，即使是勸架，也不該用雪哉的身分做文章。」
很少被教官批評指責的明留，一時之間啞然無言，但立刻回過神來皺起眉頭，氣勢洶洶地抬頭看著清賢。

「清賢院士，你支持皇太子派，還是長束親王派？」

聽到明留問題的公近，也露出了銳利的眼神，在場的所有院生都同時看向清賢。

清賢儒雅依舊，淡淡地微笑著，絲毫沒有慌亂。

「這個問題並沒有太大的意義，長束親王已經表明要協助皇太子殿下，更何況我認為皇太子派和親王派的區別並不符合現狀。」

「這只是表面上而已，事實上，朝廷內不正是分為皇太子派和親王派嗎？」

「即便這樣，」清賢淡定地注視著情緒激動的明留，「勁草院是培養為宗家服務的山內眾的地方。無論是宗家的任何人，在金烏陛下前都不可以有高低之分或是派系。最重要的是，我是勁草院的院士。」

清賢的語氣就跟上課時完全一樣。

「政治上的派系和我無關，我和院生站在一起。你自己也要小心，避免過度在意外面的事，反而看不到身邊重要的事。」

清賢露出有些為難的表情看著明留，似乎暗示他不要再繼續反駁。

「然後呢？現在又是什麼狀況？」

市柳的臉頰抽搐著，雪哉的態度也很理所當然。

「我按照清賢院士的指示，直到剛才都在食堂打掃。公近原本應該和我一起的，但他先離開了。這次沒有受到責備真是奇蹟，所以我也不打算去告狀。」

「幸好來的是清賢院士。」茂丸還心有餘悸。

「不，這種事並不重要。」市柳忍無可忍地質問道：「我問的不是這件事，而是為什麼這個房間又多了一個荳兒？」

市柳怏怏不悅的眼神看著跪坐的雪哉和茂丸……以及千早。

「因為公近那個傢伙說話實在太不近人情了啊！他明明必須擔任指導，卻把千早從宿舍趕了出來。」

即使千早是這場吵架的起因，從中途之後他就完全置身事外了。茂丸覺得是自己把事情鬧大，所以不忍心棄千早不顧。

「聽說只要點名的時候出現，除了上課時間以外，不管院生在哪裡，教官都不會責罵。市柳草牙，他沒有其他地方可去，讓他來十號房也沒問題吧？」

「開什麼玩笑！我們的房間原本就已經夠小了，現在不就更小了嗎？」

千早雖然是當事人，依然一言不發，坐在房間的角落把頭轉到一旁。

市柳難以接受地抱著頭說：「你們應該也知道，因為茂丸塊頭特別大，所以我睡的地方只有整個房間的四分之一。我明明是草牙，睡的地方卻這麼小，未免太離譜了。」

「你不是學長嗎？不要這麼斤斤計較嘛！」

「學弟，那又是誰讓我這個學長只能縮在角落呢？」

「那乾脆把屏風拿掉不就好了嗎？」雪哉調侃道。

「堅決不同意。」市柳激動地反駁，接著用雙手捂住了臉，歎著氣說：「而且你們竟然和公近吵架？我之前不是就警告過你們，不要和他有任何牽扯嗎？我以為你們聽懂了，結果根本沒把我的警告當一回事。」

「公近在草牙中的名聲也很差嗎？」

「啊？對……」市柳聽了茂丸的問題，板起臉正色道：「聽說，他是因為有同為南家的教官袒護，才有辦法順利升級，不然無論是性格或是腦袋都差到極點。除了南家體系的人以外，其他人都討厭他，不過他的武藝還不差。」

「比你厲害嗎？」

「你少囉嗦！總而言之，照理說，他早應該因人格問題被趕出勁草院的。」

他總是帶著一大票南家體系的跟班，旁若無人、隨心所欲。

在勁草院內，無論是教官還是學長，都必須自行收拾晚膳的食案，這次就是公近無視這個規定所造成的。

雖然不知道他在自己家裡的情況，但光是不遵守勁草院的規定，問題就很大。茂丸內心忖度著，驀然想到了坐在身旁的雪哉身分。

「對了，原來你是大貴族的公子啊！」茂丸深有感慨地說道。

「等一下！」雪哉突然慌張了起來，「我說自己來自垂冰並無說謊，只不過因為我母親是北家的人，所以……」雪哉越說越小聲，最後閉了嘴，心虛地抬眼看著茂丸，探問道：

「你生氣了喔？」

雪哉顯得戰戰兢兢，似乎很擔心茂丸的反彈，這讓茂丸感到訝異。

「為什麼？我剛才不是說了嗎？我不會因為一個人的出身去判斷他，若只因為你是貴族，我就討厭你，不就和公近那個混蛋沒什麼兩樣嗎？」
「茂哥！」雪哉似乎感動不已。
「啊！事到如今，要我對你的身分產生敬畏，我也做不到了。」茂丸語帶調侃地說。
「誰會說那種鬼話啊！現在這樣我反而很高興。」雪哉愉悅地大聲嚷嚷。
「我就知道你會這麼說。好，那就像以前一樣。」
市柳原本擔心地看著他們，聽了對話後，終於安心地鬆了一口氣，接著輕輕抓了抓頭，睨了一眼走進房間後，一句話都沒說過的千早。
「事到如今，也無可奈何了。千早，你聽好了，要睡在這裡沒問題，但是絕對不要再惹事了。拜託你不要和人吵架，大家和睦相處。」
「我拒絕。」千早的回答十分冷淡，也很直截了當。
否則，市柳會因為對荳兒指導不周而被教官盯上。
「你、你說什麼？」市柳一下子沒聽懂千早在說什麼，聲調不由得高吭了起來。
市柳身為學長提出的要求很合理，也是最低限度的要求，千早卻用一句「**我拒絕**」回絕，這讓市柳完全無法理解他在想什麼。

「千早？」雪哉叫喚著他。

「你和這個矮子不都是貴族嗎？」千早用令人不安的三白眼看向市柳和雪哉。

「什麼貴族不貴族的，姑且不論雪哉，我只是鄉下貴族。」市柳感到困惑。

「但是，你們的家裡養馬。」

「啊？對啊！的確是。」

鄉長官邸若沒有馬，鄉吏就無法正常工作。茂丸之前去風卷鄉的鄉長官邸時，也看到那裡有漂亮的馬廄，他猜想垂冰鄉應該也差不多。

這其實是很正常的事，但千早聽了市柳的回應後，眼神變得更加冷漠。

「我討厭宮烏，所以沒辦法和你們當朋友。」

千早瞪著張口結舌的其他人，快步衝出了房間。

「喂，千早！」

雪哉本想立刻追上去，卻被茂丸制止了，接著還來不及仔細思考，茂丸便順從本能對著茫然的市柳鞠了一躬。

「學長，對不起，可以稍微等一下嗎？」

「為什麼是你道歉？」

「同樣身為山烏，我並不是無法瞭解他的想法，這件事可以交給我處理嗎？」

相對於代表貴族的宮烏，山烏是有點蔑視平民百姓的說法。

市柳似乎察覺到學弟特地用這個字眼的用意，他收起了臉上呆滯的表情。

「好，這件事就交給你了，你趕快把他帶回來吧！」市柳點了點頭同意。

「謝謝。」說完，茂丸便帶著珂仗衝出了宿舍。

茂丸不需要費太大的工夫四處尋找，很快就發現了千早。

從宿舍洩出的燈光照在建築物後方，一個人影靠著牆席地而坐，人影的腳下有一個小包袱。那是千早被公近趕出宿舍時，丟給他的行李，裡面裝著他的生活用品，卻比其他平民出身的人還更少。

「市柳草牙和雪哉都很不知所措。」

茂丸說話的同時，在和他保持一定距離的位置停了下來。

「不關我的事。」千早瞥了他一眼，再度低頭看著腳邊。
「如果你想要有一個睡覺的地方，應該再謙虛一點，該不會打算睡在這裡？」
「我原本就是這麼打算。」
「喂喂，你是認真的嗎？」
剛才是茂丸硬拉著千早去十號房，沒想到他原本打算露宿戶外。
茂丸思量了一下，與千早保持了即使伸手也不會碰到對方的距離，一起靠著牆。
「雪哉和市柳應該從來沒想過，那些成為馬的八咫烏，很討厭過著成為馬的日子。」
茂丸喃喃自語般說完抬起頭，看到朦朧的弦月高掛在林立的講堂屋頂上方。淡淡月光下，柿子樹滋潤的嫩葉，讓樹影看起來很飽滿。他用力吸氣，空氣中已經有了入峰時所沒有的初夏味道。
「……但是，他們無法想像，也代表他們並沒有用惡劣的態度對待馬。」
茂丸聽到身旁響起輕輕的笑聲。
「若因此沒有發現問題的本質，比蔑視更糟糕。」
「是這樣嗎？」茂丸察覺到千早的態度比剛才略為軟化了，故作不經意地繼續說：「我外公在飢荒時，為了避免自己的女兒被賣去妓院，主動成為之前很照顧他的地主的馬。如果當初外公沒有變成馬，我就不會出生來到這個世界了。」

千早默默地聽著。

「因為他是自願，所以成為順從的馬，飼主也對他很好，最後在飼主一家人的陪伴下離開。如果說這樣很糟糕，或許也有道理。不過，我認為與其外公被鞭子抽，而有不愉快的感覺，這樣反而更好。」

「……他不是保護了他的女兒嗎？」

千早的回答很簡短，不過茂丸知道他想表示外公很了不起，茂丸感動地笑了。

「感謝。雪哉和市柳草牙雖然是『好飼主』，想必家人中應該沒有人變成馬。他們都是好人，但這件事有點強人所難。因為這個世界上絕對有一些只要沒有親身體會，無論怎麼想像也無法瞭解的事。」

千早沉默不語，也沒有反駁。

「不過，只因為這個原因就否定他們的全部，對你來說是一種損失。就好像我們無法成為宮烏，他們也不可能有機會體會山烏的處境。」茂丸在說話的同時，伸了一個懶腰。「我認為，彼此不瞭解對方某些事，比起自以為是的瞭解，這樣反而比較好。不能因為自己無法理解，就輕視生活在自己未知世界中的八咫烏，或許只要意識到這件事就好。」

「你是說，必須默默忍受宮烏的蠻橫殘暴嗎？」千早語帶諷刺反問。

「怎麼可能！」茂丸一笑置之。「那種時候，可以徹底輕視那些只會用自己的標準衡量世界、心胸狹窄的傢伙。不過，如果只因為對方是宮烏，就看不起對方，那和這種人有什麼兩樣？」

始終看著自己腳下的千早，終於輕歎了一口氣。

「我會牢記你的話。」

「好，你要記得。」茂丸仰望著天空。

千早的雙手插在袖子裡，一直低著頭，沉默片刻後，他幽幽地開了口。

「……有一個和我情同家人的親友，被栽贓搶劫，結果腳被砍掉了。而真正的強盜，其實是他們一家承租農地的地主兒子。」

「這樣啊！」茂丸簡短地應了一聲。

千早說的腳，是變成鳥形時的第三隻腳，他的好朋友因被栽贓而遭到斬足。

一旦因為契約而成為馬，主人會用特殊的繩將第三隻腳綁起，讓他們無法未經許可就變回人形。然而，因斬足而被強制變成馬之後，就再也無法恢復人形了。

千早終於抬起頭望著茂丸。

「關於這件事……」

「我不會說出去的。在你認為可以告訴他們之前，我都不會說。」

「你認為會有這麼一天嗎？」千早對這件事完全沒有期待。

「會有這麼一天，至少我相信。」茂丸一臉嚴肅地點點頭。

第二章　明留

「你好。」

說話的少年有著一雙清澈的墨黑眼眸，夕陽照在他的肌膚上，宛如純白色木蓮花般閃著白色光芒，穿著薄紗的肩膀削瘦，一頭柔順的頭髮披在肩頭。

這個人太俊美了。

那就是我對皇太子殿下的最初印象。

當時，母親只關心嫡子的兄長，和預計將要入內的嫡姊，我內心感到寂寞不已。為了吸引身邊大人的注意，整天都故意調皮搗蛋。

記得那天，也是因為侍女對我說：「不能隨便去耳房，那裡有貴客。」我才偷偷溜去耳房一探究竟。

至今我仍然記得很清楚，那是黃昏的時候。我鑽過尚未開花的茶梅樹籬，向耳房張望。如果周圍沒有人，我打算進去探險，沒想到已經有人坐在被夕陽照得一片火紅的簷廊上。

日暮低垂的天空一片深紅，盛開的白木蓮被染上一抹淡淡的桃色。

那人原本正在仰望花瓣紛紛飄落，立刻發現了我，自在地向我打招呼。

「你……你好。」我慌忙回應，聲音顯得忐忑不安，宛如蚊子叫。

「找我有什麼事嗎？是真赭要你來傳話嗎？」

即使很好奇他為何如此親暱地稱呼嫡姊，還是默默搖了搖頭。

「所以這裡原本是你玩耍之處？不好意思，佔用了你的地方。」

聽他這麼說，我頓時慌了手腳。

「不是！她們叫我不可以來這裡。但是，那個……」

「你還是來了嗎？」

「……我還是來了。」

我還記得侍女說的話，因此猜到眼前的少年就是「貴客」。原本以為他會叫僕人數落我一頓，聽到他接下來說的話，我簡直懷疑自己聽錯了。

「那這件事就當作是我們的秘密囉！」

「啊？」我詫異地抬起頭，只見他將食指放在自己的嘴唇上。

「你也不喜歡被罵，對吧？所以我們曾經在這裡見過面的事，就是秘密，如何？」

聽到他這麼說，我一時之間瞪大眼睛說不出話。

若是兄長，一定會嚴厲地訓斥我一頓。至今為止，我每次調皮搗蛋，別人都會對我皺眉，從來沒有像這次一樣，竟然有人主動對我說是「秘密」。

回想起來，這是我有生以來第一次發現，有人可以和我一起做壞事的瞬間。

「好，我知道了，那是我們的秘密。」

我把手指放在嘴唇上，少年對我露出了極其溫柔的笑容。

「時機成熟了。」明留對著眼前這些人說道。

這裡是勁草院三號樓二號房，明留的行李搬進來後不到一個小時，和西家有淵源的院生全都到齊了。

「近年來，南家人越發蠻橫粗暴，是因為他們內心焦慮所致，我們也因此吃盡了苦頭，這件事遲早會解決的。」

其他院生專心聽著他說話，當聽到最後一句，忍不住探出身體。

「該不會……？」

「沒錯，皇太子殿下終於要即位了。」

近日來，朝廷多次召開御前會議，要求當今陛下讓位給皇太子殿下的聲音越來越強烈。雖然以南家為首的長束派表示反對，但缺乏足以阻擋皇太子派氣勢的說服力，預計皇太子即位這件事很快就會成為朝廷的共識。

「當皇太子成為真正的金烏陛下時，山內眾中絕對不能有像上次那樣的敗類。我奉皇太子殿下的諭令來勁草院，協助你們更加團結。」

明留凜然說完，環顧著所有人，從荳兒到貞木的院生都露出了端肅的表情。

「我們才是皇太子殿下的真正盟友，絕對不允許怠惰，大家要振作努力！」

「是！」所有人都異口同聲回答，向明留鞠了一躬。

從那個夕陽映照的日子開始，明留等待已久的日子終於到來了。

「這位公子以後將成為你的姊婿，千萬不可對他不敬。」

父親引見的少年，正是明留有生以來第一次遇到、與他一起做壞事的「共犯」。

皇太子殿下，明留的嫡姊日後將入內嫁給這位宗家的幼主。他剛來西家時身體十分孱弱，在西家耳房內療養多日，逐漸恢復健康後，才透過父親認識了彼此。

明留趁父親不備，悄然地把手指放在嘴唇上。皇太子也一臉若無其事，不經間地將食指置於唇邊，然後很快放了下來。

由於三人都還是孩子的關係，那天之後，姊姊、明留和皇太子便經常一起玩耍。

明留的嫡姊名叫真赭薄，善解人意、親切善良，發自內心愛上了皇太子。明留很希望能夠為心愛的嫡姊和未來的姊婿盡一份心力。因此，當他得知皇太子為了選妃從外界遊學回宮時，主動要求成為皇太子的近侍。

相隔數年，他們在初春時節的招陽宮，也就是為日嗣之子準備的宮殿前重逢。

皇太子長年在外，招陽宮也封閉多年，因此必須徹底清理，為日後皇太子的生活起居做準備。明留為近侍之首，同時身兼在招陽宮之總管，衷心期待主公的歸來。

原本以為皇太子會從通往朝廷的橋上走過來，沒想到竟然是騎著大烏鴉，豪邁地降落在明留和其他人面前。

當時的景象恐怕畢生難忘，大烏鴉的三隻腳抓著石頭地板，捲起的風讓眾人忍不住用手遮住眼睛。大烏鴉拍著翅膀陡然停下，幾根黑色羽毛飄在空中，下一瞬間，柔順漆黑的頭髮隨風飄起，一對像紫水晶般閃亮的俊眸睨了過來。

「明留，好久不見。」皇太子一開口便向明留打招呼。

只見他甩著有豪華金線刺繡的袖子，動作熟練地從鞍上跳了下來。已經完全是成熟男人模樣的皇太子，並沒有背叛明留的記憶，猶如年幼時一般俊美瀟脫。

「皇太子殿下，您回來了，我們一直在此恭候大駕！」

我將捨身為皇太子工作。他發自內心這麼想。

當打開招陽宮大門，明留等人正打算清掃時，皇太子又給了一個震撼彈。

「無此必要，這些人可以回到昨天之前的任職部門。」皇太子果斷地下令。

「啊？」有人發出呆滯的聲音。

「招陽宮只需一名近侍就足夠，其他人可以離開，明留隨吾過來。」

皇太子說完，便快步走入招陽宮內。

在招陽宮內，皇太子決定將空間較小的耳房作為自己起居的寢宮，完全不考慮原本應該作為居室的殿舍一眼。他繞著滿是灰塵的耳房一周，仔細地打量了片刻後，才終於對明留下達了命令。

「吾對庭院的草木不甚滿意，你把所有草木都砍掉，吾希望在室內也可以看到遠方。吾也不喜歡室內擺放太多東西，除了可以放書籍的架子以外，其他全都搬走。吾現下要前去另一個地方，會在日落之前回來。……嗯，你至少要把室內打掃到可讓吾歇息的程度。你辦得到嗎？」

明留聽到皇太子提問，自信滿滿地點了點頭。

「請放心交給臣處理。」

「那就交給你了。在吾離開期間，不得讓任何人進入。」

「遵命，路上請小心！」

明留很高興受到皇太子器重，也為自己能夠回應皇太子的期待感到驕傲。

目送皇太子離開後，明留命令等在門外的自家僕役前往西家的朝宅。朝宅和位在自己領地內的本邸不同，是來朝廷時所住的大宅。

直到日落為止，明留忙得焦頭爛額，但他的努力總算沒有白費，終於趕在皇太子回宮前，讓招陽宮煥然一新。

當皇太子回到宮中，一踏進夕陽映照的室內，忍不住愣怔了半晌。

「……這是怎麼回事？」

「如殿下所言，早些時候的招陽宮實在太寒酸了，恕臣僭越，張羅了這些擺設，全都是出自西領大師的作品。」

明留說完，驕傲地再次打量室內，難以想像幾個小時前一片雜亂。

面向庭院的窗掛著富有光澤的鮮紅窗簾，被時下流行的蝴蝶展翅飛舞黃金雕刻束釦給扣了起來。窗前是一張有著螺鈿裝飾的漆黑書案，成套的雙層櫃上有一隻七彩仙鶴飛舞。隨意放置的香爐，更插了紅梅的花瓶，都是有黃金裝飾的蒼鷺印珍品。

「所有擺設都絕對配得上皇太子殿下的身分，若有任何不入眼的，敬請吩咐，還有很多可以替換。」

「不，傢俱什麼的，只要能用就好……只是吾看了眼睛有些疲。」

皇太子對於眼前的巨大變化感到錯愕，也有些啼笑皆非。

「殿下可以前往庭院瞧一瞧，臣請西家的園丁徹底整理一番，您看了應該不會再感到不舒心了。」

皇太子轉頭望向窗外，眼見經過精心修剪與新栽植的樹木，頓時又啞然無言。

明留看著皇太子的背影，只覺得自己辛苦一場也值得了，要在皇太子回來之前張羅這些並非易事。

他動員了朝宅內所有下人，並找來園丁，還打開朝宅的寶物庫挑選傢俱用品。雖然因無暇仔細斟酌，對目前的佈置很難說滿意，但沒關係接下來有充裕的時間可以補強，眼前的成果已超越了皇太子的要求，應該還算差強人意。

「請問殿下還滿意嗎？」

皇太子面無表情地扶額沉思片刻，很為難地看向明留。
「變化的確很驚人，但這些絕不可能是由你一個人完成的吧？」
一時之間，明留無法理解皇太子想要表達的意思。
「不，的確是臣獨力完成的。」
「這個櫃子和這個花瓶都你一人所為？」皇太子摸著比明留還高的櫃子與花瓶問道。
明留這才終於恍然大悟。
「喔，臣當然是交代西家的僕役來執行的。」
「吾離開前不是說了，不得讓任何人進入招陽宮。」
「臣確實有遵守命令，在殿下外出其間，並未讓任何八咫烏進入招陽宮。」
「那園丁與搬傢俱的僕役不就進來了？」
「但他們都是下人啊？」
明留隱約感受到，自己和沉默不語的皇太子之間產生了微妙的分歧。
「呃，為了完成殿下的命令，臣確實讓下人進來，但會要求他們平時迴避，不會讓您看到他們，敬請放心，請當作他們不存在。」

「你該不會要求他們現在也在某處待命吧？」
「是的，在後方的馬廄內。」
明留無論去哪裡，都會帶著這些僕役。只要一聲令下，那些僕役就會隨時為他做事。既然皇太子下令，他會要求這些人不得出現在殿下的視野內。
皇太子原本打算開口說些什麼，最後還是愁眉不展地緘默不語。
明留無法想像皇太子為何事煩惱，正感到惶惶無措時，皇太子倏忽在門口的地板框上坐了下來，一臉正色看著明留。
「明留，你是真心想跟隨吾嗎？」
雖然皇太子問得很唐突，卻是明留等待已久的一句話。只見他跪在皇太子腳前，下定決心抬起頭，一臉凜然地看著皇太子。
「是的，臣願捨身追隨皇太子殿下。」
「這樣啊……」皇太子低喃了一會兒，立刻命令道：「那你去勁草院吧！」
「勁草院……嗎？」
明留從來沒有想過這件事，忍不住探問其中的原因。

「你去了勁草院，自然就知道了。」皇太子僅略帶深意地平靜回答。

「但是，殿下的近侍……」

「近侍還有其他候補人選，但主動願意成為我臣下的人並不多。既然你真心想追隨我，遲早會需要勁草院的考驗。」

既然皇太子這麼說，明留當然不可能拒絕。

雖然不知道皇太子對西家家主說了什麼，明留當天就回到了西本家，而後還請來原是山內眾、目前在西領開道場的男子，在明留達到入峰年紀期間，由他嚴格指導、訓練。

明留始終很納悶，為什麼皇太子打算將自己送去勁草院？

不到半年之後，這個疑問就有了答案——暗殺皇太子未遂事件。

明留從父親口中得知詳情後，震驚不已。

「殿下、皇太子殿下平安無恙嗎？」

「幸好平安無事，也沒有受傷。」

「到底是誰幹的？」

「主謀是南家的宮烏，長束親王的親信。」

「皇太子殿下的兄長……？」

明留感到不寒而慄，說話的音調也不由得變得高亢。

「長束親王否認參與此事，也對那名親信大發雷霆。只不過，」父親話到此停頓了一下，臉上的表情十分不悅，「長束親王到底對親信的想法知情幾分，只有他本人知道。雖然這次事件發生後，長束親王再度發誓效忠皇太子殿下，卻不知有幾分真心。」

表面上假裝是皇太子的忠臣，不知道背地裡在盤算什麼？

「此外，雖然並未對外公開證實，但聽說向皇太子殿下行凶的犯人當中，也有發誓向長束親王效忠的山內眾。」

「怎麼會有如此荒唐的事！」

山內眾應該比任何人更挺身保護宗家，聽從宗家的命令，竟然有人想要殺害被視為日嗣之子的皇太子？明留聽了父親的話之後，認為自己終於瞭解了皇太子的目的。

皇太子曝露在危險之中，想要持續留在皇太子身邊，無論如何都必須借助武人的力量。

雖然目前也可以運用〈蔭位制〉，在朝廷內集結力量，不過先決條件是自己必須具備身為武人的實力，才能夠指揮山內眾，因此皇太子才會命令明留去勁草院。

只要真赭薄入內，身為真赭薄胞弟的自己，便會成為皇太子的親信大顯身手，一旦由西家掌握朝廷，皇太子身邊的紛擾也能逐漸安定。

然而，事態的發展並不如西家所願。

在明留開始為入峰做準備的一年之後，得知真赭薄無法入內，而是成為櫻花宮內的女官之長。取代真赭薄成為皇太子正室的，是來自長束母親的娘家，南家的公主。

「聽說，南家明目張膽地妨礙其他三家。」

「簡直是寡廉鮮恥之輩！」

得知南家公主入內的消息後，西家體系的主要宮烏都聚集在西家的朝宅。

明留默默地聽著他們的談話，不禁為嫡姊感到難過。嫡姊比任何人更溫柔，而且深愛著皇太子，如果光明正大對決，殿下不可能挑選滿腦子只有政治算計的南家女人。他引以為傲的嫡姊，一定是因為南家的陰謀才無法入內。

「南家太可惡了！不知道姊姊有多難過……」明留低聲忿懣道。

在場的一名年輕貴族聽了開口安慰道：「無法成為正室雖然很惋惜，既然還留在櫻花宮內，就代表仍有勝算。」

「什麼意思？」

「之前也曾有公主因為顧忌正室，以女官身分留在櫻花宮內，之後成為側室的前例。東家和北家的公主都奉命回府，只有真赭薄公主仍然留在櫻花宮內。」

東家和北家判斷自家的公主即使留在櫻花宮內，也不可能有機會入內。由此可見，真赭薄受到了和她們不同的重視。

「幸好皇太子殿下尚未生下皇子，只要成為側室，真赭薄姊姊就有機會在南家的公主懷孕之前生下皇子，就等於成為實質正室了。」

「原來如此！」

到時候，為了保護身為側室的嫡姊，自己需要更強大的力量。

因此，明留比之前更認真投入訓練，最後終於以榜首成績進入勁草院。

明留向西家的院生發出指示後，食堂內舉辦了院生見面會。他冷眼看著逐一自我介紹的荳兒，重新確認了自己來此的意義——目前的山內眾很腐敗。

為了入峰準備所僱用的劍術老師之前曾是山內眾，明留也從他身上瞭解了目前山內眾的情況，而造成勁草院和山內眾墮落的元凶，就是當今陛下。

當今陛下就是目前的代理金烏，也是皇太子殿下與長束親王的親生父親。

「歷代金烏經常會造訪勁草院，與將來成為近衛兵的院生建立緊密的交情，上一代的代理金烏也不例外。」

歷代金烏懂得慰問院士，也積極參與勁草院的營運，盡力培養優秀的山內眾。成為山內眾的武官當然都對金烏很忠誠，是相當出色的宗家近衛軍。

「然而，當今陛下從未做過這件事。有傳聞他討厭武人，即位之後，從來沒有去過勁草院或是山內眾的值勤處。」

無法得到主公關愛的山內眾，漸漸迷失了自身的存在意義。

當今陛下即位之後，期望入峰勁草院的人逐漸減少；即便入峰勁草院，很多人畢業之後也無意成為山內眾，甚至有人很快就退學。最後留下來的大多是，沒有其他生存之道的平民階級出身者和一肚子壞水的傢伙。

勁草院顯然變成山內眾的腐敗根源，必須斬斷這種根源。

皇太子一定是想藉由下令發誓效忠的人進入勁草院，增加自己在勁草院內的盟友。明留認為除了自己以外，應該還有另一名荳兒是基於相同目的被送來勁草院。

明留是皇太子遊學歸來之後的第一位近侍，後來被要求前去勁草院訓練，所以實際待在皇太子身邊的時日極短。而且在明留之後成為皇太子近侍的人，幾乎都很快就離開了，有人則是因為不符合皇太子的期待遭到解僱，也有人主動求去。每次聽到這種事，明留就很生氣地認為，那些人缺乏堅定的意志。

然而，有一個人卻在皇太子殿下身旁擔任近侍一年之後，還成為了近臣。近臣和近侍不同，將來有可能成為親信。

那個人到底是何方神聖？明留派人介入調查，瞭解對方的身分後，終於心服口服。

那個人是地位很高的北家公子，而北家是四大家中對皇太子殿下的友善程度僅次於西家的貴族。**皇太子一定希望自己是西家的代表，而那名近臣則身為北家代表發揮作用。**

那個人和明留一樣奇特，身分地位不凡，還曾經擔任皇太子的近侍，然後來到勁草院。自己和對方處境相同，兩人應該可以成為好朋友，但同時內心也產生了競爭意識，所以明留一直很好奇對方到底是怎樣的人？

「我是住在二號樓十號房，來自北領垂冰鄉的雪哉。」

在排放酒肴的食堂內站起來的少年，除了矮小以外，並沒有任何特徵，一看就很平庸。這是明留第一次親眼看到他，但之前就對他的大名早有耳聞。

「請多指教。」曾經是皇太子近臣的少年露齒一笑。

說句心裡話，對雪哉真是大失所望。明留走向下一堂課的講堂時，獨自歎氣思忖。

雪哉貌不驚人，說話又不吸引人，即使再怎麼奉承，也很難說他看起來很聰明。而且當皇太子遭到侮辱時，他竟然一副事不關己的態度。

即使他的母親是北本家的公主，但他是在地家以次子的身分長大；也就是說，他與祖先是初代金烏兒子的四家不同，原本就是地方上的土豪世家。然而，在他身上卻完全感受不到「皇太子派」宮烏的氣概，而且還介入公近與下人之間的糾紛。

皇太子應該希望自己或是雪哉帶領皇太子派吧？明留認為自己必須加倍努力。

這時候，明留已經瞭解了雪哉在各科目的表現，所有科目上都沒有值得一提的才華，只剩下接下來要上的〈兵術〉演習。

〈兵術〉這門學術課，分為學科和演習兩大部分。學科，就是坐在食堂的矮桌前，翻開教科書，學習書上的內容；而演習，就是藉由實際對戰，學習戰術理論。

草牙和貞木的演習和術科合併，以實戰的形式進行，但荳兒的演習課基本上都是〈盤上訓練〉。

明留也是第一次實際參加〈盤上訓練〉。起初聽老師提到，會使用模擬戰場的盤和模擬士兵的棋子時，他想像應該和將棋或是圍棋差不多，然則實際的〈盤上訓練〉並不是可以作為娛樂享受的訓練。

盤又稱為〈場〉，模擬了山內的實際地形，所以種類豐富多樣，重現了河流和山川，同時配置了實際存在的房子和寺院。據說〈場〉是根據朝廷保管的正式地圖製作而成，而模擬地方的〈場〉，則是假設周圍發生叛亂的狀況而製作。

棋子也有各種不同的設定，從普通士兵到軍官、馬、斥候*和間諜都很齊全。麻煩的是，必須兼顧到所設定的〈白天時間〉和〈夜間時間〉。因為夜間無法變身，所以在進入〈夜間時間〉之前，必須決定哪些兵變成鳥形，哪些兵維持人形。

〈白天時間〉時，雙方可以看到對方〈場〉內的棋子如何移動，進入〈夜間時間〉後，就完全看不到對方棋子的動向，必須派斥候或間諜等棋子，預測對方的動向，研擬戰術。在盤上發生戰鬥時，靠丟骰子決定戰鬥的成果，或是出現多少的損傷，以及間諜和斥候帶回來情報的正確程度。

有好幾位教官會同時教〈兵術〉這門課，除了有負責學科的教官，還有指導實踐的演習教官，以及他們的輔助教官。

山內眾的方針之一，就是「一旦發生戰爭或事變等狀況，不問年齡，由最有用兵能力的人掌握指揮權」。

也因此，會由被公認是當代最優秀的戰術家，擔任負責〈兵術〉演習的教官，平時就在勁草院內待命。負責學科的教官，是一位高齡教官；而聽說負責演習的教官，在勁草院所有教官中最年輕。

〈盤上訓練〉是在之前不曾用過的講堂內上課，一走進講堂內，輔助教官和事務員已經做好了上課的準備。

講堂中央的石頭地面上，放著地圖上刻了格子的〈場〉，設定為陣地的地方排放了許多棋子。對戰者站在〈場〉的兩側，負責丟骰子的輔助教官和記錄者的座位後方，貼了一張一眼就可以瞭解對戰狀況的巨大戰況表。院生所坐的座位和其他講堂不同，被設置在圍著〈場〉的柵欄外側，也就是除了貼上戰況表的牆壁以外的其他三面牆。

院生打量著難得一見的講堂，紛紛坐了下來。不一會兒，開始上課的鐘聲響起，一位教官猛然粗暴地推開門走了進來，他的樣子看起來不太高興，原本正在聊天的院生立刻噤聲，所有的目光都集中在新教官身上。

站在所有院生面前的教官，有些神經質，個子並不高，體格也不健壯，一身遮住頭頸的羽衣，讓人有種喘不過氣的感覺。他唇薄鼻挺，兩道眉毛像柳葉，內雙的眼皮猶如銳利刀具在黏土上刻劃出來一般，不知道是否視力不好，戴了一副用細鍊和翠綠的留石*固定在頭上的眼鏡。一頭墨黑的長髮沒有絲毫凌亂，瀏海整齊地向後梳理，露出光潔的額頭。

---

*注：斥候，是指偵察敵情的哨兵。
*注：留石，又名「關守石」，以石頭加以手工，再由棕櫚繩十字捆綁而成，多用於寺廟、庭院，喻指此路不通，禁止通行，更有敬畏、不可侵犯，使人深思熟慮之意。

教官默不作聲，冷酷的眼神睥睨著所有院生，接著很符合他外表如同撕裂布帛般的聲音，從他嘴邊響起。

「我是勁草院院士翠寬，應該有人已經聽說過我了，我是目前公認在山內最擅長用兵的教官。」

翠寬帶著諷刺的口吻，讓人難以判斷他是否真的以此為傲。

「聽說今年希望入峰勁草院的人數眾多，也許是因為這個原因，從有關用兵的考試和學科作業中，我發現有一名前所未見的兵術奇才。」

明留感覺到自己的心臟猛然加速，坐在附近的人也都瞄向他。

「今天我決定要和這個人對戰。」

輔助教官一聽，慌忙插嘴道：「請等一下，今天是預計由我跟你對戰，才設定了這個〈場〉作為示範。」

輔助教官顯然想要表達，今天的設定對第一次進行〈盤上訓練〉的荳兒來說，難度太高了；最重要的是，挑選從來不曾有〈盤上訓練〉經驗的人來對戰，未免太強人所難。

「沒有問題！我看了他在學科上交的作業。」翠寬完全不理會輔助教官的提案，用難以推測他內心感受的語氣，說道：「他的作業十分出色，難以想像是出自荳兒之手。棋子的動向都在他的腦海之中，他完全有能力在這個〈場〉與我對戰。」

翠寬轉頭看向院生，所有院生也都很自然地挺起了胸膛。

「但是……」

「他有足夠的實力，我期待這個人選能在最初的示範中有出色的發揮。若當事人表示沒自信的話，我會另作考慮，這要向他本人確認後才知道。」

明留悄悄吸了一口氣，為隨時被點名做好心理準備。

翠寬露出執拗的眼神，環顧著緊張不已的院生。

「二號樓十號房的雪哉，在嗎？」

明留一時無法理解翠寬說的話，許多院生也吃驚地看了看雪哉，又看向明留。

被點到名的雪哉絲毫沒有感到惶恐不安，舉手站了起來。

「在！」

「如果你說不行，我不會勉強你。怎麼樣？」

「能和教官對戰是我的榮幸。」

「好，你到前面來，今天我的對戰對手就是你。」

教官說話的同時，走向設置在〈場〉的其中一側的台上。

在勁草院的課堂上，必須絕對服從教官的命令，雪哉雖然稍微繃緊了臉，卻也立刻上前，走向教官對側的台上。

明留難以置信地盯著眼前這一幕，他心裡很清楚，這代表雪哉的〈兵術〉成績比自己優秀，但也僅此而已。然而，即便能夠理解這件事，也無法產生真實感。

「假設狀況是平定地方叛亂，我是叛亂分子的首領，你是中央派來的鎮壓軍主帥。」

翠寬流利地向雪哉說明情況，明留覺得一切似乎很遙遠。

「這個寺院是叛軍的據點，鎮壓軍的棋子共有三十個，一名主帥，兩名軍官，三分之一有馬，有斥候，但無間諜。叛軍有主帥一名，沒有軍官，四十名半人半馬，沒有武器，有斥候，無間諜。」

對戰的內容儘管對初學者來說很困難，雪哉依然神情嚴肅，專心聽著教官用沒有起伏的聲音說明〈場〉的條件。

「時間限制是到這堂課結束共三小時，根據終局時的殘餘兵力判定輸贏。不過，如果某方指揮官人頭落地，或遭遇不得不撤退的重大損失，即使時間限制未到，也可決出勝負。」

「晝夜的轉換如何呢？」

「每半個小時轉換一次，也就是說，你有三天的時間。還有其他問題嗎？」

「沒有。」雪哉立刻回答。

「很好，那就開始吧！其他各位也都仔細看清楚這場比賽。」

在翠寬的指示下，擔任裁判的輔助教官站在〈場〉旁。

「〈場〉，東領鮎汲鄉籐道的海鳴寺遭到佔領，時間為六月，主上下令平定叛亂。上方為勁草院院生，二之十的雪哉。」

「請多指教。」

「下方為勁草院士翠寬。」

「請多指教。」

裁判確認雪哉和翠寬兩名對戰對手相互行禮後宣佈。「開始！」

負責記錄者聽到指令後，點燃了線香鐘。

「上方先行。」

裁判伸手指向雪哉，雪哉立刻發出指示。

「人馬一號和斥候一號往四之六，人馬二號至六號往八之三，然後原地待命。」

協助的事務員聽到雪哉的指令後，將棋子移向指定的方向。而記錄員把棋子的移動，記錄在身後的戰況表及手邊的紙上。

翠寬看到棋子移動完成後，也隨即回應了雪哉的棋路。

「半人半馬，一號至七號往四之十二，八號至二十號在寺院周圍散開。」

棋子像剛才一樣移動，並完成紀錄後，再次輪到雪哉。

「斥候一號往四之八，人馬二號成為二號斥候往八之八，人馬三號至六號往八之六前進，然後原地待命。」

「半人半馬，一號至七號往四之八。」

在翠寬的指示下，移動的棋子和雪哉的棋子在同一格內相遇。

「兩方交戰。」

裁判宣佈後，一名記錄員丟了骰子，然後大聲說出了戰鬥結果。

「上方偵察員一號受傷，撤退回自家陣營，之後無法再發揮與步兵相同作用。下方受輕傷，並未移動。」

雪哉的棋子後退，翠寬的棋子留在四之八的座標上。

「下方要追嗎？」

「我方也撤退，四之八的半人半馬如數退至四之十二。」

雪哉不時窺視對手的臉色，而翠寬的視線依舊盯著〈場〉，始終冷靜地發出指示。

多次重複同樣的情況，交戰、撤退持續進行後，已經能夠看出大致的形勢──雪哉的兵持續向前進攻，翠寬的兵漸漸鞏固防守陣勢。

當明留發現雪哉的兵難以繼續進攻時，〈場〉的晝夜交替了。

「日落了，請決定人馬數量。」

在裁判宣佈的同時，兩名對戰者和〈場〉之間豎起屏風。

〈夜晚時間〉時，無法用對戰者肉眼可見的方式移動棋子，對戰者必須根據〈地形圖〉，預測對方看不到的棋子動向，來指揮自己的棋子。因此，〈白天時間〉派去〈場〉內的斥候，便成了瞭解敵人情況的線索。

記錄員在對戰者之間來回，聽取雙方的指示後，在用屏風遮住的〈場〉內移動棋子。裁判低頭看著設置在對戰者無法看到的〈場〉，接連宣佈戰況。

「六之八發生交戰。」

「下方身受重傷，撤退回自家陣營。上方受輕傷，並未移動。」

「四之十一發生交戰。」

「下方撤退，有人死亡。上方並未移動。」

裁判不斷向對戰者說明的情報，都顯示雪哉處於優勢。不過，雪哉得知自家陣營獲勝的消息後，並沒有洋洋得意，依然平靜行棋。

而明留與雪哉不同，他和其他院生的座位，可以清楚看到〈場〉上的狀況。雖然明留對他們的對戰沒有真實感，卻還是看出棋子的異常移動。他只有在對戰剛開始時，暗自思考如果自己身處雪哉的位置，會如何行棋？

明留對〈場〉上越來越詭譎的形勢感到困惑，在可以明顯看出大勢底定的狀況時，〈夜晚時間〉結束了。

屏風撤除後，雪哉再度看到〈場〉時，皺起眉頭，發出了低吟。他的棋子雖然成功衝進了敵人的陣地，但敵軍的主帥已經率軍離開了大本營。

翠寬的主力部隊撤離了寺院，在不知不覺中來到雪哉的陣營附近，兵力充沛，佈局也無懈可擊，任誰都一眼就能看出，想要打敗如此完美的佈局難如登天，而且雪哉因為分配太多兵力進攻，導致大本營內如同空城。

不需要等到時間限制，勝負就已揭曉，雪哉徹底敗北。

「如果這是實戰，你的腦袋已經落地了。」

翠寬走下台後，拿起自己打敗的主帥棋子丟在地上，棋子發出喀噠喀噠的滾動聲，直到停在雪哉的腳邊。

這場比賽的發展太不合常規，已經超越了明留能夠理解的範圍

進入夜晚之後，完全是翠寬一個人的天下。他的棋路在〈白天時間〉看起來打算固守城池，為長期作戰做準備，配置完美無缺，同時按照教科書上的方式指揮人馬，明留能夠理解到此為止的內容。然而，在日落之後，教官立刻轉為攻勢，這種變化太驚人，簡直可以說是驟變。

翠寬指揮手下兵卒分散行動，派遣斥候前往〈場〉的各處。在夜間和雪哉交戰的那些棋子，都是派去四處偵察的斥候。當接到交戰的情報後，大本營已完美避開了敵人，在〈場〉

內大規模移動，其速度及正確性讓人嘆為觀止。

雪哉在毫不知情的情況下移動棋子的樣子，簡直被翠寬玩弄於股掌之間。老實說，雪哉根本不是他的對手。

翠寬拿起記錄員桌上的那疊紙，站在臉色鐵青愣怔在原地的雪哉面前。

「如我剛才所說，我看過你的戰術方案，不光是學科上的作業，還看了入峰考試的答案。」翠寬冷硬地繼續說道：「我必須承認，你的確很優秀，但是你所有的答案都透露出內心的驕傲。你竟然在峰入之前，就在想一些荒誕無稽的內容，而那種東西稱不上是作戰，根本是在浪費紙張。」

翠寬面露不悅地說完，將那疊紙往雪哉丟了過去，只見紙張啪地一聲砸在雪哉的臉上，然後飄落在地。

「小鬼，你別搞錯了，不要以為任何事都會如你的願。搞不清楚自己的身分，不懂得尊敬長輩，才會露出這種醜態。」

「我聽說，你昨天晚上找草牙吵架。」翠寬瞪著不發一語的雪哉，突然責問道。

這是在講與公近吵架的事。四處響起了私語聲，坐在前方的茂丸提心吊膽地看著雪哉。

「院士，請等一下，那是因為……」茂丸慌忙地想幫忙解釋。

「如果你想發言，請先舉手報上自己的名字。」

「我是二之十的茂丸，昨晚那件事是，」茂丸遵從了翠寬的指示。

「二號樓十號房的茂丸，你的學科成績簡直讓我懷疑自己是否眼花。你要先記住基本行棋方式才有發言權，如果連這個都無法做到，即使你插嘴管閒事，我也會質疑你根本沒辦法正確瞭解狀況。」

院生之間響起竊笑聲，翠寬根本不把茂丸放在眼裡，他只能呆愣在原地。

「雪哉、茂丸……還少了一個人。一號樓一號房的千早在哪裡？」

被叫到名字的千早在周圍人的催促下，很不甘願地站了起來。

翠寬怒眼瞪視著站在那裡的三個人，似乎打算好好整治他們。

「千早、茂丸、雪哉，你們三個人必須重新學習恪守本分的態度，必須為輕視長輩、蔑視次序、破壞紀律受到懲罰。」

「勁草院不是以實力為重嗎？但公近昨天卻用自己的家世仗勢欺人，是他的錯。」

茂丸試圖再度主張聲明，翠寬聞言點了點頭。

「勁草院的確重視實力，正因為這樣，一旦決定了長官和下屬的關係，就不可動搖。難道你們認為對長官說的話不滿，就可以用味噌湯潑向長官嗎？」

茂丸被翠寬這麼一問，頓時說不出話來。

「太可悲了。」翠寬平靜略顯不悅的聲音響徹了整個講堂。

「千早和茂丸從明天開始的一個月期間，早上打掃大講堂。雪哉，你在晚膳後到熄燈期間，去整理第四書庫，直到完成所有未分類書籍的目錄為止。」

「為什麼！既然這樣，那不是也應該要懲罰公近草牙？」茂丸不平地叫喊。

「我目前在指導你們，和公近無關。」翠寬毫不留情地冷聲回應。

「沒有實力的人，即使所說的話正確，也會被認為是不服輸，弱者根本沒有說話的資格。如果不希望自己相信的正確言論遭到貶低，在你還是弱者時，就該懂得閉上嘴，要有自知之明。」

「所以我們現在沒有資格開口嗎？」雪哉瞇起一隻眼睛反問。

「對，尤其是你。」翠寬看雪哉的眼神，完全不像是看待院生。「如果你對我的做法感到不滿，等你有辦法贏我之後再來抱怨。我提供你特別待遇，隨時可以成為你盤上訓練的對手，每次都會讓你充分瞭解自己的無知和魯莽。」
翠寬沒有等雪哉回答，旋即看向其他荳兒。
「你們應該也已經充分瞭解到，忤逆長官、破壞紀律的無能之輩所聚集的小團體，會有多麼悲慘的末路。我要你們每個人從各自的角度來分析今天的盤上訓練結果，下次上課之前交上來。你們要根據用兵的基本原則，試著剖析雪哉走的哪一步有問題？他們的行為有什麼問題？今天的課就到此為止。」
荳兒們急忙起身說「謝謝教官」的聲音，比目前為止的任何一課堂更加參差不齊。
走出講堂，前往午膳的路上，除了平時就和雪哉交情很好的人以外，其他人都明顯和他們保持距離。
「那個教官是怎麼回事？明顯是在欺負你們。」
雪哉還來不及對憤慨的朋友說些什麼，倏忽有個聲音從後面傳來。
「翠寬院士和南家關係很密切，他可能因為昨天的事，認為不能放過你們。」
雪哉和那幾個朋友原本湊在一起說話，猛然回頭看向明留。

「他是南家旗下的宮烏嗎？」

「我不瞭解他的詳細來歷，只記得他和南橘家有關係。」

「……所以市柳草牙說的那個祖護公近的教官，就是他啊！」茂丸恍然大悟地點頭。

「有什麼事嗎？」雪哉一臉驚訝地看著明留問道。

「我有話要對你說。」明留假裝沒有察覺雪哉臉上警戒，正色地說道。

「我嗎？」

「對，就是你。剛才的事，讓我對你刮目相看了。」

雖然明留一開始為輸給雪哉感到屈辱，不過轉念一想，反而該慶幸自己輸給了雪哉，而不是其他人。

「老實說，我之前沒有把你放在眼裡。也許該說你不愧是北家的兒子，儘管輸給了教官，你的用兵才能還是很了不起。同樣身為皇太子派的人，我為你感到驕傲。」

「喔，真是感激不盡啊！」

「然而，我想向你提出一個忠告，我不喜歡翠寬院士的做法，也討厭公近，卻認為他們說的話中，有一部分是正確的。」

明留之前就對雪哉有很多想法，即使排除嫉妒之類的因素，他也認為這次是一個良好的機會。

「而且你的態度也有問題，你是不是應該謹慎選擇交往的對象？」

「……請問這句話是什麼意思？」雪哉臉上的表情消失了。

「如果你聽不懂，那我就明說了。」

雪哉的好朋友都瞪了過來，明留瞥了他們一眼，將視線移回雪哉身上。

「我勸你不要和山烏的關係太過密切，至少我認為對宮烏來說，這是不體面的行為。」

其他宮烏都稱茂丸和雪哉是「熊父子」，在荳兒中最高大的茂丸和最矮小的雪哉，即使假日也都穿著羽衣，所以才有了這個綽號。雖然乍聽之下覺得很逗趣，其實充滿了對沒有像樣衣服的人的嘲笑。

明留無法忍受和自己同樣是四大家公子的雪哉遭人嘲笑。

「所以你認為，我昨天應該和公近站在同一陣線？」雪哉露出試探的眼神看向明留。

「不，我並不是這個意思。」

明留剛才所說的，是皇太子派和長束派對立之前的問題。如果宮烏和山烏之間沒有明確的界線，就無法維持山內的秩序。尤其是四大家和宗家，必須具備威嚴才能支配山內。

明留平時盡可能希望從公平的角度看問題，雖然千早目前並不在場，但他對身為山烏的千早不聽從宮烏公近的命令這件事，也無法視而不見。

「公近無視規定，下達這種無聊的命令當然有問題，不過千早必須遵從公近的命令。他不遵從，你卻袒護他，這不是宮烏應有的行為，不能繼續這樣下去。」明留繼續斷言道：「皇太子殿下將在近日即位，這裡支持皇太子殿下的人又出奇得少，我們宮烏應該要團結起來，在勁草院內部壯大皇太子派的勢力。」

「喔——」

「聽說十號房目前很擁擠，如果你願意，可以搬來我的宿舍。我們都發誓效忠皇太子，相信可以成為好朋友。」

明留說完了該說的話，接下來只等雪哉的回答。

雪哉冷漠的雙眼注視著明留好半晌，當他再度開口時，用字遣詞變得很輕浮。

「不好意思喔！我在鄉下出生、長大，即使你說我是皇太子派的宮烏，我也完全沒有真實感。我還是會用自己的方式做事，你可以不要那麼在意我，好嗎？」

雖然雪哉說得很委婉，卻是明確的拒絕。

站在明留身後那些西家出身的人，聽了雪哉的回答，無不瞪大了雙眼。

「這樣真的沒問題嗎？北家不也是皇太子派嗎？」

「明留少爺都這麼說了，西家的勢力會越來越強，你最好趁現在改變主意。」

雪哉聽了他們憤慨激昂的言論，只是露出輕鬆的笑容。

「北家和西家今後的關係與我無關，對我來說，和他們當朋友更重要。」

雪哉對著自己周圍平民階級出身的朋友燦然一笑。

雪哉完全沒有宮烏該有的態度，讓明留感到很掃興。

「……這樣啊，那真是太遺憾了。」

明留說完，沒有打招呼便轉身離開，完全不理會在後面叫喚的那些跟班，而且他沒有前往食堂，而是直接走回自己的宿舍。

當明留關上自己宿舍門的瞬間，終於忍無可忍，將珂仗用力甩在地上。

「混蛋！」

他無法原諒不知道在想什麼的雪哉，也無法原諒自己在課業上輸給了雪哉。

「明留少爺！」宿舍外傳來那些跟班啪噠啪噠跑過來的腳步聲。

「抱歉，能否讓我一個人靜一靜？」明留自暴自棄地說。

「現在不是說這種話的時候！剛才接到西本家的聯絡。」某位跟班大聲地喊道：「出大事了！唉，現在該怎麼辦？」

「……發生什麼事了？」

神官之長要求皇太子殿下即位一事暫緩。

「父皇退位遭到阻止？這是怎麼回事？」長束怒不可遏地大聲質問。

「事情很簡單，神祇官宣佈無法認同讓位這件事。當今陛下至今仍然足不出宮，沒有表達任何意見，可見是白烏的獨斷，想必此事會在朝廷引起軒然大波。」

前來向他報告這件事的護衛路近，顯得泰然自若，完全沒有絲毫焦急。

白烏是山內的神官之長，也是曾經斷言皇太子是真金烏、建議長束讓位之人。

最積極推進皇太子即位的白烏，事到如今，到底在打什麼主意？

「目前已經派人去通知位在城下的皇太子殿下。長束親王，您有何打算？」

「那還用問嗎？當然要去朝廷。」

在這裡煩惱也無濟於事。長束站了起來，俐落地穿上近侍遞過來的上衣。

「吾要和皇太子殿下會合，向白烏瞭解情況。去通知白烏做好準備，在此之前，不要讓閒雜人等和白烏接觸。」

「遵命。」

「你跟吾一起去。」

在長束前往朝廷的路上，派去通知皇太子的使者也回來了。皇太子和長束的想法相同，目前也正在去見白烏的路上。當長束來到朝廷前門的〈大門〉時，和護衛一起騎馬前來的皇太子也飄然降落。

「奈月彥！」

「皇兄，到底是什麼狀況？」皇太子跳下馬鞍，神情十分凝重。

官吏看到他們兄弟兩人前來一陣騷動，長束擋在皇太子面前。

「吾已下令封鎖了宣佈白烏宣言的神祇官的門，也已吩咐白烏立刻前來。」

「大臣們的反應呢？」

「目前尚未有任何動靜，但聽說四大家的使者已經蜂擁前往神祇官處，突破封鎖只是時間早晚的問題。」

皇太子沉默思忖片刻後，無奈地輕聲歎了口氣。

「沒有時間派人傳話了，直接突破正殿，前往〈禁門〉吧！」

「遵命。」

皇太子專屬的護衛澄尾聽令後，立刻邁開步伐帶路。皇太子、長束跟在他身後，路近及其手下在周圍守護，一行人走在通往朝廷的通道上。

朝廷最深處的紫宸殿後方，是代理金烏的私人空間，照理說，沒有當今代理金烏的邀請，任何人都絕對不能踏入。然而，這次已無暇顧及這規定，因為他們並不是要去父皇所在的宮室，而是要前往更深處的〈禁門〉。

內有朝廷的中央山山頂附近，是山神所在的神域。神域被認為和外界相通，神域和皇宮之間有〈禁門〉相隔。

金烏和白烏藉由〈禁門〉傾聽山神的神意，祭祀山神，治理山內。正因為如此，金烏的宮室才會安排在離〈禁門〉最近的地方。而神官之長白烏也為了守護〈禁門〉，隨時都在〈禁門〉附近。

皇太子強迫官吏打開關閉的紫宸殿，代理金烏的秘書官和女官聽到吵鬧聲急忙趕來，都忍不住驚叫起來。由於無法讓所有人一起前往代理金烏宮室的深處，於是除了路近和澄尾以外的護衛，都在紫宸殿前待命。

照理說，應該透過神祇官聯絡，要求和白烏會談，只是今天無法循正規手段處理。一行人幾乎像強盜般長驅直入，穿越正殿前往與神域的交界。

當他們幾乎要走出代理金烏的宮室時，終於看到一個和官吏明顯不同、一身白色裝束的八咫烏走了出來，他是白烏手下的神官。

「皇太子殿下、長束親王，沒想到您們會從這裡進來。」

「只有金烏和白烏，以及經過挑選的神官才能繼續進入。」

「真正的金烏陛下就在這裡，而且有緊急要事，已經派人去通知白烏了。」

澄尾和路近尚未開口，長束就焦急地親自說明。雖然自己可能比使者更早抵達，但他決定暫時忘記這件事。

神官聽言頓時驚慌失措，其他神官走了過來和他咬起耳朵，在說話的同時，他不時瞄向一行人，露出極其詫異的表情，最後似乎下定了決心，轉頭面對他們。

「……恕我剛才失禮，白烏將在〈禁門〉與各位見面，我帶領各位前往。」

神官恭敬地說完，轉身為他們帶路。

穿過裝潢充滿宮廷風情的區域後，他們從木板路來到了老舊的石板通道。石廊兩側是水渠，經過幾個分岔，流向不同的地方，流水來自他們即將前往的地方。一行人逆水流而上，最後來到一個鑿岩而建的寬敞大廳，大廳是天花板挑高的圓形空間。

長束一行人進入的入口正對側，有一道必須仰望才能看到門頂的巨大門扉，勾勒出弧形的岩壁內側，豎了好幾塊可以容納一個人大小的石頭。更不可思議的是，通道水渠中的水，都來自這些石頭。

這是長束第一次靠近〈禁門〉，他被眼前異樣的氣氛震懾，不禁停下了腳步，但隨即看到一張熟悉的臉出現在大廳中央。

「神祇大副。」

一個略上了年紀的男人一臉別具深意的表情，這幾年都由他代替體弱多病的白烏指揮朝廷的祭祀。

「你為什麼會在這裡？白烏怎麼了？」

「白烏身體欠佳，整裝趕來之前，在下應該也可以先傳達白烏的見解。」

神祇大副深深鞠躬，長束和皇太子互看了一眼。

「那就請問，你們為何反對父皇讓位？」

皇太子先開口，長束也隨之補充。

「十多年前，不是白烏提出要讓皇太子即位嗎？現在卻要求暫緩，吾難以接受。」

大副再次深深地鞠躬。

「兩位言之有理，還敬請原諒，這是白烏和所有神官在百般猶豫之後做出的決定。如果可以，我們並不想發出這個宣言。」

「既然如此，為什麼仍然這麼做？願聞其詳。」皇太子命令道。

「在此之前，可以請皇太子殿下先做一件事嗎？」大副露出求助的眼神看著他。

「什麼事？」

「懇請皇太子殿下親手打開〈禁門〉。」

這意外的要求讓長束感到驚愕，但皇太子順從地接受了大副的要求。

〈禁門〉的門上有一個比皇太子的臉更大的鎖，目前已經打開了。照理說，任誰都可以打開那道門。

皇太子就像打開普通的門一般推了一下，那道門卻紋風不動。長束看不過去，也出手試圖想用力推開，那道門還是一動也不動。

「果然是這樣。」大副見狀，垂下了頭。

「這是怎麼回事？這到底代表什麼意義？」長束煩躁地大聲質問。

大副的態度讓人毫無頭緒，皇太子也心生困惑地歪著頭。

大副終於心灰意冷地抬起頭。

「十九年前，皇太子殿下誕生時，產屋的鈴聲響起，〈禁門〉的鎖自動打開。這一切都符合神祇官代代信奉的傳說，所以認為皇太子殿下絕對就是真金烏。」

正因為這樣，白烏向當時的代理金烏報告，皇太子是真金烏，也向整個山內宣佈了這件事。也因此，當時還是皇太子的當今陛下尚未獲得〈代理金烏〉的稱號，原本計畫在奈月彥成人時，就要直接讓位。

沒想到發生了出乎意料的事……

「〈禁門〉竟無法打開。」

「這……」

「根據傳說，在門鎖打開之後，神官可以將〈禁門〉打開。然而，無論是誰試圖打開，甚至是皇太子殿下親自推門，門鎖已經打開的〈禁門〉仍然緊閉著。」大副一臉陰鬱地繼續說道：「皇太子殿下，不知道您是否還記得？您小時候曾經來過這裡，原本我們以為殿下或許能夠打開，但即使您將手放在門上，禁門依然動也不動。那是我們第一次對『您是真金烏』這件事產生懷疑。」

長束聽到這句話，頓時感到腦袋一片空白。

「請等一下，你這番話簡直就像是在說：皇太子殿下並不是真金烏。」

因為事關主公的大事，澄尾再也無法保持沉默。

大副聽了澄尾的話，沉默將頭轉到一旁。

「你們竟然說這種話？你們說奈月彥不是真金烏？」長束難以置信。

之前就曾經有人對〈禁門〉無法打開一事感到納悶，雖然對神官無法為此有明確的說明感到氣憤，只是做夢都沒有想到，他們竟然還對皇太子的正統性產生了疑問。

「開什麼玩笑！」長束勃然大怒。

他想起自從宣佈奈月彥是真金烏之後，自己至今為止所經歷的各種動盪，以及奈月彥多次差點送命。他一直提醒自己和奈月彥，這是身為宗家人的責任和義務，也是身為真金烏的責任和義務。這些年來，兄弟兩人在朝廷忍辱負重，飽嘗辛酸。

雖然長束努力保持冷靜，身體仍因憤怒而顫抖不已。

「結果你們現在跟吾說：『搞錯了！』你們應該很清楚，吾和奈月彥是帶著怎樣的心情走到今天。既然所有這一切都是錯誤，我們兄弟到底是為了什麼？」

「皇兄。」皇太子高聲喝止道，長束錯愕地回頭一看，發現奈月彥泰然自若，露出漠然的眼神看著自己。「先聽聽神祇大副的說明。」

「但是，」

「神祇大副，吾只想先搞清楚一件事。」皇太子清亮的聲音響徹了整個空間，有著風雨欲來的平靜。「吾不是真金烏，是嗎？」

長束、澄尾和路近也都屏住呼吸，等待神祇大副的回答。

「……不知道。」神祇大副露出絕望的表情緩緩搖了搖頭。

「不知道？」

「事到如今，我們無法判斷。〈禁門〉的鎖已開，門卻打不開。姑且不論這件事，還有其他疑問令我們無從判斷，皇太子是否真的是真金烏？」

「什麼疑問？趕快回答。」長束忿怒地逼問。

然而，神祇大副也十分固執。

「在下無可奉告。因為擔心有人會假裝是真金烏，因此除了神官以外，必須嚴格保守秘密，不得隨意透露出『真金烏的條件』。皇太子殿下並未滿足這項最重大的條件。」

「吾並不是冒牌貨，至少吾這麼認為。」皇太子天真地眨了眨眼。

「奈月彥在他懂事之前，就被認為是真金烏，你不要口不擇言。」

「我們也很為難，我們不認為皇太子殿下在說謊。從某些部分來看，皇太子殿下也的確具備了真金烏的能力。既然如此，為什麼，」

神祇大副急切地想閉上嘴時，驀然周遭傳來一個有氣無力的聲音。

「大副，好了，接下來由我來說明吧！」

路近和澄尾兩名護衛察覺後立刻退向兩側。

一群身穿白衣的神官出現在大廳入口，站在最前面的是一個瘦小老人。他的身體乾瘦，無力地駝著背，若沒有旁邊的人攙扶，好像馬上就會癱倒。滿是皺紋的臉上滿是白鬚，完全看不出有任何威嚴。

「你是白烏嗎？」長束忘卻了前一刻的激動，愕然地瞪大眼。

眼前這位神官之首與之前所見的判若兩人，他一時無法置信。雖然幾年前就聽說白烏身體欠安，各種典禮皆由神祇大副出席已有五年，不過在長束記憶中，對白烏當年勸自己讓位時的印象太過深刻，一直以為白烏雖然高齡，身體仍然健壯。

長束驚愣在原地，皇太子則立即跑向白烏。

「快拿椅子來，讓白烏坐下。」

「不，不能在皇太子面前坐下。」

「這是命令，你必須坐下。」皇太子用嚴厲口吻說完，立刻深感歉意道：「抱歉，吾不知你的身體狀況這麼差，還請你來這裡。」

「不，勞駕您來此地，才深感抱歉。」白烏無力地鞠了一躬後，緩緩地坐在手下神官拿來的椅子上，深歎了一口氣。「我們能夠理解事到如今，無論說什麼，長束親王都會大動肝火，但我們別無他法。」

「請問你們秘而不宣的『真金烏條件』，到底是什麼？」

「那就是，」白烏費力地擠出沙啞的聲音，「記憶。」

雖然只是簡單的字，卻無法令人馬上理解。

白烏看到兩名皇子一臉不解，試著改用簡單易懂的方式。

「皇太子殿下，您沒有『真金烏始祖的記憶』，對吧？」

「這是什麼意思？」

「真金烏，應該要繼承源自於始祖的歷代真金烏的記憶，然而您並沒有這種記憶。我們比兩位更想發問，您為什麼完全沒有任何記憶呢？」

金烏乃所有八咫烏之父、之母，任何時候，都必須帶著慈愛出現在子民面前。無論面臨任何困難，都必須守護子民，教導子民。金烏乃所有八咫烏之長，真金烏則是八咫烏完美無缺的統治者。

長束認為之所以會這麼說，是因為真金烏具有凡事以子民為優先的靈魂。

奈月彥和自己不一樣，他有辦法修補山內結界的破洞，夜間也可以變身，更具有看透八咫烏本質的能力，而且具備了無私的心，會將這些能力用在自己以外的八咫烏身上。長束一直有所認知，這是自己和皇弟最大的不同。

要成為真金烏，這樣還不足夠嗎？

「顧名思義，真金烏是所有八咫烏的祖先。」白烏伸出顫抖的手指向皇太子，「跟隨山神來到此地的初代金烏陛下，是四家根源的四名皇子的祖先，也是居住在山內所有八咫烏的始祖。真金烏，就是初代金烏陛下的轉世。」

如果皇太子是真金烏，照理說不需要向他說明這一切，而且只要皇太子找回記憶，白烏和所有神官都打算投入真金烏的麾下。

「因為任務不同，」白烏喘著氣繼續說道：「在沒有真金烏陛下期間，白烏代替真金烏祭祀，代理金烏處理政治事務，分擔真金烏的使命。我們的任務就是『等待真金烏陛下歸來』，完全沒有想到會遭遇必須判斷『皇太子是否為真金烏』的情況。」

〈禁門〉的門鎖打開時，以為皇太子很快就會找回記憶。當時皇太子還是不會說話的幼子，所以認為隨著他逐漸成長，就會找回過去的記憶。沒想到皇太子從外界回到朝廷，在冠禮之後，至今仍然沒有回想起那些記憶，白烏完全沒有料到會發生這種事態。

既然皇太子無法滿足最重要的條件，白烏就無法同意皇太子即位成為真金烏。雖然一直在等待著皇太子恢復記憶，但得知皇太子即將即位時，便判斷「恢復記憶」這件事無法繼續等待，於是就搶先宣佈暫緩即位一事。

皇太子默默聽白烏解釋完後，再次沉聲問道：「所以吾果然不是真金烏，是嗎？」

「也無法如此斷言。」

白烏痛苦地喘息著，神祇大副接手說明。

「皇太子殿下無限接近真金烏，這件事是千真萬確的。皇太子殿下擁有的能力，絕對就是真金烏，並不是普通的八咫烏。」

只不過無法稱為完美的真金烏，很多方面都不夠徹底。

「那吾到底是誰？」皇太子一臉無計可施，低聲嘟囔道。

這也難怪，如果皇太子沒有問這句話，長束也會逼問神官。

「目前想到一個可能性。」神祇大副在白烏的注視下抬起頭。「皇太子殿下、長束親王，您們知道這是什麼嗎？」
神祇大副指著圍繞大廳中心等間隔排列的石箱，水便是從裡面流了出來。
兩兄弟搖頭說不知道，神祇大副點了點頭。
「這是真金烏的棺材。」
長束不禁瞠大了驚愕的黑瞳。看起來雖然是棺材的形狀，但在山內規定貴族的遺體要火葬，之前曾經看過裝了遺體的棺木，卻從來沒有見過這種石棺。
「雖然看起來像石頭，但原本是原木。」
「這是木頭？怎麼可能？」
即便走近觀察，棺材看起來還是閃亮的白色石頭。由於石頭表面湧出水，所以看不太清楚，只要用手觸摸後，就能確實感受到是石頭。
「這種水流了好多年之後，原木棺材就變成了石頭。」
真金烏和宗家的其他人不同，遺體並未火化。即使在死後，仍然必須守護山內，以站立的姿勢放進原木棺材內，圍繞在禁門周圍。
「我們無從得知為什麼原木棺材會有水湧出，也不知道棺木在這種水中為什麼沒有腐爛，而是變成了石頭。然而，歷代真金烏的遺體，在這些棺材中這件事千真萬確。問題在於，這個棺材。」

神祇大副抬起手指向大廳內最角落的棺材——那的確是一具原木棺材，卻並沒有湧出水，也沒有變成石頭。

正當長束仔細打量時，神祇大神走了過來，說著：「請看。」然後將手放在棺材蓋上，只聽到咯噹一聲，棺材打開了。

「喂！」長束正想伸手阻止，當看到棺材內，便沒再說下去。

「……空的？」站在皇太子身旁的澄尾洩氣地問。

澄尾說的沒錯，棺材內空無一人。

「照理說，上一代真金烏應該要站在這個棺材內。」白烏感傷地說：「我們認為這可能就是皇太子殿下記憶無法恢復的原因。」

「上一代真金烏的遺體在哪裡？有確實埋葬嗎？」

神祇大副聽了長束的問題，遺憾地撫摸著空棺材。

「不清楚，不僅不知道遺體的下落，甚至無法確定上一代真金烏去世的原因。」

目前認為上一代真金烏差不多在一百年前去世，當時〈禁門〉可以開啟，真金烏都親自去神域侍奉山神，那時候的山內安泰祥和。

直到有一次真金烏去了神域之後，便再也沒有回來。在大家殷切期盼真金烏歸來之際，〈禁門〉卻自動鎖上，任何人都無法將鎖打開，便猜想真金烏很可能在神域去世了。

為真金烏舉辦葬禮之後，新的代理金烏即位，但真金烏的遺體至今仍然沒有找到，只留下這個空棺材。

「白烏代代相傳的紀錄中，並沒有記載以上的內容。」

「當初的確在沒有遺體的情況下，舉行了不完整的葬禮。因為埋葬方式和宗家其他人不同，也許真金烏的葬禮中包含了『繼承記憶』的手續。」

然而，一百年前的那場葬禮無法完整舉行，眾神官認為，這或許就是皇太子不能成為「完美真金烏」的原因。

「真金烏會在適當時機轉世，具備了最充沛的體力和精力，來面對山內面臨的災禍。然而，無論再怎麼久，都不可能出現沒有真金烏超過二十年的情況。」

「一百年期間都沒有真金誕生」這件事，本身就很異常。

長束看到皇弟漠然地站著，便抓住了他的肩膀表示鼓勵。因為如果不這麼做，他覺得自己也快倒下了。

「既然這樣，到底該怎麼辦？」

雖然已瞭解白烏無法斷言皇太子是真金烏的原因，也不能一直維持現況。

「若奈月彥不即位，父皇就得一直成為代理金烏。四大家會繼續隨心所欲地踐踏朝廷，到時候就無法解決該由真金烏應對的災禍。」

白烏和神祇大副都無言以對。

皇太子打量著陷入沉默的兩人，低喃道：「白烏的判斷是正確的，即使就這樣即位也無法得知，不完整的真金烏能夠在何種程度上解決災禍。」

「但是，」

「欠缺的部分剛好是金烏的意識，也就是有關判斷力的部分。現在吾就像是掌握了一把銳利的刀子，卻不知道該如何運用的幼兒。因為具有強大的力量，一旦運用不當，可能會造成無可挽回的後果。」

「奈月彥。」長束覺得該說些什麼，卻又不知能說什麼。

「只要記憶……只要皇太子殿下一恢復所有記憶，神官會舉起雙手歡迎殿下即位，因此還請諒解。」白烏一說完，便從椅子上滑落在岩石地板上叩拜。「現下無論如何都無法承認，目前的皇太子殿下是真金烏。」

長束回到府邸更衣，一邊換上深紫色袈裟，一邊思考著該如何向大臣說明。

等一下要去紫宸殿向大臣們說明，平息混亂。但最需要鎮定的是自己，沒想到自己竟然比皇太子更加慌亂，不能這樣！

長束摸著額頭時，背後傳來一個帶笑的聲音。

「即使面對不成器的金烏，您仍打算維持目前的立場嗎？」

長束猛然轉過頭，和靠在牆上、一臉不懷好意笑容的路近四目相對。

「你說什麼？」

不成器的金烏？長束快步衝到路近面前，一把揪住他的衣領，將他推向牆壁。

「不准再說這種玩笑話！」

路近撞到牆壁後發出沉悶的聲音，正在協助長束更衣的近侍也被驚嚇出聲，但路近卻露出好像準備摳耳朵的表情。

「哪是什麼玩笑話？這不是皇太子殿下本人親口承認的事實嗎？」

「即使是這樣，吾也無法忍受你這麼說，任何人都不得侮辱奈月彥！」

長束不加思索地說完，他察覺到自己內心的猶豫消失了。

「路近，感謝！你讓吾下定了決心。」長束粗暴地鬆開路近的衣領，瞪視著他。「吾以身為宗家八咫烏感到自豪，身為宗家人，有必須完成應盡的義務。吾從來不曾因私利私慾想要王位，皇弟也是如此。」

長束認為只要奈月彥帶著無私的心，盡身為宗家人的職責，自己就必須持續相信他。

「無論別人說什麼，奈月彥都是有能力統率山內的真金烏。吾不知道你有什麼企圖，但如果期待兄弟鬩牆，勸你趁早死心。」

原本在觀察長束的路近聽到這句話，突然瞇起了眼睛。

「我哪有什麼企圖，您想做什麼都沒問題，只要您一聲令下，我願赴湯蹈火。」

路近說話的語氣，就像在哄騙任性的孩子。長束感到詫異，忍不住看向路近的眼睛，不由得暗抽了一口氣。

「我只是用自己的方式表達忠誠。」路近噙著笑，眼眸中卻流露出缺乏慈悲的獸性。

翠寬院士靜觀事態發展，而清賢院士聽完院長的話後開了口。

「所以，讓位一事果然無限期延期嗎？」

「是。」

「有沒有在朝廷詳細說明？」

院長聽了他的問題後，緩緩搖了搖頭。

「完全沒有任何明確說明，也沒有告訴我們白烏要求暫緩讓位的原因，更沒有說明皇太子殿下接受這個要求的理由。」

聽說長束親王要求不對外公佈，事實究竟如何就不得而知了。

「總之，事情變得很麻煩。」院長沉重地嘆了一口氣。

神祇官宣佈「**皇太子即位暫緩**」至今已經過了十天。

今天召集了負責荳兒至貞木的主要教官，在勁草院的教官宿舍內開會。

燭台搖曳的燭光中，所有教官臉上的表情都很陰鬱。

「如各位所知，按照規定，在金烏陛下踐祚之際，勁草院院長也得換人。之前就曾經告訴各位，原本已安排天景院的拓滂院主近日來此接任院長一職，此事也已取消。」

沒有人知道未來會如何發展，所有人都一臉複雜而沉默不語

院長看著大家，露出凝重的表情。

「雖然大家都很不安，但身為院士該做的工作並沒有改變。只要朝廷方面沒有新的動向，本院將按照之前的體制持續營運，請各位院士善盡各自的職責。」

「是。」所有院士異口同聲地回答。

清賢抓了抓臉頰，侷促地說：「真是傷腦筋啊！院生都已經得知這個消息，原本皇太子派和親王派之間就發生了不少糾紛，以後的對立恐怕會更加激化。」

「問題最大的是誰？」

「應該是南橘家的公近，之前就出現了徵兆。」負責草牙的教官皺著眉。

教授多門術科的華信也補充道：「因為今年的荳兒和往年不同，有多位身分高貴和優秀

的院生，他是否為此感到心慌？」

「的確，在西家的明留入峰之後，他的問題行為也越發明顯。經常看到以公近為首，自稱是親王派的人挑釁明留。」

負責草牙術科的教官也傷透腦筋，清賢嘆了一口氣。

「明留也似乎求之不得。所以原本認為他們是一丘之貉，不理會他們，這次『即位暫緩』一事，也許無法再一笑置之。請各位院士多加注意，避免原本不分軒輊的吵架變成單方面的欺凌。」

清賢語畢，四處響起了「瞭解」、「知道了」的回答聲。

「今後朝廷方面一旦有任何進展，就會立刻召集全員舉行會議，同時要徹底指導院生，避免院生之間因為政治的原因引發問題。」

確認這事項後，宣佈會議結束。

翠寬在會議時盡可能避免引人注目，當會議一結束，便立刻走出書院。

夜晚的天空飄著薄雲，來到走廊時，溫熱的空氣帶著潮濕。

一旦下雨，術科就可能改為學科。想到明天的事，翠寬忍不住心生憂慮。

正當打算回自己房間時，背後猝然有人叫住了他。

「翠寬院士，可以耽誤你一點時間嗎？」

回頭一看，清賢一身黑色羽衣，正快步向他走來。

「請問有什麼事嗎？」

「聽說你在課堂上對特定的院生有差別對待，真有其事嗎？」

翠寬沒有回答，清賢繃緊了嘴角。

「那我就說得更具體一點，聽說你再度懲罰了和公近發生糾紛的院生，確有此事？」

「是。」

「而且那次之後，每次演習時，你都指名雪哉對戰，讓他一敗塗地，這件事也是真的嗎？我還聽說你要求他整理書庫和打掃竹林，導致他根本沒有時間寫作業。」

翠寬知道遲早會因為這件事遭到指責，他顯得若無其事。

「因為很多院生雖然稍微改寫了一下，卻顯然都是抄襲他的作業，所以為此懲罰他，同時也是為了預防今後再有這種情況發生。」

「既然這樣，不是應該對抄襲他作業的所有院生都給予相同的處罰？你對雪哉的態度，完全不像是教官對院生的態度。」

「我並不承認他是院生。」

清賢聽了他的回答，意外地瞪大了眼。

「為什麼？」

「即使不用我說明，你也應該知道吧？他的存在只會破壞勁草院的團結，有百害而無一利，反而會毒害其他院生。」

清賢聽到他如此斷言，苦惱地揉著太陽穴。

「即便是這樣，只要他是院生，就是我們的學生。無論你內心怎麼想，一旦表現出來，別人就會認為你在袒護公近。」

「即使別人這麼認為也無所謂。」

清賢聽了翠寬這句話，露出了銳利的眼神。

「翠寬院士，這不光是你的問題，也關係到勁草院所有教官的信用，要以平等的態度對待所有院生。」

「是。」翠寬不想激怒清賢，他順從地鞠躬回答。
清賢露出觀察的眼神後，突然展開了笑容。
「你擔任教官的經驗尚淺，不要太逞強。」
「謝謝關心。」
「晚安。」清賢說完，露出了一貫的笑容轉身離去。
翠寬目送他的背影，歎了口氣，邁著沉重的腳步走回自己房間，剛才在會議上提到的院生正在那裡等他。
「我在這裡打擾了。」
這個院生還舉起了在勁草院表面上禁止的酒，實在太惡劣了。
翠寬看著房間內的酒杯和下酒菜，抱起了雙臂。
「我之前雖然說你可以自己進來，但並沒有說你可以在這裡喝酒。」
「你別這麼一板一眼嘛！會議的情況怎麼樣？」
翠寬冷淡地說：「沒有太大的進展，和你已經掌握的情況差不多，沒有得到任何新的消息，倒是談到了你的事。」
「談到了我的事？怎麼會提到我？」
「說你最近的舉動讓人無法容忍，你的粗暴行為該收斂一下。」
翠寬毫不掩飾內心的不耐。
「你標榜是長束派，去挑釁皇太子派的人，尤其是西家的明留。我勸你最好馬上停止這種愚蠢的行為，照這樣下去，我也無法繼續袒護你。」
公近從容不迫地辯駁道：「你還說我呢，你自己不是整天在找北家的雪哉的麻煩？他也是皇太子派啊！」
「你不要把我和你混為一談。」翠寬明知道這樣很幼稚，還是忍不住駁斥。
公近可能察覺到他的心浮氣躁，冷哼了一聲。
「你不要這麼敏感。至於我最近的態度，並不是沒有目的，有一半以上是故意的。」
「為什麼？」
「不是別人，是我兄長叫我這麼做。」
翠寬聽到最不想聽的人的名字，忍不住發出呻吟。

「……他嗎？」

公近的兄長，就是長束最貼身的護衛，路近。在院生時代，是比翠寬大一屆的學長。

「這都是為了牽制皇太子派。」

「他在想什麼？既然長束親王已經表達對皇太子恭順之意，做這種事根本沒有意義。」

「你根本不瞭解我兄長。」公近一臉不以為然。

「我怎麼可能瞭解他？他大言不慚地說什麼『**忠誠就是樂趣和經驗**』，我和他沒什麼共同語言。」

那傢伙根本就是個瘋子。這已經是很客氣的說法了，如果能夠理解那個傢伙的想法，自己就完蛋了。

公近看著翠寬語氣堅定地斷言，似乎覺得很滑稽，搖著裝了酒的杯子。

「兄長並沒有放棄讓長束親王成為金烏。」

公近用好像在聊天氣般的輕鬆態度，說出這件讓人沒來由感到害怕的事。

「你是兄長最欣賞的人，他打算在關鍵時刻，讓你當他的參謀。」

「不感興趣。」

「但你經常袒護我，顯然你也很樂意？」

死小鬼！翠寬在心裡咒罵，並不打算回答公近的問題，既沒有肯定，也沒有否認。

「總之，目前的行為對你自己沒好處，至於你那位兄長有什麼企圖，不關我的事。如果你不想被北家那個狂妄的小鬼超越，就要注意自己的言行。」

「那個傢伙，根本沒什麼好怕的。」

「不要假裝天不怕地不怕，即使你做一些輕率的舉動，也無法變成像兄長那樣。」

公近一聽臉上頓時失去了裝模作樣的從容。

「真煩……這和你沒有關係。」

公近幼稚地鬧著彆扭，翠寬根本不理會他。

「你應該要為不像他感到自豪，難得你這麼正常，千萬別浪費這種正常。」

翠寬真心向他提出忠告，但公近只覺得是囉嗦的怨言，並沒有放在心上。

「好，我知道了，我會安分守己。反正無論我會不會出手，結果都不會改變。」

翠寬聽了公近的話，蹙起了眉頭。

「明留的臨陣磨槍似乎開始露出破綻了，他應該很快就會自我毀滅。」

公近揚起嘴角，那張和路近有點像又不會太像的臉上，露出了狡黠的笑容。

「明留那傢伙，最近是不是有點神經質？」

目前正在上〈御法〉課。

茂丸和雪哉皆已完成了教官的要求，正在山崖上休息，等待其他人追上來。

今天進行的課程是〈人馬交換〉的訓練。這是一種長距離的飛行訓練，中間沒有休息，在飛行的同時，騎手和馬須於空中交換。目前只是單純繞山一周，在繞行期間互換，聽說畢業考試時，距離會從中央到邊境來回飛行。

進行這個訓練時，體格相近的人一組比較適合，但雪哉即使與茂丸同組也完全可行。

「你不管和誰搭檔都沒有問題。」

「一旦變成鳥形，就會比人形時更大，所以人形的體格如何並沒有太大影響吧！」

「有些人在人形時比你的體格更壯，現在卻手忙腳亂。」

「你是說明留和他那些跟班嗎？」

明留的那些跟班原本成績就不理想，而起初很優秀的明留，最近的成績也持續退步。隨著術科的難度增加，漸漸有些力不從心。尤其在原本成績就不理想的〈御法〉課，這種情況更加明顯。

難怪啊！雪哉對提起明留近況的茂丸露出了苦笑。

「雖然這是原因之一，但並非是所有因素。」

明留在原本總是保持第一的學科，最近也開始發生變化。

「明留發現與平時幾乎沒有在讀書的你成績相近，他當然會著急。」

自從和公近發生糾紛後，雪哉就被翠寬院士盯上。至今已經一個月，到了可以被稱為夏天的季節，翠寬依舊沒有要放過雪哉。

在演習時，每次都執拗地指名雪哉對戰，經常找一些微不足道的理由懲罰他，剝奪他的自由時間，有時候甚至叱罵：「**最好馬上離開勁草院。**」

這情況太過頻繁，以至於平時經常聚在一起的朋友們開始討論，是否應該找其他教官，像是清賢院士商量呢？

然而，雪哉本人完全不以為意，他認為挨罵是因為自己做得不夠好，而且他並不喜歡告狀的行為。如果僅因為這個原因，導致成績退步的話，當然問題就很大了，但到目前為止並沒有這樣的狀況發生。

雪哉總是對朋友的討論一笑置之，只是他還是必須犧牲睡眠時間來完成作業，考試時也沒有時間臨時抱佛腳，只能硬著頭皮直接應考。令人驚訝的是，他的成績反而進步了，和明留並列第一，最差也是第二名。

聽說明留將所有的自由時間都用於自習，旁人也可以明顯看出，每次得知雪哉的分數時，他的臉色都十分難看。

「而且他一直裝腔作勢地說自己是皇太子派，即位延期這件事，應該對他造成很大影響。他無論在勁草院或是自家邸第，心情都無法放鬆吧！」

「我覺得他有點可憐。」

「成績退步是實力問題，宣稱自己是皇太子派結果丟臉是自作自受，與我們無關。」

雪哉經常笑著說一些尖酸譏評的話，尤其對待明留時，這種傾向特別明顯。

茂丸和雪哉閒聊著，不經意地瞧了一眼正在飛行的院生。許多進行訓練的雙人組一度上升，然後在空中翻轉交換，在交換的瞬間，高度雖然會降低，但下方的鳥形者張開翅膀飛翔時，就會再度回到原來的高度。旁觀時會覺得像雜技一樣有趣，但其實很可怕。

從馬變成人形時，必須相信馬，自己變成無法飛行的樣子；相反地，從人形變成馬時，身上壓著重石的狀態，很難飛起來，身體好像快墜落了一樣。如果雙方都是鳥形，無法在人馬狀態下飛完全程就會不及格。如果人和馬無法建立信賴關係，且步調一致的話，很難成功飛完全程。

茂丸認為比起體格，雙方有默契更容易成功。此時，他突然發現在空中飛行的院生中，有一組飛得特別慢。

「雪哉，你看那裡。」

在茂丸伸手指向那一組院生之前，雪哉也瞧見了。

「看起來很危險，是不是騎手累了？應該飛得更高一點，照這樣下去……咦？」

雪哉的話還沒有說完，那組院生進行人馬交換時，同時出現了兩匹馬。這是當交換很順暢時，很少看到這種情況。

不祥的預感！人和馬同時變身是最出色的〈人馬交換〉，但那組院生看起來卻很笨拙。不一會兒果然不出所料，原本是馬的院生翻轉到上方變身之後，高度也持續下降，而下方的馬在飛起來之前，就墜落至樹林裡。

「掉下去了！」一旁的院生都不約而同地驚叫起來。

「糟了，看他們墜落的方式，一定會受傷。」

「趕快聯絡醫務室。」

周圍頓時就像捅了蜂窩般，陷入一片混亂，教官都飛往馬墜落的地方。在墜落前一刻，騎手迅速變身逃過一劫，而變成馬的則令人擔憂。

「不知道墜落的人是誰？」

「茂哥，是明留。」

「啊？真的嗎？」

「絕對沒錯，在他們交換之前，我看到騎手的紅色頭髮。」

前一刻還在談論明留的是非，這讓茂丸感到有些尷尬。

從醫務室遮雨窗縫隙中看到的天空，已經完全暗了下來。

在醒來的瞬間，身體隱隱疼痛，可能是吃了止痛藥的關係，腦袋昏昏沉沉，身體發燙。

一度醒來時，曾經接受診察，所以他知道自己發生了什麼事情。雖然全身都有擦傷，也有許多瘀傷，不過幸好沒有任何危及生命的傷勢。只是因為墜落時撞到了頭，所以今天得住在醫務室。

他很清楚記得墜落的瞬間。

他的〈人馬交換〉搭檔是千早，在〈行軍訓練〉時，他發現千早飛得最快，但千早今天飛得特別慢，本以為是故意和自己作對，他著急不已決定變成鳥形追回落後的進度。結果千早還沒有做好準備，明留自己就變成了鳥形，強行要交換。

視野翻轉；風在耳邊呼嘯；在交錯瞬間，變回人形的千早臉上剎那的表情。

結果來不及變身了。這是嚴重的失誤，也會對成績造成很大的影響。照這樣下去，可能無法成為皇太子的近侍。**怎麼會這樣？**

「可惡……」

到底是出了什麼差錯？明留深受打擊。

「我們已經通知西本家了。」

「是嗎？給你們添麻煩了。」

隔天，與自己一起入峰的兩名室友來探視他，只不過態度變得有些奇妙。以前他們整天跟前跟後，為明留打理一切，現在看起來明顯不情不願，基於最低限度的道義才來探望。

「怎麼了？發生什麼事了嗎？」

「不，沒事。」

「沒什麼。」

看到那兩個人疏遠的樣子，明留內心的煩躁越來越強烈。

「……你們最近閃避著我，如果有話就直說吧！」

其中一名室友聽了明留的話，猛然抬起了頭。

「既然你這麼說，那我就不客氣了。」

「喂，別這樣。」

「你別攔我，這是大家的想法。最近才聽說，」那名室友在說話時，整張臉醜陋地扭成一團，「明留少爺，你之前說是奉皇太子殿下的命令，自願來勁草院，但其實你侍奉皇太子殿下才一天而已。」

明留搞不懂為何這件事會成為問題。

「那又如何？」

「我們一直以為你進入勁草院，是為了日後成為皇太子殿下的親信。事實上，你的確很優秀。」那名室友面露不悅埋怨道：「我們差一點被你騙了，你在皇太子殿下身邊只有一天，當時甚至連順刀也沒握過。殿下到底器重你哪一點，要求你成為山內眾？」

「我不是說了很多次嗎？由於山內眾很腐敗，要有人加以改善。皇太子派需要有一名馬前卒，所以就挑選了我。」

「不是還有北家的雪哉嗎？雖然他遭到親王派的妨礙，但他是大將軍的孫子，他的用兵才能在同儕間無人能出其右。」

沉且雪哉曾在皇太子殿下身邊當了一年近臣，從勁草院畢業之後，一定可以成為皇太子的親信。

「統率武人原本就是北家的專長，完全不需要西家人特地進入勁草院。照理說，你應該能直接在皇太子殿下的身邊。若期待雪哉以武人的角色成為皇太子的親信，應該會希望你發揮官吏的作用。可是你僅當近侍才短短一天而已，難道沒想過其中的原因嗎？」

「……你到底想說什麼？」

西家次子的身分在朝廷內也能鶴立雞群，為何特地被送來勁草院？

貴族中，只有即使運用〈蔭位制〉也找不到工作的無能之輩，才會被老家丟來勁草院。

「皇太子殿下是否討厭你，才將你趕走？」

明留無言以對。

「之前是聽說你得到皇太子殿下的信任，我們才願意放棄進入朝廷，特地來到勁草院。如果皇太子都拋棄你了，這一切根本毫無意義，你害我們浪費了這段時間。」那名室友忿忿不平地責難著。「早知道就不應該來勁草院這種地方。」

其中一人嚴厲指責，剛才始終不發一語的另一名室友也搖頭歎息。

「我並不認為完全都是你的過錯，但目前西家旗下的宮烏，的確有越來越多人對你感到很失望。」

明留無法思考，他不敢相信自己身邊的這兩人竟然有這種想法。

「我們將在近日主動退學。」

「怎麼會這樣！」他沒想到自己脫口而出的聲音中，竟然帶著一絲懇求。

「總之，事情就是這樣……你可以不要再和我們有任何牽扯嗎？」

明留無言以對，也找不出任何挽留的話語。

當那兩名室友準備離去時，門口出現一個人影，那是明留現在最不想見到的人。

「你在忙嗎？」北家的雪哉歪著頭嘻笑著。「幸好傷勢並不嚴重，真是太好了。」

雪哉目送那兩名逃也似地離去的室友，露出意味深長的笑容走向明留。

「你來幹什麼？」

「我好心送慰問品來看你，這樣的回應也未免太過分了吧！來，給你。」

雪哉遞過來的紙包內是灑了砂糖的金柑乾。

「我不要。」

「啊呀！真是暴殄天物，那我可以收下嗎？」

雪哉坐在窗邊，不等明留回答便吃起了金柑，安靜的室內只聽到吃金柑的輕微咀嚼聲。

明留不知道該對雪哉說什麼？之前他向雪哉提出，同為皇太子陣營應該當朋友時，雪哉的反應十分冷淡，如今他似乎瞭解了其中的原因。

雪哉與自己不同，在皇太子身邊侍奉了一整年。雖然明留不願意這麼想，但如果皇太子真的因為討厭自己而將他送來勁草院，雪哉這傢伙一定知道這件事。

明留想確認皇太子的意志，卻又不是很想知道。

「……如果沒有其他事，可不可以請你離開？」

他害怕從雪哉口中得知這件事，連他都覺得自己說話的聲音聽起來很窩囊。

雪哉察覺他難掩嫉妒的冷淡措詞，一笑置之。

「當然有事啊！否則怎麼會來探視你呢！」雪哉一臉風淡風輕地貧嘴道：「照目前這樣下去，你遲早會離開這裡。」

明留聽了這句話霎時火冒三丈。

「我還沒這麼差！我的綜合成績比你好。」

「誰在說成績的事？你真的搞不清楚自己目前的狀況嗎？」雪哉倏忽冷然反問。

「我目前的狀況……」明留顯得有點畏縮。

「你想想，」雪哉把玩著金柑，試著分析情勢。「目前勁草院的院生中，有四十四名荳兒，二十一名草牙，和十四名貞木，總共七十九名。其中，只有我和你天生具有比他人高於五個位階的地位，包括你我在內，僅有六名宮烏有資格使用〈蔭位制〉，而且幾乎都是荳兒和草牙。」

明留聞言怔愣地瞪大雙眼。

「你瞭解這件事所代表的意義嗎？」雪哉用試探的語氣問道。

「……貴族階級出身的人，幾乎都在第三年之前就遭到淘汰了？」

「沒錯。」

目前院生中還有其他宮烏，當成為貞木時，會僅剩不是武家出身者，就是平民出身者。

「也有些人和四家有關係，但他們自己本身未必是宮烏。在這種環境下，看不起山烏只尊重宮烏的結果顯而易見。如果你保持目前的態度，身邊遲早會被敵人給包圍。」

雪哉一臉索然無味地睨著明留。

「你打算打造西家體系的派系，改革勁草院，根本是不可能的事，而且也沒有意義。假設勁草院的方針有問題，就該由院長或是皇太子殿下這些參與營運的人去改善，要求院生做這件事太強人所難，殿下也並沒有這樣的期待。」

出乎意料的事實，讓明留瞠目錯愕。

「但是……如此一來，皇太子殿下送我來勁草院不就沒有理由了嗎？」

皇太子真的只是為了趕走自己嗎？

明留感到全身無力，雪哉倏然在他嘴裡塞了一個金柑。

「你、你幹什麼？」明留差一點被嗆到，咳嗽了起來。

雪哉不耐煩地看著他。

「沒事，我只是覺得皇太子殿下明明對你抱有這麼大的期待，你卻渾然不覺，原來真有這種天大的傻瓜。」

「啊？」明留抬起頭，想瞭解究竟。

「殿下不是叫你來勁草院嗎？希望以後能夠成為他親信。」雪哉露出淡淡的苦笑，金柑在手掌上滾來滾去。「看剛才那兩個人就知道，即便他們沒有明說，事到如今會說這些話，就是受到皇太子殿下即位延期的影響。因為家族勢力而主動靠近的人，也會因為政局的變化而改變態度。如果想要結交真正值得信賴的朋友，不能靠身分或是權力這種東西。我要明確告訴你，不是別人，而是你讓他們採取那種態度。」

明留想起剛才那兩名原本以為是朋友的跟班，質問自己騙人的模樣，頓時無言以對。

「……我以前從來沒有想過這種事。」明留尷尬地低下了頭。

「你應該瞭解，若你身為皇太子殿下的親信做了同樣的事，會有怎樣的結果吧？」雪哉的聲音中帶著愉悅，他見明留沉默不語，曉以大義地說：「你看不起的那些山烏，佔山內總人數的九成。皇太子深刻瞭解到，自己治理的子民中，有一大部分都是山烏。」

勁草院可說是山內的縮影。明留終於漸漸瞭解了雪哉想表達的意思。

「所以殿下才叫我來勁草院……」

皇太子為了避免明留將來成為金烏的親信後，表現出不適當的態度，因此要求他先來勁草院學習與平民階級相處的方式。

「皇太子殿下雖然叫你來勁草院，並沒有要你成為山內眾，不是嗎？殿下是想要栽培你，這就證明不是因為你是西家公子的身分，而是對你這個人抱有期待。」

雪哉突然正視著明留的眼眸。

「不過，你又是如何呢？如果皇太子殿下沒有日嗣之子的身分會怎麼樣？如果真赭薄公主沒有入內，你對不是你姊婿的殿下，就沒有興趣了嗎？」

雪哉嚴厲的措詞，讓明留困難地吞了口水。

他想起第一次見到皇太子殿下，當時還不知道殿下身分時的感動——燦爛的夕陽中，殿下露出溫柔的笑容，讓他們擁有共同秘密的那一刻，成為一切的開始。

「我……」沙啞無力的聲調，讓明留閉上了嘴，當再次開口時，聲音已變得十分堅定。「我想侍奉皇太子殿下這個人，既然他看到的是我這個人，那我也必須用信賴回應他對我的信任，我希望能夠回應他。」

「這樣啊！聽你這麼說，那我就放心了。」

雪哉爽朗的笑容，完全不覺得有絲毫的可疑。

明留這才體會到，雪哉真正和自己有志一同，都同樣支持著皇太子殿下，也完全能夠理解皇太子應該是賞識他這種有別於學術科成績好壞的另一種聰明，才會選擇他成為近臣。

「雪哉，你和我不一樣，一路走來，都堅持著絕對不靠家族勢力的信念。」

明留認為正因為這樣，雪哉才能和茂丸他們成為好朋友。

沒想到雪哉對明留的感傷泰然地付之一笑。

「怎麼可能！之前一段時間確實曾經有過這種想法，事到如今，已經不敢有這種奢求了，我打算利用所有可以利用的一切。」

「但這樣不是沒有意義嗎？」明留眨著眼好奇地反問。

「明留，你可別誤會了。」

明留歪頭斜覷著對他瞇起眼的雪哉。

「權力這種東西很麻煩，一旦運用不當，很可能會自我毀滅，但同時也具有成為王牌的力量。」雪哉說著露出了冷酷的微笑。「我的意思是，不要誤用權力。」

明留感到不寒而慄，這時的雪哉已收起前一刻的笑容，雙眼就像冷血的蛇一般，完全看不出任何情感。

「你……」明留突然覺得雪哉有些可怕，不自覺地嚥了嚥口水。

你到底有什麼企圖？明留正想這麼問時，餘光看到一張黝黑的臉，從雪哉旁邊的窗戶探出頭來。

「高深的話說完了嗎？」

明留差一點跳起來，渾身的疼痛讓他忍不住發出呻吟。

「茂丸！你什麼時候躲在那裡？」

「其實我們和雪哉一起來的，只是感覺氣氛不適合一起加入，就暫時躲在這裡。那個，這是慰問品。」

他從窗戶探出身體，把裝在籃子裡的李子放在地上。

「我很愛吃李子，可以給我一個嗎？」

看著雪哉無憂無慮的樣子，明留感到有點洩氣，搞不懂前一刻的感覺是怎麼回事。

「雖然你摔得很重，卻比我想像中更有精神。身體怎麼樣了？」茂丸關心地問道。

明留一時之間說不出話來，儘管有些諷刺，但明留覺得茂丸是第一個關心他身體的人，這讓他感動不已，突然對自己以前的言行感到羞愧。

「感激不盡，我的身體沒問題……你剛才說我們？」

「對啊！其實比起我，他更擔心你的狀況。」說完，茂丸便從窗外消失了。

不一會兒，只見茂丸抓著坐在一旁那個人的脖子，把他拉了起來。

出現在窗前的那張陰沉的臉似乎在說：**我並沒有擔心**。

「千早！」明留大吃一驚地叫喊出聲。

千早似乎也不知道該對他說什麼，猶豫了很久。

「我並不是故意的。」千早低聲嘀咕道。

聽到千早的這句話，明留猜到了勁草院內目前的傳聞——大家認為千早是故意讓明留受傷。千早原本是為公近做事，最近公近又一直找明留的麻煩；不過，明留覺得如果事情不是發生在自己身上，他可能也會這麼想。

「我知道，掉下來是我自己的錯。」

在自己墜落的瞬間，他看到千早露出錯愕的表情。從變身到墜落之間雖然只有短暫的剎那，明留還是可以感受到千早身為騎手，已盡了最大努力想要修正姿勢。

然而，他還是有一個問題無法理解……

「千早，你不是可以飛得更快嗎？那時為什麼飛得特別慢？」

千早聽了明留的問題，顯得十分淡定。

「因為你的姿勢不穩定，我擔心如果飛得更快，你可能會掉下來。」

「原來是這樣啊！」明留用力嘆了一口氣，接著端坐在被子上，深深向千早鞠了一躬。

「抱歉，給你添麻煩了，我會好好向大家說明的。」

「不……沒關係。」

雖然千早只說了這句話，卻讓明留的心情輕鬆了不少。

「喔喔，你也長大了，竟然向山烏道歉。」

聽到這句開玩笑的感嘆，明留心情有點複雜。

茂丸見狀，突然一臉正色地表明立場。

「明留，你來勁草院當然有你自己的目的，我們也是有各自的理由才會來到這裡。沒有任何一個人的情況相同，每個人的想法也當然不可能一樣。」

明留一臉謹肅，靜靜地聽著這番話。

「各式各樣的人從山內來到這裡，各自表達不同的意見，我認為這個地方很了不起。如果不是在勁草院，你我也無法像這樣說話，不是嗎？」

「對，你說的沒錯。」

「既然有緣相識，你不覺得大家當朋友比較划算嗎？」茂丸開心得笑著提議。「我們除了假日，每天都會在二號樓的空房間舉辦學習會。如果你不嫌棄，一起來參加吧！大家一定會很高興。」

茂丸爽朗的態度和話語，深深感動了明留此刻的心。

經醫官的同意，明留終於回到了宿舍。

兩名跟班中的其中一人已經離開，雖然當時並沒有想這麼多，現下回想那名室友從入峰時，成績就比自己差很多，也許是實力已到達極限，無法繼續留在勁草院。

明留猶豫了片刻，決定在晚上前往二號樓。

到了二號樓之後，旋即就知道哪個房間正舉辦學習會。因為那個房間的拉門敞開著，裡面傳出了十分吵鬧的聲音。

「我死定了，完全一竅不通。」

「你振作點，既然被那個高額頭眼鏡仔盯上了，就不能一字不差照抄雪哉的功課。」

「所以你們只要把戰譜背下來，之後再靈活運用就好啊！」

雪哉語帶疲憊地說完，立刻就聽到一陣叫罵聲。

「混蛋，你不要說得這麼簡單。」

「你到底是用什麼方法背的？」

「看了之後，自然記住了。」

「看吧！我就知道。」

「所以我討厭天生聰明的人。」

戰譜是在〈盤上訓練〉時，記錄哪個棋子如何移動的記錄表。

看樣子他們似乎正在寫〈兵術〉的作業。明留深吸了口氣後，下定決心站到門口。

「背戰譜時，只要先記住軍官的行動即可，因為步兵的移動都是以軍官為起點。」

室內的苦讀生原本打算丟下書本，準備撲打雪哉，此刻都目瞪口呆地看著明留。

「……明留？」

「你為什麼會在這裡？」

茂丸和雪哉眉開眼笑，並不打算幫他解圍。千早則獨自坐在牆邊寫作業，完全沒有抬起頭看明留一眼。

明留舔了舔因緊張而變得乾澀的嘴唇，環顧室內所有人。

「我也可以參加你們的學習會嗎？我知道自己有點得寸進尺，但如果是學科內容，我應該可以幫上一點忙。如果你們願意的話……」

他越說越小聲，膽怯地低下了頭。自己之前的態度讓眼前這些人很不舒服，不知他們會有什麼反應。

原本躺在地上的一個人猛然跳了起來，雙手抓住他的肩膀。

「老師，歡迎你。」

「啊？」

「我覺得能夠聽懂你說的話，至少比雪哉那個混蛋清楚多了。」

「好過分喔！」雪哉因毫不客氣的批評，小聲地嘟囔著。

「對啊！現在不需要你了。明留，幫幫我們吧！」

「我們完全不懂，照這樣下去，必定要不及格了。」

「即使雪哉向我們解釋，我們也聽不懂，你是我們最後的希望。」

眼前這些人的反應和原本預想的情況大不相同，讓明留愣怔在原地。

「……你們願意原諒我？」

「沒什麼原不原諒的啦！」

這些幾乎都是平民階級出身的院生互相看著彼此。

「也並不是對你完全沒有意見，只是現在已經顧不了那麼多了。」
「只要你教會我們，讓我們考試及格，之前的事就一筆勾銷。」
「現在廢話少說，趕快來教我們。這些作業明天就要交，根本還沒寫。」
明留聽了這些模稜兩可的回答，不知道該不該高興。
茂丸見狀，大笑了起來。
「他們根本不在意！」

這天的學習會結束之前，明留一直在教同學功課。
雪哉真的很不擅長教人，所以他們的程度都很不好，但聽了明留的說明之後，很多題目反而輕鬆就解出來。那幾個同學都喜極而泣，懇求他明天也繼續來教他們。
「會不會累？」
臨走時，茂丸關心著明留的身體。
「不會，謝謝你邀請我，我也教得很高興。」明留搖了搖頭回答。
這是他生平第一次得到別人的感謝，心情從來不曾這麼爽快過。

他們之中有不少人〈御法〉的成績很好，說好下次放假時，要陪他練習〈人馬交換〉作為感謝。

明留真心慶幸自己來參加了學習會，只是之後還有比參加學習會更重要的事。

「千早，可以借一步說話嗎？」

千早正準備回去自己房間時，明留叫住了他。千早露出了狐疑的表情，卻也沒說什麼，默默跟著他來到空無一人的走廊角落。

「這次的事，給你添了很多麻煩，我再次向你道歉。」

千早看著鞠躬道歉的明留，和上次態度一樣，沒有改變。

「沒關係。」千早一臉平淡地回應。

「那怎麼行？如果稍有閃失，會害你受重傷的，而且現在也有一些不利於你的傳聞。我一直在思考，該用什麼方式向你道歉。」

千早聽了顯得有點不知所措，明留不理會他的不自在，自顧自地說下去。

「你雖然和公近關係不佳，卻是在南橘家的推薦下入峰勁草院，對嗎？」

「……你調查我？」

「這件事也很不好意思，因為在第一次對決輸給你時，我就想知道你的來歷，所以讓周圍人去調查你的戶籍。那次我才聽說你有一個體弱的妹妹，無法拒絕南橘家的援助。你上次和公近吵架時，他就是在暗示你妹妹的事嗎？」

明留話一落，千早霎時面無表情。

「我知道自己多管閒事，但我想問你，可以讓我幫助你嗎？」

千早冷漠地不發一語。

「你應該也對妹妹成為公近的人質這種狀況感到無可奈何吧？我只是希望藉由這個方式向你道歉，並沒有什麼陰謀。」明留焦急地再次強調。「真的只是純粹的好意。」

明留以前都用與生俱來的權力仗勢欺人，對千早和茂丸的態度也很傲慢，所以正如雪哉所說，他不希望再濫用權力，也希望可以第一次正確使用權力。

「只要你願意，西本家可以成為你的後盾，也會安頓好你的妹妹。你應該也不喜歡留在公近身邊吧？」

「是啊！」千早沉默片刻後，自嘲地低喃道：「我的確也不想接受南橘家的援助。」

「既然這樣……」明留興奮地正想追問。

「你果然和公近一樣。」千早看他的眼神像冰一樣冷冽。

明留還來不及制止，千早已轉身快步離去。

……**我惹他生氣了**？明留看著千早的背影，錯愕地僵在原地。

「但是，為什麼？」明留完全無法理解千早生氣的理由。

第三章　千早

「哥哥，救救我！」

聽到結發出好像撕裂般的淒厲叫聲，我驚恐得丟掉手上的籃子，踢開散落在地上的棉花衝了過去。抵達庫房時，朋友個個臉色鐵青，一看到我，立刻移開了視線。

朋友們背對著庫房，平時敞開的門現下緊閉著。

「不要，住手……哥哥、哥哥！」

庫房內傳來拼命求救的高喊，和持續不斷的喀噠喀噠聲。

我想把門打開，拉門卻從內側鎖住了。

「別進去。」

有人抓住我的手臂，忍無可忍的我甩開了那個人的手，用身體不斷地撞向拉門，幾次下來，終於將鎖住的門撞破衝了進去。

庫房內很暗，農具後方堆著草堆，一個熟識的男人一臉訝異地轉過頭。而結正躺在稻草堆上，她纖瘦蒼白的玉體浮現在黑暗中。

結被抓著頭髮按在地上，露出了纖白的頸項，她的羽衣下襬已被掀了起來，露出兩條細腿，男人的手正打算伸進兩腿深處。

腦筋一片空白，我不記得之後發生了什麼，只知道當我回過神時，發現男人已倒在血泊中。他的腦袋噴出大量的血，多得令人難以置信。

我緊緊抱住抽抽噎噎的結，茫然地看著一動也不動的男人。

「紘，你竟然……」

聽到有人驚叫著我的名字，我緩緩地抬起頭。

我知道自己做了什麼，也知道接下來會發生什麼事。

「不好，已經有好幾個人跑去公館了。」

「沒時間了。紘，你帶著結逃離這裡吧！趕快！」

我聽從了建議，背著結衝出了庫房。

一大片正值收成期的棉花田閃著白色光芒，我穿過這片宛如下了雪般的棉花田，跑向沒有房子的山中。
我忍耐了一天又一天，持續忍隱至今。然而，這種日子終於要畫上句點。

一走出勁草院的書庫，強烈的光線令人眼花。
燦爛的陽光刺痛了眼睛，他立刻懷念起剛才離開的陰暗清涼的空間。
這時，他被一個熟悉的聲音叫喚住。
「這不是澄尾大人嗎？您怎麼會在這裡？」
他回頭一看，一張熟悉的臉對他露出笑容，手上拿了好幾本書。
「雪哉，最近還好嗎？」
「託您的福，結交了幾個朋友。」
澄尾是平民階級出身的山內眾，但因為兒時的緣分，在皇太子回到山內後，一直擔任皇太子的專屬護衛。

雪哉以前在宮中當差時，每天都會見面，也許是因為這個原因，雖然距離最後一次見面並沒有相隔太長，卻覺得好久沒見了。

「交到了能夠信賴的朋友，真是太好了。如果還無法找到其他能勝任皇太子護衛工作的人，我恐怕要胃穿孔了。」

自從長束公開表明支持皇太子後，經常借用路近的手下，只是澄尾並沒有發自內心相信路近。由於這幾年的山內眾並不可靠，幾乎都是澄尾獨自擔任皇太子的護衛工作。

「如果你們能夠成為山內眾，我也可以稍微輕鬆一點。」

「我正竭盡全力，努力完成使命。」

澄尾忍不住欣慰地看著雪哉滿面笑容的臉。

「所以……您來這裡，是為了調查嗎？」」雪哉一臉天真邪地歪著頭問道。

「嗯，是啊！」

「您要回去了嗎？那我送您。」

雪哉似乎察覺到是不方便在這裡談論的內容，他抱著手上的書，和澄尾一起邁開步伐。

「現在不是上課時間嗎？」

「教官有事，讓我們自習。明天開始旬試，我打算來猜題。」

旬試，是每次長假之前都會舉行的考試。

澄尾在數年前走過相同的路，身為學長，無法忽視雪哉剛才這句話。

「你要認真複習，別想偷懶。」

「不，我不需要複習，只要上課聽一次就記住了。」雪哉顯得一臉輕鬆，這句話也讓人無法置若罔聞。接著雪哉又一臉心事重重，仰天說道：「問題在於我的那幾個朋友。老實說，即使我想教他們，也不知道他們哪裡不懂？因為我無法解決他們的問題，所以被明留趕了出來，我真是太沒用了。」

之前為了應付考試也吃了不少苦的澄尾只能乾笑。

「明留不就是真赭薄女官的胞弟嗎？他的成績也很差嗎？」

「不，他是學習會的小老師。以前他遇到平民階級出身的人都會找他們麻煩，現在似乎洗心革面了。」

明留起初因為在意自己以前的愚蠢態度，有些侷促不安，但隨著熱心指導其他人，彼此的相處也越來越融洽。

「他教導的方式簡單易懂，現在被大家視為神。雖然他的綽號『小鬼老師』聽起來像在損人，不過他沒有察覺，不需要太擔心。他和他嫡姊一樣，十分聰穎，也很值得信賴，個性剛烈這點也很像。」

「喔喔——」澄尾聽了不由得苦笑。

真赭薄被稱為山內最美的公主，也是山內自尊心最強的人。由於她目前是皇太子妃的女官，澄尾和她接觸的機會也很多，在意見發生衝突時，從來不曾說贏過她。

「所以您今天來這裡有什麼事呢？」雪哉確認周圍無人後，稍微壓低了聲調。「果然是為了調查一百年前的事嗎？」

「你猜對了。」

之前已經向雪哉詳細說明了在白烏那裡發生的事，而且還很慎重地在勁草院休息的日子，特地把他叫去招陽宮，由皇太子親自向他說明情況。

皇太子去見白烏時，雪哉當時不在場，因此很在意他會有什麼反應。沒想到即使雪哉聽到皇太子可能並不是「完全的真金烏」，他也顯得十分沉著、臨危不亂。

「山內開天闢地以來的記憶嗎？追溯到那麼久，臣反而覺得有點可疑。」

無論怎麼想，都應該認為這件事很震撼，雪哉的反應卻很平淡。

「你不驚訝嗎？」皇太子略感意外地反問。

「臣很驚訝啊！」雪哉語帶玩笑地回答。「只是不管您的記憶是否不完整，山內需要您這件事是不變的事實。如果您認為臣的忠誠會因為這種事受影響，也太小看臣了吧！」

「你是因為吾有修補結界破洞的能力，才會這麼說。其實吾也不知道為什麼會這樣？也不清楚使用這種力量的結果會如何？」

「即使這樣，也不可能什麼都不做，讓破洞留在那裡吧？這也未免太荒唐了。」雪哉冷笑著反駁。「無論使用這種力量會對未來會造成怎樣的結果，在目前的狀況下，就只能這麼做啊！難道您打算因為可能存在的陷阱感到害怕，就哪裡都不去，讓自己餓死嗎？」

「你說的也沒錯。」

「煩惱根本是浪費時間。」雪哉用嚴肅的語氣說完，正視著皇太子鼓勵道：「至少我們都瞭解，殿下您是最關心山內的人。基於這種仁心而行使的力量，是不可能危害百姓的。請您對自己抱持自信，充分發揮以往我行我素的特質吧！」

澄尾想起雪哉說這番話時的笑容，在內心歎了一口氣。

雖然雪哉認為這件事並不重要，但長束和皇太子本身十分在意「真金烏的記憶」。尤其是長束，正全力調查朝廷留下的所有資料。由於當時的資料很少，成果並不理想，卻也依稀瞭解到「真金烏消失在〈禁門〉外」的詳細情況。

上一代金烏是在明龜二十八年春天消失。正如白烏所說，當時〈禁門〉開著，真金烏頻繁出入〈禁門〉外的神域。

當時的真金烏名叫那律彥，是目前代理金烏前四代的山內宗主。除了在他二十歲左右出現一場乾旱以外，在他統治期間，並沒有發生任何巨大災害，太平盛世持續。直到有一次山內發生了大地震，那律彥從〈禁門〉前往神域，打算傾聽山神的神意，卻從此一去不回。

長束在調查後，發現當時有一名親信跟隨那律彥一起進入了〈禁門〉。

「無論怎麼想，都覺得事情不單純。因為他明明與前任真金烏一起進入了〈禁門〉，怎麼會只有他一個人回到了山內。」

「所以他把真金烏留在神域，自己一個人回來了嗎？」

「對。而且他回到山內後的經歷很不尋常，因為他之後成為了〈黃烏〉。」

雪哉驚愕地瞪大了眼，眼珠子都快掉下來了。

「那個人該不會是博陸侯景樹？」

黃烏，尊稱為博陸侯。攝政者獲得百官全場一致同意時，才能獲此稱號。當金烏或代理金烏年紀尚幼，或是因某種原因無法處理政務時，唯一可以代理君主處理國政的人。不過，並非每個朝代都有黃烏，只有在歷史上留名的大官才有資格擔任，這也是朝廷內最高稱號。

「沒錯，他在〈禁門〉關閉，且那律彥陛下失蹤而陷入混亂的朝廷，輔佐當時年幼的皇太子。」

然後一手掌握所有權力，最後成為博陸侯。

目前已經查明，他原本是南家旗下的貴族，從勁草院畢業後成為山內眾，被提拔為那律彥的親信。從他在世的時代開始，南家出身的公主就持續入內，由此可見，是他奠定了南家長期裙帶政治的基礎

雪哉聽了澄尾的說明後，露出無言以對的表情。

「……這樣聽起來，簡直就像是博陸侯景樹把真金烏趕出山內，恣意操控朝廷。」

「不，這倒不至於……但這只是目前的推測。」

事到如今，已無人知道真相。

「今天我是來調查他在勁草院時代，是否有留下紀錄？」

「看您的樣子，似乎並無太大收穫。」

「因為是一百多年前的事，所以只剩下他當年畢業時的紀錄。」

當年博陸侯景樹還是以首席之姿從勁草院畢業。

「博陸侯景樹是目前歷史上最後的黃烏，曾經進行多項改革，也留下了大量文獻。然而，那律彥陛下失蹤以前的紀錄，卻少得很不自然。」

「我記得他曾經大規模編撰歷史書，會不會在那個時候刻意刪除或篡改文書？」

「八成應該是這樣。」

把金烏留在神域，自己回到山內。他身為金烏的臣子，這是不管有幾條命都不夠用的嚴重疏失，如果之後有什麼見不得人的事，很可能會滿不在乎地極力隱瞞。

「總之，真金烏無法找回記憶，也沒有文字紀錄，我們沒有任何手段可以瞭解過去。」

兩人互看一眼後，雪哉眉頭深鎖地歪著頭。

「……不知道一百年前的神域到底發生了什麼事？」

送走澄尾後回到自習室，室內躺滿了正值發育期的男生。

「我回來了。」雪哉在打招呼的同時，為根本沒有地方走路感到困擾。

「回來啦！」像屍體般躺滿地的同學發出慵懶的回應。

「大家怎麼了？」

「正在休息啊！休息。」

「小鬼老師去宿舍拿忘記帶的東西，所以利用這個機會休息。」

「真是夠了……我的腦袋都快炸開了……」

「辛苦了。」

時間過得很快，峰入至今已經快四個月，已經有人因為無法忍受訓練而離開，不過參加這個學習會的人都努力撐了下來。

雪哉跳過躺在地上叫苦連天的同學，來到了牆角。

「我精簡了上次猜題的範圍，等明留回來之後，你們再請他講解。」

「喔，謝啦！」

「雖然很感謝，卻無法感到高興。」

「希望小鬼老師去久一點。」

有人無奈地說出這句話的同時，為了遮陽而關上的拉門突然被打開。

「真是對不起啊！我這麼快就回來了。」明留站在逆光中，簡直就像被華信教官附身般厲聲喝斥道：「趕快都起來，你們這些懶惰鬼不要磨磨蹭蹭，現在哪有時間休息！」

躺在地上的同學紛紛發出悲嚎聲，雪哉也順手將寫了猜題的紙交給了明留。

「小老師，辛苦了！他們說你忘了帶東西？」

「不是我忘了帶，只是我沒想到他們連這種初步的知識都不懂。我原本以為不需要這麼初級的教材，結果還必須特地回去拿。」

「真是對不起啊！我們連這麼初步的知識都不懂。」

「不好意思，我們就是笨。」

正當躺在地上的屍體滿地打滾時，外面突然傳來急促的鐘聲，室內空氣頓時凍結。

「……奇襲訓練。」有人無奈地嘀咕道。

下一瞬間，躺在地上的人立刻跳了起來。

「開什麼玩笑！我們正在為考試複習吔！」

「我們正在休息啊！」

「茂哥，珂仗，你忘了拿珂仗！」

所有人慌亂地大聲嚷嚷，拿起珂仗，踢開課本和桌子衝了出去，並在全速奔跑的同時，重新編織羽衣。當抵達大講堂前的廣場時，勁草院的院生從四面八方跑了過來。

「動作太慢了！各學年都排成一列，點名！」

華信教官一聲令下，所有人都反射性地移動身體。最初跑到華信面前的人舉起一隻手，其他人紛紛自動在後方對齊，接著隊伍最後面的人計算完隊伍中的人數後，跑到最前面。

「貞木，除了因演習不在的人以外，八人全數到齊。」

「草牙，三十一人全數到齊。」

「荳兒，三十九人，少了一個人。」

所有荳兒聽到大聲報告的人數，都發出了無聲的慘叫。

〈奇襲訓練〉時，一旦有人缺席，整個學年的院生都要負起連帶責任。雖然不知道是哪個笨蛋缺席，顯然已經招致所有荳兒的怨恨。

華信滿臉憤怒，發出了怒吼聲，連大講堂的牆壁也跟著顫抖。

「是哪個傢伙缺席？」

「報告，是一之一的千早。」

雪哉聽到這個回答，發現事態異常。

千早的不擅交際幾乎屬於毀滅性的程度，但在技術方面的天才能力，和認真的態度無可挑剔，不可能在訓練時遲到。

華信可能也有相同的想法，他的眼瞼抖了一下，並沒有打算改變態度。

「貞木、草牙解散，荳兒去找一之一的千早，立刻將他帶來這裡。在全員到齊之前，不得自由行動。行動！」

所有荳兒聽到命令後，立刻四處散開，在勁草院內尋找千早的身影，只是通知找到千早的鐘聲始終沒有響起。最後，當荳兒聽到晚膳的鐘聲回到廣場上時，千早才終於現身。

千早看到在偌大的勁草院內跑得精疲力盡的荳兒，立刻察覺發生了什麼事。

太陽已經下山，天色也暗了下來，食堂的燈光讓飢腸轆轆的荳兒格外嚮往。

「你到去了哪裡？」

華信平時總是大聲咆哮，此刻的他平靜得令人生畏，不過千早緊抿著唇沒有回答。

「你的同學連續找了你二個時辰，喉嚨也都叫啞了，還因為你的關係無法用晚膳，要接受〈行軍訓練〉，你對這件事沒有任何說明嗎？」

「趕快說！」

荳兒都露出充滿殺氣的眼神瞪著千早，他依然悶不吭聲。

華信低著頭不耐地長歎口氣，然後抬起頭，恢復了往常的怒吼。

「所有人都去繞著水練池跑！在我喊停之前都不能停下腳步！」

「隊伍出發。」

所有人一致轉身，不發一語地跑了起來，但內心已對著千早破口大罵，每個人臉上都露出了愁苦的表情。

「完了，我這句話是雙關……」

「這次會這麼慘，都怪千早在考試之前惹事。」

「如果不及格，就找千早算帳。」

明留看著他的「學生」，不知道該說什麼。

旬試結束後，參加學習會的人並沒有為考試結束感到興奮，全都對其結果憂心忡忡。

「而且千早的成績應該很好吧？簡直太不合理了。」

桔苹又嫉又妒，久彌點頭表示同意。

「雖然他要一個人打掃大講堂作為懲罰，但和我們遭到的池魚之殃相比，這種處罰根本不算什麼。」

「且慢，其實這才是最大的處罰。」

驀然，空氣中響起一個外人的聲音，他們還來不及猜是誰，自習室的拉門就被打開。

「嗨，荳仔們，怎麼個個都一臉鬱悶啊？」

「市柳草牙。」

「你怎麼會來這裡？你剛才說最大的處罰，是什麼意思啊？」

雪哉和茂丸看到草牙裝模作樣地出現，都被嚇了一跳。

闖入者市柳發出了呵呵的可怕笑聲。

「千早不是要從今天打掃到明天早上嗎？但是，貞木學長現在要帶大家出去玩樂，慶祝考試結束。」

「玩樂？」

「現在嗎？」

窗外的天空已經染上暮色。

市柳看著搞不清楚狀況的學弟，拼命忍住笑。

「所以才說你們都還是小孩子，我們等一下要去參加節慶活動。」

「節慶活動？」

明留聽到市柳這麼說，立刻反應過來是怎麼回事。茂丸和其他來自外地的同學則一臉納悶，雪哉似乎也猜到了，露出了苦笑。

「而且今天是連續五天的夏季節慶的最後一天，保證會讓你們覺得千早很可憐。」

「所以呢，」帶領所有人走在最前面的貞木，得意地叫喊道：「今天要帶你們去參加花街的鬼燈節！」

草牙和貞木都齊聲歡呼了起來。

明留曾經多次去花街參加酒宴，起初對同學興奮的樣子感到很丟臉，然而花街在鬼燈節期間的確充滿奇幻的氣氛、絢麗多姿，就連對花街並不陌生的自己也看得出神。

彎曲複雜山坡上有許多富麗堂皇的建築，階梯和道路兩旁都掛著鬼燈形狀的燈籠，各店家也都使用了鬼燈圖案的裝飾，到處飄著深淺不一的漂亮朱色和淡綠色薄綢。

第一次來到這裡的荳兒都迫不及待想要衝進花街，但在進入花街之前還費了一番工夫。

「趕快把那種矯柔做作的圍巾丟掉！」

「我知道你們很希望好好打扮一番，其實穿羽衣來這裡才是關鍵。」

「一旦知道我們是勁草院的院生，就會很受歡迎。說自己沒錢，等以後有出息再還錢，店家還會提供優惠。」

「不過一身汗臭味會遭到嫌棄，之前的學長為院生建立了整潔有禮、前途一片光明的理想形象，你們可千萬別破壞了。」

經過學長最後的嚴格確認，一行人才終於得以走進花街。

花街內到處洋溢著歡樂氣氛，隱約傳來了令人聯想到黑夜和妖豔的樂曲。許多衣著華麗的美女站在不同樓閣設置的舞台上，配合著音樂聲翩然起舞。

在舞台上起舞的遊女可能發現院生看著她們出了神，向他們歡快地甩著袖子。

「我現在死也無憾了。」

「茂哥，你可不能死。」

「蠢蛋，別停下腳步，會堵住後面。」

茂丸如癡如醉，站在舞台前不願離去，明留和雪哉每次都得用力拉扯他龐大的身軀，催促他繼續往前走。

「千早那傢伙真是太可憐了啊！」久彌笑得合不攏嘴，向遊女甩著袖子。

「他是自作自受。」桔苹興奮得聲調都變尖了。

「但是事到如今，你不會感到好奇嗎?那個一板一眼的千早，竟然不惜破壞規定，到底是去了哪裡?」

明留在內心也認同辰都所說的話。

那天找遍了勁草院，都沒有找到千早，他一定從小路溜出去了。其他人聽到他們在聊這件事，也隨性地加入了討論。

「會不會是他家人病危？」

「如果是這樣，實話實說就好啊！」

「所以可能是為了女人。」

「千早嗎？不可能、不可能。」

「人不可貌相，越是那種傢伙，搞不好私底下越是色胚。」

「這個世界上有男人不色嗎？」

這些在七嘴八舌討論的人，想起目前所在的地方，都哄堂大笑了起來。

「怎麼可能有這種人嘛！」

「千早真是太可惜了，我會連同你的份好好享受。」

「可不能恨我啊！」

今天是花街鬼燈節的最後一天，到處都擠滿了人。沿著階梯來到花街中心的廣場上，那裡為鬼燈節搭建了特別舞台。從各個妓樓挑選出來的舞女，在舞台上跳著為了這一天練習的舞蹈，後方有一排演奏者和歌手。

學長帶著他們前往可以俯瞰那個廣場的大型店家——〈哨月樓〉。

「各位年輕的院生，歡迎光臨！」

「正在恭候各位。」

每年考試結束後，院生都會來到花街慶祝，而哨月樓便成為院生經常光顧的店家，店內的人也在等候他們上門。

明留與滿臉色相的同學保持了距離，這時發現和自己一樣離開其他人的雪哉正看向另一個方向。雪哉並沒有看著舞台，而是看著舞台周圍的觀眾。

「怎麼了？」

「……沒事，我們走吧！」

明留不經意地順著雪哉的視線望去，終於發現他剛才在看什麼——照亮舞台的燈籠燈光很刺眼，在穿著各種不同顏色衣服的客人當中，黑色羽衣格外顯眼。

「他、他怎麼會在這裡！」

絕對沒有錯！目前應該在大講堂內打掃的千早，竟然難得露出了熱切的表情，正在和一個看起來像是女人的人影說話。

「明留，等一下！」

明留不顧雪哉的制止，在人群中奔跑了起來，他撥開觀眾，衝到舞台旁邊。

「千早！你到底在想什麼？」明留帶著怒氣大聲咆哮。

千早愕然地轉過頭，在此同時，從背後伸過來的手捂住了明留的嘴。

「嗨，千早，沒想到在這裡遇到你，真是太巧了。」雪哉假惺惺地向千早打招呼。

他想幹嘛？明留想要掙脫雪哉的手，但嘴巴仍被雪哉緊緊捂著，而且不知道為什麼，雪哉竟然不是瞪著千早，而是瞪著明留。

千早滿臉錯愕，卻還是什麼話都沒說，視線倏忽飄忽了起來。

「是誰來了？」

即使在音樂和嘈雜的人聲中，依舊可以聽到像銀鈴般美妙的聲音——一個女人，正確地說，是一名少女從千早後方探出頭。

她十分地嬌小，手腳和脖子纖細得好像可以折斷，五官不是特別漂亮，臉上表情十分柔美，嘴角帶著溫柔的笑意。微微垂下的睫毛在臉上形成了黑色陰影，飽滿的眼瞼好像即將綻放的水仙花苞。

這個女生是你的相好嗎？竟然不顧自己院生的身分，破壞規定出入花街，而且還無視受到的處罰，偷偷跑來這裡。我真是識人不清啊！明留有滿腹的話想要痛罵千早，雪哉仍然用力捂著他的嘴。

千早還來不及開口，旁邊就傳來驚叫聲。

「咦？是千早。」

「等一下，你為什麼會在這裡？」

來找他們的茂丸和市柳驚訝地接連提出質問。

「你朋友嗎？」少女歪著頭，拉了拉千早的袖子問道。

「是啊！我們是千早在勁草院的夥伴和學長。」雪哉代替千早回答。

明留對雪哉格外溫柔的語氣感到奇怪，乍然發現雪哉正用另一隻手輕輕戳著自己的眼皮。明留這才留意到，千早身旁的少女從剛才就一直閉著眼睛，她的眼睛看不到。

中央花街的遊女可說是遊女中的遊女，從年幼的女孩中挑選出容貌出眾的女孩，接受教育，學習才藝。從某種意義上來說，是不輸給宮中千金的才女。

從來沒有聽過眼盲的女孩，也能在中央花街當遊女。明留一邊思忖著，一邊重新打量那名少女，才發現如果是普通客人，她身上的衣服固然華麗，對遊女來說還是太過簡樸，也沒什麼裝飾。

她並不是千早相好的遊女。雪哉似乎察覺到明留已意識到這事實，終於鬆開了手。

「不好意思，嚇到妳了。因為他在勁草院撂狠話，說：『誰會去花街啊！』所以沒想到會在這裡遇到他。」

茂丸和市柳似乎也嗅到事情不單純，很識相地沒有插嘴說什麼。

少女聽了雪哉的話，訝異地「啊喲」一聲，然後動作生硬地鞠了一躬。

「你好，我叫結，感謝你們一直照顧我兄長。」

「你有妹妹！」

茂丸瞪圓了眼，看了看千早，又看了結。

「……你上次該不會也是來看你妹妹？」市柳好奇地問道。

千早依舊沒有吭氣，結卻不安地想解釋。

「沒錯，我平時住在谷間，很少有機會見到哥哥。我是彈琵琶和唱歌，在廟會期間，會來這裡表演。因為難得來到離哥哥這麼近的地方，所以很任性地說想和哥哥見個面。是不是因此給你們添了麻煩？」

「不，完全沒有。」大家不約而同地回答。

「沒這回事。」

「明留，對不對？」

市柳最後的問話，幾乎是以學長的身分在威脅，明留只能忍住想說的話。

「……是啊！」明留無奈地回應。

在大家簡單自我介紹時，千早始終不發一語，並非因為不高興，而是對其他人的反應略感緊張無措。

明留正在好奇事態會如何發展，市柳一派輕鬆地指著哨月樓的方向。

「差不多該去那裡了。」

「結妹妹，抱歉，因為其他人還在等，我們就先告辭了。」

「好的，很抱歉，耽誤了你們的時間。」結深深鞠躬說道。

市柳用手臂勾住千早的脖子，硬是把他的頭拉了過來，以免被結聽到。

「我們什麼都沒看到，沒問題吧？」市柳小聲地暗示，接著又用結也能夠聽到的聲音說道：「那我們走了，結妹妹，改天再見。」

雪哉和茂丸也親切地向結道別，兩人用力抓住明留的手臂不放，明留就這樣被一路拉去哨月樓的路上。

「你們剛才在那裡看什麼？」市柳乾咳了一下探問大家。

「看舞台上的姊姊。」

「真的太美了。」

「對啊！那個舞女的確美若天仙，我和茂丸去找你們，也忍不住看出了神。」

三個人故意套招之後，同時看向明留。

「明留，你聽到了嗎？就是這麼一回事。」

千早目送雪哉等人離去後，長長吐了一口氣。

「……抱歉，他們很吵，妳原本就已經夠累了。」

「我沒事，很高興有機會能他們聊天。哥哥，我不知道你有這麼逗趣的朋友。」

「他們才不是我的朋友。」

「你又說這種話了，不可以這麼逞強。」

千早聽到結的笑聲，感到心被狠狠揪緊了。

他正打算開口時，「差不多該上台了。」和結一樣同為樂師的人前來催促。

千早雖然依依不捨，還是將結帶到舞台旁。

「我明天開始放長假。」

「我知道，你要住在那裡工作，多注意身體喔！」結說話時的笑容很落寞。

「我會盡可能來看妳。」

「下次什麼時候來看我呢？」

「有時間就來看妳。」

「好，我等你。」

「妳要注意身體。」

「哥哥，你也是，千萬別闖禍了。」

千早把放在一旁的琵琶交到結手上，準備送她上舞台，他向等在一旁的樂師點頭致意，在結走上舞台之前便轉身離開了。

千早完全沒有想到，竟然會被市柳等人發現，不知道他們有幾分真心，至少他們表示會當作沒看到，不過他必須在被其他院生發現之前趕回勁草院。

千早避人耳目地走鑽進小路，小路十分安靜，完全感受不到節慶的喧鬧。

節慶期間，會把平時放在大馬路上的東西收起來，因此小路上雜亂地堆放著招牌和吊燈籠使用的竹竿之類的雜物，還有壞掉的燈籠和盤子。路雖然很不好走，因為店裡的廚房面向這一側，除了瀰漫著油煙味，店內的燈光也洩了出來，可以清楚看到路面。

千早判斷穿越這條小路便可以離開花街，正準備繼續往前走時，脖頸好像被摸了一下，便停下了腳步。

有人在看我。他猛然回頭，看到一個人影慌忙縮回店家後方。

「有什麼事？」千早質問道。

小巷裡傳來倒吸一口氣的聲音，過了一會兒，或許是知道無法繼續躲藏，慢慢選擇現身的，竟然是和市柳等人一起離去的明留。

「你在跟蹤我？」

「不要說得這麼難聽，我只是想在沒有其他人的地方和你談談。」

明留嘴上這麼說，臉上的表情卻滿是尷尬。

「談談？」

「是的，我學過一些看相的基礎知識，這是出入宮中的人基本的素養。」

千早不知道明留想要說什麼，一臉納悶不解。

「你和剛才的女孩沒有血緣關係吧？」明留一臉不悅地問道。

「……你想說什麼？」

「我一眼就看出來了。無論再怎麼不像，有血緣關係的人，必定會有某些共同點。但你和那個女孩從骨骼到指甲的形狀，沒有任何相像的地方。」

明留以前的跟班在調查千早的戶籍時，就知道他有一個妹妹，只是明留不認為千早和他妹妹結之間有血緣關係，才認為戶籍的真實性也有問題。

「你是不是說了謊？」

千早還是沉默不語。

不知明留是如何解讀千早的沉默，他擰著形狀漂亮的眉毛。

「你竟然虛報身分進入勁草院，到底有什麼企圖？」

「和你沒有關係。」

「既然我已經知道了，就和我有關係，請把理由說清楚！否則我必須向勁草院的教官報告。如果你有理由，就趁現在說明白。」明留清秀的臉皺成了一團。「如果可以，我不希望和你對立。」

「偷偷摸摸到處探聽的宮烏，在說什麼鬼話。」

「你還是只想說這些嗎？如果你不打算回答，那我就直接去問那個女孩。」

明留不耐煩地轉過身準備走人，於此同時，千早解開了佩繩，將珂仗連同劍鞘拿在手上，然後毫不猶豫地砸向明留的後腦勺。

噹的一聲，劍鞘打在建築物的外牆上。在珂仗擊向明留腦袋的前一刻，他勉強閃開了。

明留怔愕地睜著大眼，似乎難以置信。

「你……」明留一臉茫然，根本沒想到要拿起自己的珂仗。

明留可能到在前一刻都不認為，山烏竟然會真的用刀砍向宮烏。

他也和那個傢伙一樣。千早怒不可遏，也同時變得極其冷酷，甚至無暇對完全無法反擊的明留產生同情。

明留愣怔地站在原地，當千早再度舉起珂仗時，驀然傳來急促的制止聲。

「住手！千早，你不要激動。」

雪哉在說話的同時，從明留身後衝了出來，他張開雙手擋在千早面前。

「你讓開。」

「我不會讓開。」

「任何人想要危害結，我都不會放過他。」

「明留並沒有這樣的打算，而你其實也不想殺明留。請先冷靜！」

雪哉安撫著，試圖讓千早放下珂仗，但他還是不加思索地推開雪哉，雪哉「嗚哇」地慘叫一聲，失去了重心。就像許多八咫烏跌倒時一樣，雪哉慌亂中抓住了千早的袖子。

下一剎那，千早整個手臂都緊繃了起來，他還來不及感覺疼痛，手腕已經被扭轉，珂仗被搶走，肩膀整個快被拉了過去。

千早還來不及仔細思考，直覺本能地雙腳蹬地，身體懸空轉了半圈，擺脫了雪哉。這傢伙！他在落地的同時，回頭想用手背打向對方的臉，卻被雪哉壓低身體避開了。而雪哉在閃避攻擊的同時，也用力踢了過來，試圖勾掃千早的腿。千早敏捷地跳向後方，躲過了雪哉的攻擊，然後退了兩、三步才站穩，雪哉也滾向後方，俐落地站了起來。

兩個人都默然不語，等待對方出招。

雪哉的身體十分放鬆，在道場對戰時，從來沒有見過他擺出這種迎戰姿勢，無論怎麼看，都覺得是常打架的人。

千早停頓了一個呼吸後，主動出擊。雪哉用手掌輕掃，躲過了千早的直拳。千早察覺到雪哉想再度擒抓自己的手腕，立刻甩開繞到雪哉側面，試圖踹向他的側頭部。雪哉的上半身微微後仰，輕鬆閃避，並沒有趁千早重心不穩時再度進攻，反而向後退。

千早確信，雪哉是故意讓自己先展開攻擊，然後試圖對準他的關節。雪哉巧妙地閃避千早的進攻，下一瞬間，以最瘦薄的部分為起點，流利地採用肘關節進攻。這種招數雖然卑鄙，但絕對不易對付。

和擅長力量技的自己很不契合，而且這傢伙的眼力應該好得不同尋常，只憑眼珠轉動，就掌握了對準自己臉部的拳頭。千早在暗忖這些事的同時，再度主動進攻。然而，一次次的攻擊都被雪哉輕鬆化解，完全對他造成不了傷害。無論是否甘願，在數次扭打之後，千早也漸漸冷靜下來。

仔細回想起來，這傢伙從第一次自由練習時就很奇怪。他從來不主動進攻，雖然裁判判定他每場都輸，其實自己也不曾成功打敗過他。那些武藝並不高強的同學可能沒有察覺，但幾乎戰無不勝的千早很少遇到這樣的對手。

千早忍不住感到背脊發涼。包括自由練習在內，也許雪哉是唯一自己無法確實打敗的院生。在思忖的同時，千早差一點又被擊中關節，他咂著嘴，跳向後方。

就在他們互瞪著對方，陷入膠著狀態時，不知道哪裡傳來一個不耐煩的聲音。

「……心情平復一些了嗎？」

搶走千早珂仗始終沒有說話的雪哉，肩膀上下起伏地喘著氣

「我沒有不平靜啊！一開始就只是想好好溝通而已。」雪哉苦笑著回答。

「少騙人了，我看你根本樂在其中。」

「他在所有荳兒中體術第一名，我哪有這種能耐？」

雪哉說完，吐了一口氣，放鬆了姿勢。

千早內心也覺得極度無聊，剛才對戰時一直盯著雪哉的三白眼看向旁邊。

市柳坐在店家和店家之間堆放的木料上，一臉受不了地單手托著腮。

「雪哉，你這麼能打，在上課時也要使出全力啊！」坐在市柳旁邊的茂丸憤然抗議。

市柳看似豁達的態度，實則雙眼無神地切齒道：「說了也沒用啦！這是他一慣的手法。他會假裝自己很弱，一開始讓對方猛烈攻擊，當對方打累之後，他趁勢一陣痛毆。」

「市柳學長，你該不會……？」茂丸倒吸了一口氣。

「沒錯。以前在老家時，經常被他不起眼的外形矇騙，想找他打架……結果搞得自己身心交瘁，被打得一敗塗地，幾乎改變了我的人生觀。」

「難怪你一開始會表現出那種態度……」

茂丸一臉同情，他手上拿著雪哉的珂仗。

即使早就知道雪哉無意致對方於死地，逃到雪哉後方和他們拉開一段距離的明留，仍舊是一臉蒼白。

千早已冷靜下來，卻還是無法原諒明留剛才所說的那句話，他狠狠瞪視著明留，明留的肩膀抖了一下。

「明留剛才確實不該用威脅的語氣說話，但他並沒有你想的那麼壞。來，這給你。」

雪哉把剛才從千早手上搶走後丟到一旁的珂仗撿了回來，遞還給千早。

「別看他這樣，他受到他嫡姊的影響，對女生很溫柔。」

「只要你好好勸阻，明留就不會去問結妹妹了嘛！」

「你不要因為火大就用珂仗打人，珂仗是刀劍的形狀，不是用來傷害朋友的。」

他們到底是從什麼時候開始，偷聽自己和明留之間的談話？即使這樣，他們也沒有打算要追問，千早頓時覺得一切都無所謂了。

「……結並不知道。」千早低聲喃喃自語。

所有人都露出錯愕的表情看向他。

「結並不知道我和她沒有血緣關係。」

「紘，是不是你在那裡？」

紘聽到一個揶揄的聲音在對他說話，嚇得跳了起來。

「……妳，不用孵蛋嗎？」

「稍微離開一下沒關係，你母親不是叫你不可以來這裡嗎？」對方笑著說道。

「抱歉。」紘忍不住縮起了脖子。

「你很聽話，這樣很好，這次就原諒你。進來吧！」

生下蛋之後，在孵出雛鳥之前，男人都不得靠近產屋。紘並不是不知道這個規定，卻還是無法克制好奇心。

努衣是家裡的獨生女，她家和紘家是世交。最近才結婚的她，剛產下了蛋。她的丈夫是佃農，紘也認識，所以並不覺得彼此的關係有太大的變化。雖然大家都說努衣姊姊當了母親，但紘還是有點不太能理解。他探頭向小屋內張望，小屋內有吸滿陽光的稻草味道。母親在產屋中孵蛋時會變成鳥形，所以地上鋪了很多稻草。暫時變回人形的努衣，充滿憐愛地把手放在身旁的蛋上。

「紘，你以後要當這個孩子的哥哥喔！你來摸一摸。」努衣姊姊溫柔地說道。

紘戰戰兢兢地走向蛋。

「好溫暖……」

他用整個手掌摸著白色蛋殼，發現表面有一點粗糙，在燈光的照射下，發現了好像皮膚顏色的乳白色。

「這裡很快就會生出一個小寶寶嗎？」

「對啊！剛出生的雛鳥身上沒有毛，所以可能不太可愛。」

「我當然知道。」

紘曾經看過剛出生來的麻雀。最初看到時，感覺像是桃紅色的蜥蜴，感覺有些可怕，但再次看到時，麻雀身上已經長滿了羽毛，當時讓他大吃一驚。

「母親說，我還是雛鳥的時候，妳也曾經照顧過我，所以這次輪到我來照顧努衣姊姊的小寶寶。」

「是嗎？你真的變成哥哥了。」

「努衣姊姊，妳也變成母親了。」

努衣低頭看著蛋的溫柔眼神和輕柔撫摸的手，終於讓紘有了努衣當了母親的實感。

那天之後，紘經常趁別人不注意時，溜去產屋看努衣。儘管他要一起幫忙收成棉花，但佃農都是共同作業，一旦進入一大片棉花田內，矮小的紘很容易躲起來。

那時候很窮困，卻十分幸福，雖然還是有很多嚴重的問題，生活也很辛苦，父母還是盡量不讓他知道。至少對紘來說，當時過得很愉悅，也很安穩。

紘出生的南領南風鄉，是知名的棉花產地。在整個山內，就屬南風鄉的氣候最適合種植棉花。中央貴人所穿的衣裳、所使用的棉花，幾乎都產自南風鄉。

擁有最多棉花田的地主一家，是在幾代之前從中央搬到南風鄉的貴族。地主開闢了棉花田，改良棉花的品種，在外人眼中，是一個受到眾多佃農尊敬的出色地主。然則實際上，在棉花田工作的佃農待遇很差。

一旦成為佃農，地主就是主人。地主耍了很多花招，讓成為勞力的人無法離開，久而久之，便將佃農當成下人對待，也有許多人在地主家當奴僕，地主一家並不把他們視為與自己相同的八咫烏。

其中，地主家的獨生子最為惡劣。只要被他看上眼，無論是佃農的東西，還是妻子或是閨女，都逃不過他的魔爪。即使犯了照理說會被判死刑的罪，在棉花田內，根本沒有人會追究起他的罪責，就算他對外面的八咫烏會造成危害也一樣。

在努衣的蛋即將孵出來之際，她的丈夫被人從棉花田中帶走了。

那天，紘一如往常地在棉花田裡摘棉花，佃農也在棉花田裡工作。突然，有一群看起來十分怪異的人，從地主家走了過來，粗暴地抓住了根本不知道發生了什麼事的努衣丈夫。

「他的家人在哪裡？」那些人大聲地盤問道。

事情顯然不單純。紘聽著背後傳來的盤問聲，悄悄溜出了棉花田，跑去找努衣。

正以鳥形孵蛋的努衣看到紘跑來產屋，立刻察覺出事了。

「怎麼了？」

努衣立刻變回人形，紘卻不知道該從何說起。

「有一群奇怪的人跑來，把努衣姊姊的丈夫帶走了。」

「……我夫君？」努衣輕聲喃喃道，隨即臉色大變。

「而且他們還在找妳。」

努衣猛然站了起來，拿起放在旁邊的布，準備將蛋包覆起來。

「紘，馬上離開這裡。」

「但是蛋……」

在孵化之前不是不能受涼嗎？紘還來不及把這句話說出口，努衣一臉萬不得已的表情搖了搖頭。

「現在沒有時間說這些了！搞不好會連這個孩子也會遭到殺害。」

努衣用布將稻草和蛋一起包了起來，打算綁在背帶上，以免不慎掉落。

此時，屋外傳來了動靜，紘從牆上的洞向外張望，發現一群人氣勢洶洶地從小路向這裡快步走來。

「努衣姊姊，妳看！」

努衣從牆洞中看到那群人，抱著蛋失神地搖晃了一下。

「不行……從這裡出去，會被他們發現……」她全身顫抖，低喃道：「來不及了。」

「妳要振作！」

紘看到努衣隨時會跌倒的樣子，產生了危機感，正想伸手要去扶蛋。努衣驟然睜大了眼睛，凝視著紘，然後不發一語解開了背帶，重新綁在紘身上。

「努衣姊姊，怎麼了？」紘錯愕的瞠大雙眼。

努衣沒有停手，對著他囑咐道：「你聽好了，這間小屋有一個地方的木板可以拆下來。

我鑽不過去，但你可以帶著蛋逃出去。你趕快去母親那裡，不要被其他大人看到。」

「妳是說我的母親，是嗎？」紘疑惑地反問。

「對，絕對不能來我家，知道嗎？」努衣再次叮嚀。

努衣表情嚴肅得可怕，紘雖然感到惶然，卻還是用力點頭保證。

「好，我知道。」

「真乖。」

努衣把手指伸進縫隙，將與小屋出入口相反的牆壁上的壁板拆了下來，紘先把蛋放去外面，然後爬了出去。

努衣從小屋內側把木板放回去時，露出快哭出來的神情。

「紘，這個孩子就拜託你了。」

喀噠！在木板放回去的同時，小屋前傳來了男人粗獷的聲音。

「尚次的老婆在這裡嗎？如果在這裡，馬上出來！」

「你是誰？男人來這種地方，不覺得丟臉嗎？我怎麼可能出去？」

努衣怒不可抑，但應對卻很正常。

「罪人的老婆怎麼可能會有八咫烏的待遇？」其中一個人惡狠狠地撂下蠻橫的話。

「努衣，妳出來，否則連同妳與這棟小屋一起燒掉。」一個低沉而平靜的聲音說道。

紘正想悄悄地將蛋放進背袋，以免發出聲音，卻因這個聲音而停下了手。

努衣感到十分意外，立刻收起了前一刻的氣勢。

「……主人？」

「我再說一次，妳趕快出來。」

短暫沉默後，拉門緩緩地被打開。

紘在確認蛋已經綁好後，快速逃進了雜木林，躲在可以看到努衣他們的位置。

努衣一走出來，看起來像是士兵的男人就向產屋內張望。

「蛋在哪裡？」

「我是因為月事來了，所以關在小屋裡，並沒有生蛋。」

男人對此訊息並沒有太大的興趣。

「請問發生了什麼事？您剛才說尚次是罪人……」努衣露出困惑的眼神。

「妳丈夫昨天晚上因為貪財，襲擊了來地主家的客人。」

「怎麼可能有這種事？夫君不可能做這種事！」努衣尖聲否認道。

那群人置之不理。

「山烏殺害里烏是死罪，他的家人也要連坐斬足。」

努衣聽到要將她變成馬，激動不已地尖叫。

「等一下，一定是搞錯了。」

「妳趕快變成鳥形，我們還要去處理其他人。」

「不可能！難道要在這裡斬足嗎？鄉長還沒有調查這件事。」

「鄉長命令我全權處理，我已經調查完畢，也決定了量刑，只剩下逮捕罪人行刑。」

最初對著小屋喊話的男人和其他男人不同，穿著富有光澤的淡藍色衣服。

努衣憤恨不平地看著那個盛氣凌人的男人，和面無表情的地主。

「你們簡直是魔鬼……」她聲音沙啞地咒罵。

「雖然妳很可憐，但這就是規定，妳就死心吧！」

地主始終保持冷漠的態度。

「如果妳不乖乖變成鳥形，也可以在這裡直接把妳殺了。」

士兵用刀尖指著努衣，努衣發出悲鳴聲變成了鳥形，四名士兵分別按住她的雙翼和兩隻腳，努衣痛苦掙扎的第三隻腳露了出來，一名士兵舉起刀，無情地砍下了那隻腳。

努衣當時淒厲的尖叫聲，不斷在紘的耳邊迴盪。

他不太記得如何回到家中，一心只想著不能把蛋打破、不能被那些士兵發現，就這樣一路逃回家裡。

噴著鮮血的傷口，和壓在傷口上的火把亮光，讓努衣痛得滿地打滾，接著脖子被套上了繩索，拖去地主家的場景，一次又一次在他腦海中重現。

不久之後，出生的雛鳥成為了紘的妹妹。也許是因為在出生之前著了涼，妹妹結身體十分虛弱，她的視力也只能勉強感受到明暗而已。雖然佃農都察覺到她是努衣的女兒，卻沒有任何人道破。

而尚次沒有機會為自己辯解就被砍了頭，他的父母和努衣的父母也都遭到斬足。尚次顯然遭到了栽贓，一旦知道他的女兒出生，一定會將她變成馬。即使佃農中有人自私自利，經常向地主告密，就連那個人也沒有出賣可憐的幼女。

地主兒子發現能把自己犯的罪嫁禍給佃農後，食髓知味，更加肆無忌憚地為非作歹。棉花田的生活苦不堪言，遭受暴力對待變成了家常便飯，越來越多人因為微小的疏失被強迫變成了馬，深受壓迫的佃農接連累壞了身體。

如果因為無法忍受而逃亡，一旦被抓回來，就會被斬殺以示眾，然後再將其他家人變成馬。佃農的人數漸漸減少後，又在鄉長的斡旋之下，從外面找新的八咫烏加入。佃農無法去任何地方，只能慢慢等死。

在結還不到五歲時，紘的父母相繼離開了。母親因為過勞生了病，父親為照顧母親沒有去上工，遭到了斬足，接著母親在失意中也去世了。之後，父親被帶去其他地方，完全失去了音訊，僅剩下年幼的紘和結在其他佃農的守護下長大成人。

即使在惡劣的環境下，結仍成為一個開朗坦誠的女孩，只要有她力所能及的事，她都主動去做。她在軋棉時的歌聲像雲雀般優美，紘和周圍的大人都對她疼愛不已。無論生活再怎麼辛苦，只要看到結的笑容，就可以咬牙撐下去。

結是紘的希望。

沒想到地主的敗家兒子竟然想要玷污結。結當時才八歲，那個混蛋不是人，簡直是禽獸。之前就一直希望那個混蛋去死，而那是第一次紘想要親手殺他。

紘用拳頭大的石頭打破了地主兒子的頭，然後帶著結逃進山裡。儘管只能喝溪流的水，用樹果充飢，但他們從來不知道不需承受暴力威脅的日子是如此幸福。

追兵當然很可怕，載著士兵的馬好幾次都從他們頭頂上飛過，每次發現追兵在搜山時，就嚇得魂不附體。然則諷刺的是，他卻覺得逃亡生活遠遠勝過棉花田的生活。

不知道當初叫他們逃走的人是否平安無事？那個混蛋躺在地上一動也不動，不知道是否死了？雖然有很多擔憂，結也感到極度不安，紘卻從來沒有把這些憂慮說出口。

這一帶的人都知道，鄉長和棉花田的地主交情深厚，即便表明是地主兒子試圖玷污結，官吏也不會放過紘。地主的兒子若死了，紘就會被處死；就算地主的兒子只是受傷，紘也會被斬足，而唯一的家人結也會因為連坐而遭到處罰。

紘將自己的生死置之度外，無論如何都必須保護結。

在逃離棉花田十天之後，還沒想出好方法的紘和結，被追兵活抓到了。紘在抵抗的同時遭到毆打，昏了過去。當他意識清醒時，已經被關進了牢房。

紘看不到結幾乎快要發瘋了，他放聲大喊，也拼命掙扎，卻都沒有人現身。牢房應該在地下室，無法感受到外界的光，也完全不知道時間。

當紘的嗓子幾乎都要叫啞時，黑暗中終於亮起了燭光，有人站在牢門外。

「結在哪裡？」紘抓著牢門，劈頭就怒吼質問。

「你折騰了這麼久，體力還真好。」

那個人似乎嚇了一跳，他手上拿著蠟燭，只是火光太暗，完全看不清他的模樣。

「你敢動我妹妹，我一定會殺了你。」

「很有活力是好事，但能用這種態度說話嗎？照這樣下去，你和你妹妹都凶多吉少。」

紘把已經到嘴邊的痛罵吞了回去。

那個人見狀，低聲笑道：「你放心吧！那個女孩目前在比你這裡更像樣的地方受到保護，她很擔心你，連飯也吃不下。」

紘得知結平安無事，鬆了一口氣，仍無法感到樂觀。

「喔，對了，關於被你攻擊的那個蠢蛋，」

紘不禁屏住了呼吸。

「他活了下來。」

得知這個消息當下的心情很難形容。那種人死不足惜，甚至覺得他罪該萬死；但聽到這個消息時，還是暗自鬆了一口氣。

驀然，地主兒子還活著這個事實，讓紘感到一股寒意冷到骨子裡。地主兒子死了，他必定會遭判死罪；若還活著的話，一定會遭到比死更殘虐的對待。

不，紘怎麼死並不重要，問題在於結也會受到牽連。

「你很疼愛妹妹。」

那個聲音似乎對這件事感到很有趣，紘也只是怒瞪著。

「結接下來會怎麼樣？」

「那就得看你了。」

「看我？」

「沒錯，就是這樣。」那個聲音聽起來很開心。「只要你願意，我可以幫助你們。」

在蠟燭的火光下，依稀看得到對方張嘴笑所露出的牙齒。

直到後來才知道，並不是鄉下管轄的士兵抓到逃進山裡的紘和結，而是領內的警備兵。

而且兄妹兩人也不是被關在南風鄉的鄉長公館，而是被帶到了處理南領政務的領司。

年幼的兄妹在山上逃了十天的消息，已經傳遍了南領的官府，南家人發現在他們遭到逮捕時，紘讓士兵吃足了苦頭，於是相中了紘的體能。

「山內眾？」

「就是宗家的近衛隊。你的戰鬥能力很強，既然有這麼強的能力，遭到斬足太可惜了。只要你願意，我可以幫你和你妹妹準備新的戶籍。」

「為什麼？」

「因為我聽說你只是為了保護妹妹，事實上是棉花田的地主和他兒子的過錯，而且怠忽職守的鄉長也有錯。你該受到稱讚，不應該受到處罰，所以我打算救你們兄妹。」

紘一時無法相信這從天而降的好消息。

「……你明明是宮烏，卻要袒護殺了宮烏的我嗎？」

「你不要誤會，棉花田的地主只是自稱宮烏，他早就喪失了貴族的資格。」那個男人說話的語氣很溫柔。「真正的宮烏會珍惜投入自己羽翼下的人，這才是宮烏之所以為宮烏的責任及義務，你完全不必擔心。如果你日後成為宗家的近衛，我們身為你的保護人，也會感到無比光榮。怎麼樣？你願不願意試試？」

紘完全沒有理由拒絕。

當紘二話不說答應之後，那個人立刻離開牢房。接著，紘終於和結相見，他們被安排住進大宅中的一個房間，吃著以前從來沒吃過的豪華大餐，還淨了身，換上了乾淨的衣服。

「看起來很不錯。」

那個男人看到兄妹倆換上乾淨衣服的模樣，心滿意足地點了點頭。

「你們在這裡獲得了重生，我要幫你們製作新戶籍，得想一個新的名字。」

「結也要改名字嗎？」紘忍不住問道。

男人輕笑著說：「如果你們很喜歡這個名字，就繼續用『結』這個名字，因為女生的名字影響不大，反而是你的名字有問題。」

「我無所謂。」

「那可不行。」男人摸著下巴，低喃道：「你戶籍上的名字是『紘』……」

「聽我父母說，當時他們剛去棉花田工作不久，是主人為他們取的名字。」

「一聽就知道了，所以一定要改名字。」男人看著半空片刻後，輕輕點了點頭。「……那就祈願你日後武運昌隆，取名『千早』。」

就這樣，紘就變成了千早。

而拯救他們兄妹的男人，正是南本家的親信，也就是南橘家的家主安近。南橘家離南家本邸最近，於是千早被安排在那裡生活。

「我的么兒也準備進入勁草院，你們可以一起學習。如果你們雙方都成為山內眾，以後就會經常打交道。」

「是。」

「那我兒子就請你多指教了。」

安近為他引見的兒子，就是公近。

南橘家對千早有救命之恩，他覺得必須回報這份恩情，起初對公近很順從。即使公近很任性，也很惹人厭，但與棉花田地主的敗家兒子相比，簡直有天壤之別。

南橘家是高貴的貴族，所以衣著飲食方面不虞匱乏，千早也曾經對有慈悲為懷的宮烏這件事深受感動。

然而，他發自內心這麼認為的日子並不長久。

「老爺，請問這是怎麼回事？」

當千早和結一起被安近叫去，從安近口中聽到這件事時，一度懷疑自己聽錯了。

「為什麼要把結送去花柳街？」

「千早，你先別激動，並不是要送結去當遊女。」安近抽著煙管，語氣輕鬆地說道：「而且你誤會了，並不是要把她送去花街的妓樓，而是谷間的置屋。從花街退休的藝妓住在那裡，教育著未來的遊女。」

千早不瞭解這兩者有什麼不同。

「你仔細想一想，結因為眼睛的問題，在這裡幾乎沒有她可以做的工作，但如果去置屋，就有人可以教她唱歌、彈琵琶。只要她有一技之長，至少可以出去工作。」

「除了花柳街，還有其他地方可以讓她工作嗎？即使她當樂師，如果客人提出要求，她也無法拒絕，這樣根本沒有意義。」

「你的擔心完全沒有必要，那家置屋專門為由南橘家撐腰的妓樓培養遊女，並沒有在谷間做生意。」

只有在中央花街才會遇到客人。

「而且對宮烏來說，眼盲的山烏根本不是女人。」
千早頓時無言以對。
「……請讓我去那裡。」結深深鞠了躬，請求道。
「結！」千早大驚失色。
結打斷了千早，繼續說道：「我在這裡沒有任何工作可做，一直很在意這件事。只要有我可以做的工作，我都可以去，無論去哪裡都沒有關係。」
「很好，等那裡做好迎接的準備，就會送妳過去。話說完了，你們可以退下。」
安近說完，放下煙管，轉身面對書案。
走出家主的起居室後，千早對結大發雷霆。
「妳為什麼說自己想去！妳根本不瞭解狀況！」
「哥哥，這裡真的沒有軋棉的工作可以讓我做。除此以外，我只會唱歌，而且我也想幫上你的忙。」
「既然這樣，那妳就什麼都別做啊！」
結聽著千早怒氣沖沖的聲音，忍不住縮成一團，臉上的表情好像隨時都會哭出來。

「哥哥……」

「妳不要說話，先聽我說，因為妳根本搞不清楚狀況。」

突然，旁邊傳來有人譏笑的聲音。

「到底是誰搞不清楚狀況？你妹妹比你懂事多了。」

「公近少爺……」千早頓時感到不知所措。

「不勞動者不得食，是我的父親大人決定要不要讓你妹妹留在這裡，而不是你。你是不是誤會了什麼？」

公近把雙手插在懷裡，沿著走廊走了過來。

「宮烏是有義務施捨窮人，不過受惠的人也有義務回報我們。結在這裡無法做任何事，沒有方法可以報恩，就算被送去花街，也是無可奈何的事。」

「開什麼玩笑！」千早第一次反抗公近。「結從出生時就受了很多苦，現在又要被賣身，天底下哪有這種道理！」

公近聽了露出極其冷淡的態度。

「那又怎麼樣？你們是怎樣的境遇，和我們完全沒有關係。唯一確定的是，在山內這個社會，你們兄妹不乞憐就無法生存，是我們南橘家庇護了你們。你應該表示感謝，根本沒理由對我大呼小叫。」

千早立刻意識到，原來他們都一樣。

棉花田地主一家和這些人沒什麼兩樣，只是因為他們比地主一家更富裕，有更多餘惠可以施捨，其實本質上都一樣。

「如果你生為山烏，還會說這種話嗎？」千早悲痛地問道。

「你在說什麼啊！我才不是山烏呢！」公近一臉難以理解。

他們根本沒有把山烏和宮烏視為相同的生命。

「那次之後，我就下定決心，不再對宮烏抱有任何期待。」

千早在大講堂說完整件事的來龍去脈，已經是隔天早晨了。

昨晚一行人急忙趕回來，幸好沒有人發現千早溜出去。而大禮堂當然還沒有打掃，於是所有人分工合作，一起擦拭木地板。

在大家一起做事時，千早用一種好像順便的態度，說出了自己的身世。

「明留說的沒錯，我和結沒有血緣關係，即便如此，她就是我的妹妹。公近經常用這件事威脅我，一旦我違抗他，也不知道會有什麼後果。」

對千早來說，結就像是人質。

「不過，我覺得至少你們不是那種會對女人和孩子不利的人，所以我相信你們。」

千早難得這麼坦誠，所有人都拿著抹布，呆愣地看著他。

「所以有關結的事，以後就不要再提了。」

千早說完之後，不等其他人回答，收走所有人的抹布放進水桶，走出了大講堂。

坐在地上的明留想起之前向千早提出的建議，霎時面如土色，他對自己能夠理解南橘家的想法感到可怕。

「……雪哉，」明留看著木板的紋路開了口，「你上次曾經說，不要誤用權力。」

「是啊！」

「我似乎用錯了地方，也用錯了方法。」

雪哉沒有吭氣，示意他繼續說下去。

「不能覺得是在幫助他們。」

基於善意想要幫助他人，想要給予受惠者沒有的東西。他此刻終於明白，這是最容易讓受惠者遠離自己的行為。

自認是基於善意做這件事，就會認為「我為你做了這麼多，你當然應該感謝我」。雖然是無意識產生了這種想法，但正因為是無意識，更證明了自己內心輕視對方。

安近對千早說，可以救他們兄妹，他卻必須成為山內眾，而公近也對此完全沒有產生任何疑問。基於單純的好意提出援助的自己，也和他們是一樣的。

「這種時候，只能從兩個極端中擇一，才能解決問題。」

千早打開門照進來的朝陽，非常地刺眼。

「拋開一切，站在相同的立場奮戰，或是意識到自己的傲慢，就貫徹這份傲慢。」

茂丸和市柳聽了明留的話，都沒有表達意見。

「這次不會再做錯了嗎？」雪哉輕笑問道。

「……我是宮烏，只能當宮烏，所以只能傲慢。」

明留說完，斜睨著雪哉，雪哉咧嘴露出很有自己特色的笑容。

「權力方面的事就交給我，問題在於資金。明留，你可以拿出多少錢？」

「只要有需要，多少都不是問題。」

「哇！」茂丸發出了很沒出息的驚歎聲，似乎樂在其中。

「宮烏很可怕，可是如果能成為朋友，就真的很可靠。」

「你們可別亂來……」

「咦？市柳草牙，你不助我們一臂之力嗎？」

「我當然要加入啊！王八蛋！」市柳豁出去地大聲叫罵。「如果這種時候袖手旁觀，就不是男人了。」

「市柳草牙，你太帥了！」

「太好了，表面上荳兒反抗草牙會有問題，這下子有人當擋箭牌了。」

雪哉面帶笑容，但說的話卻令人不寒而慄。

「千早，你趕快去包廂。」

正在水井旁汲水的千早聽到之前從來不曾有過的命令，停下了手邊工作。

「客人好像對你有興趣。」

「啊？」千早忍不住發出了低沉的錯愕聲。

「別擔心。」那個人呵呵笑了起來。「他是來自東領的一個涉世未深的少爺，因為和你年紀相仿，所以說想瞭解在這個客棧工作的人的情況。我說你笨嘴拙舌，可能問不出什麼情況，他說沒關係。」

今年夏天，千早一直在這名僱主手下做事，既然是僱主的拜託，他當然無法拒絕。千早無可奈何地走去僱主指示的包廂，當看到包廂內的人時，差一點直接掉頭走人。

「等一下，等一下！」

「你這個打雜的，別走！」

假扮成有錢人家聽差的茂丸和雪哉慌忙過來阻止。

穿著華麗刺繡振袖和服的明留坐在他們身後，一副自己是老大的樣子。長袖子上有好幾隻色彩鮮豔的鳳凰飛舞，搭配一件條紋圖案的五彩袴褲，全身根本無法用任何顏色來形容。

老實說，品味簡直差到極點。

「……這是你的便服嗎？」

「蠢蛋，怎麼可能？這是變裝。」明留發窘地紅著臉。

「他現在的身分，是在東領做生意發了大財的暴發戶。」

聽了茂丸的解釋，千早仔細打量著明留，發現他把一頭成為他特徵的紅髮染成了黑色，像商人一樣盤了起來。

「我自己挑選的話，品味會太好，所以這套衣服是請市柳草牙挑的。」

千早記得明留之前的打扮也很閃亮，和現在這身衣服差不多，但他懶得說這些。

「有什麼事？」

既然不惜變裝，也要來到自己工作的地方，顯然有重要的事。

一臉恨得牙癢癢，瞪著袖子上鳳凰的明留，聽到千早的問題，馬上回過神來。

「你先看一下這個。」

他從懷裡拿出一張紙遞給千早，千早納悶接了過來，看到上面的內容，猝然渾身發冷。

「這是你妹妹的賣身契。」明留泰然自若地說道。

「是明留花錢買下的，結妹妹隨時可以離開遊女屋。」

「我們利用了結妹妹寄居的置屋，由明留為她贖身，也把賣身契拿回來了。因為我們是突襲，所以公近應該還沒有察覺這件事。」

茂丸和雪哉的接連說明，都讓千早難以肇信。

「我今天來這裡，是要和你談一筆交易。」明留說完，露出盛氣凌人的態度。「只要你答應我的要求，這張就可以給你，結妹妹也能恢復自由身。但如果你拒絕我的要求，這張賣身契就歸我。」

「……你這不是威脅嗎？」

「沒錯，而且我根本沒有在問你的意見！你知道這張賣身契花了我多少錢嗎？如果你以為不花錢就可以拿到，簡直笑死人了！窮鬼，如果你想救妹妹，就拒絕南橘家的援助，乖乖接受西本家的援助。」

千早察覺到自己握緊的拳頭在發抖，瞪目瞪視著明留。

「這就是你說的『好意』嗎？」

接著，他是不是也會強迫自己和妹妹為他做事？不知道是要求自己付出名為感謝的忠誠？還是要自己白做工報恩？這根本和之前沒什麼兩樣。

千早正這麼忖度時，只聽到明留冷笑一聲。

「你說是好意？開什麼玩笑。」明留用誇張的動作，啪地一聲打開了扇子。「像你這種完全沒有一丁點可愛的傢伙，即使你求我，我也不會為你花一毛錢。我可是自私自利，滿腦子只為自己打算的傲慢宮烏！哈哈哈哈。」

明留放聲大笑的模樣，看起來有點自暴自棄，卻也讓人心裡有些發毛。

既然這樣，到底是為了什麼目的？千早正想發問，雪哉先插了嘴。

「宮烏有宮烏的情由，說起來，這是宮烏之間的戰爭。」雪哉誇張地攤開雙手。「因為西家和南家是敵對，明留這次是為了削弱公近的勢力。」

「而且他們不想和你為敵。」茂丸指著雪哉和明留接著說道：「最糟糕的是，你成為公近的手下，將來必須與你交鋒。你實在太強了，對他們來說是威脅。」

「原本應該說，希望你可以追隨明留。」雪哉露出了苦笑。

明留用扇子遮住了不悅的臉，切齒道：「敬謝不敏。他怎麼可能乖乖為我做事？我可沒有勇氣把一心只想著『**我要殺了所有宮烏**』的傢伙留在身邊。」

「既然明留自己都這麼說了，只要你不再接受公近和南橘家的支配，事情就這樣。」

「雖然有點麻煩，但至少要有一個理由。」

雪哉和茂丸就像在推銷商品的里烏般，接連唱著雙簧。

「如果你擔心南橘家會報仇，大可放心。只要他們知道是西本家硬是拉攏你，絕對不敢對你動手。」

「簡單的說，他只是希望你消除戒心，能和你成為朋友。」

明留聽到身旁的茂丸說這句話，瞪圓了俊眸。

「等一下，你這樣說，聽起來好像是我為了和千早當朋友才做這件事。」

「咦？難道不是這樣嗎？」

「別瞧不起人，我可沒落魄到需要花錢買友情！」

千早長歎了一口氣，嘰嘰喳喳的三個人倏然住了嘴。不過，千早依舊默不作聲，明留稍微移開視線。

「你不需要覺得南橘家有恩於你，包括我在內，宮烏只是利用你的境遇而已。即使被你討厭、被你憎恨，也是理所當然的事。」

「我並沒有覺得南橘家有恩於我。」千早直截了當地開口。「如同你不聽我的意見，我也沒有要聽你的意見。不管你是自私自利，只想到自己，還是把我當成棋子，這種事根本都不重要。」

三個人都屏住呼吸看著千早，千早冷笑了一聲。

「這句話只有我有資格說，現下我就告訴你，你所做的事或許和公近差不多，但至少對我來說……你和南橘家完全不一樣。」

「千早！」明留詫異地抬起頭。

「南橘家是我的敵人，但是……你並不是。」

「哇啊！」

「喔喔喔！」

雪哉和茂丸不由得歡呼了起來。

「但是一碼歸一碼，錢我會還你。」

「以你賺錢的速度，不知道要等多少年。」

明留露出哭笑不得的表情，千早對他點了點頭。

「是啊！對少爺來說只是零頭，但對我來說是一筆鉅款，我們會打很多年的交道。」

千早說完這句話，其他三個人立刻驚叫了起來。

「哇，千早笑了！」

「明天太陽不知道會不會打西邊出來！」

「原來你會笑啊！」

明留和其他兩個人為了千早的笑容興奮地議論著，千早面對三個人搞笑的反應，立刻收起了難得露出的笑容。

「公近應該並不知道這件事吧？」茂丸好奇地問道。

明留用力咬著嘴唇做出保證。

「無論公近說什麼，千早和結妹妹目前由西本家庇護，我絕對不會讓他出手。」

「只是公近很不好惹，姑且不論家庭背景，他很可能會罵千早忘恩負義，對千早懷恨在心找麻煩，那該怎麼辦？」

茂丸道出了所有人的憂慮。

「沒怎麼辦啊！」雪哉帶著耐人尋味的笑容，說道：「事已至此，就只能正面迎戰，為這件事做一個了斷。」

「正面迎戰？要打架嗎？」

「就只能打架囉！」

千早和茂丸不約而同地回答，讓困惑發問的明留臉頰不由得抽搐起來。

「特地把市柳學長拉進來，就是為了這個目的啊！他應該急切地期待我們去找他吧！」

雪哉顯得十分開心。「心存感激地利用所有可以利用的資源，不，應該說是求助。」

「雪哉，你不小心說出了隱藏在心裡的真心話。」明留無力地提出忠告。

「都到這個節骨眼，」雪哉不以為意地說：「我的忍耐也已經到了極限，時機差不多了，就利用這個機會讓他們手牽手，然後一舉摧毀他們所有人。」

夏天已到尾聲，漫長的假期也結束了。

氣溫仍然很高，但西斜的陽光中，已經出現了盛夏時沒有的暗影。

院生都回到了勁草院，再度開始訓練。

即便清賢教官提出了忠告，翠寬教官對雪哉的態度依舊沒有改變。在假期結束之後，持續指名雪哉為對戰對手。因為已經習以為常，很多院生臉上都露出了厭倦的表情，而翠寬似乎也覺得這種行為有點像是義務。

「叛軍的據點是寺院，鎮壓軍的棋子共有四十個。一名主帥，兩名軍官。四分之一有馬，有斥候，有間諜。叛軍有主帥一名，沒有軍官，五十名半人半馬，沒有武器，有斥候，有間諜。」

雪哉平靜聽著條件說明的同時，打量著眼前的〈場〉，建立接下來的作戰計畫。

「〈場〉位在西領有明鄉，叛軍佔領了鹿鳴寺。時間是一月。主上下令平定叛亂。」

翠寬注視著站在盤的另一側的雪哉，行了一禮。

「請多指教。」

「請多指教。」

〈盤上訓練〉時，無論對手是誰，一旦大意就會全盤皆輸。

和雪哉對場時，翠寬完全不打算手下留情，向來都使用比其他院生難度更高的〈場〉。

在假期結束後，更增加了間諜棋子的設定，使得盤面上的戰鬥更加複雜。

新增加的間諜棋子難度更高，雖然間諜和斥候的作用相似，但斥候的偵察範圍有限，間諜可以進入對方的陣地。任何人都可以看到斥候的位置，間諜則不一樣，除非正在偵察，否則敵人看不到。而且間諜偵察時，也由骰子決定可以瞭解的範圍，所以是很棘手的棋子。

不過，間諜棋子的移動很緩慢，只要頻繁偵察，就可以消除死角。尤其雪哉最近漸漸喜歡上長期戰，因此就讓間諜疲於奔命。

雪哉自從第一次大敗之後，似乎展開了務實進攻。按照棋譜行棋，不讓對方有可乘之機，先攻下有把握的地方，卻總是在最後的緊要關頭沉不住氣，看不清形勢，曝露出弱點，無法擊敗翠寬堅實的佈陣。不是因為時限已到而落敗，就是在緊要關頭展開特攻時，被對方反將一軍。

「斥候二號往二之三，人馬二號至七號在三排散開，然後待命。」

在這次的〈場〉中，雪哉也最先建立守護主帥的陣容，他顯然打算沉著應戰。

好啊！既然你有此打算，那我們就來比氣長。

翠寬為了預防間諜入侵，隨時派兵偵察，同時建立完美的陣容。

照目前的形勢，在進入第一天的〈夜晚時間〉之前，就可以完成防守陣型。翠寬

如此盤算著，移動完棋子之後說了聲：「完成了。」

「斬首成功。」雪哉用和往常同樣的語氣說道。

翠寬不知道發生了什麼狀況，裁判聽了雪哉的宣言也愣在原地。在一旁觀戰的院生也對突然停止的對戰好奇地睜大了眼，卻沒有一個人能夠馬上理解雪哉在說什麼。

〈盤上訓練〉的最後，是院生之間速戰速決的對戰，所以經常會聽到這句話。

「怎麼可能？」

翠寬喘著氣，看向記錄對戰的輔助教官，輔助教官的臉色蒼白。

「裁判請確認。」雪哉提出請求。

記錄人員將對戰記錄交給了裁判，裁判頓時說不出話，露出驚恐的眼神，比對著盤上和記錄，然後一臉難以置信的表情，舉起手指向雪哉的方向。

「……確認完畢，勝者，上方。」

斬首成功，成功將主帥斬首。

「請明示棋子……間諜的棋子。」

聽到翠寬平靜的聲音，院生也終於瞭解了狀況。

在院生的一陣驚愕，或是懷疑是否出了差錯的議論聲中，輔助教官出示了原本看不到的棋子，只見輔助教官從箱子中拿出三個間諜棋。

翠寬在對戰中發現了第一個間諜棋，那個棋子出現在他所掌握的位置，第二個棋子也放在他預料中的位置。問題出在，第三個間諜棋的位置異常。

輔助教官拿出最後的棋子，直接走向翠寬的方向，然後露出怯生生的眼神，微微顫抖地將棋子啪噠一聲放在翠寬陣營內，主帥棋的正後方。

一旦間諜棋出現在這個位置，主帥無論如何都不可能逃走。然而，通常不可能發生這種奇襲，簡直就像是奇蹟般的暗殺。

太荒謬了！自己並沒有放鬆警惕，即使沒料到間諜這麼快就會入侵，剛才隨時偵察敵情，不可能沒有發現。翠寬暗忖著，他從輔助教官手上搶過戰譜備忘錄確認。

雪哉的第三個間諜以好像線穿過針的精密程度，沿著偵察的死角前進，簡直就像完全掌握了翠寬看不到哪一個格子，否則不可能用那種看起來極其不合理的方式多次前進和後退，最後順利入侵翠寬的陣地。

那絕對不是巧合，雪哉正確預測了翠寬偵察的範圍。

但是，他到底怎麼辦到的？偵察的範圍由骰子決定，根本不可能猜到隨意丟出的點數。雪哉那傢伙到底看到了什麼？

院生竊竊私語。不可能，這到底是怎麼回事？就連輔助教官也都開始議論。

「翠寬院士，您以前曾經說過，」雪哉始終保持著一如往常的態度，並沒有對驚人的勝利感到得意，好像這是理所當然的結果。「弱者沒有資格說話，如果對您的做法感到不滿，等贏了您之後再說。借用院士的這種說法，我現在有資格說話了。」

雪哉面帶笑容，停頓了半晌，慢條斯理地再度開口。

「老實說，我之前就對您身為指導教官的能力有所質疑。今天您輸給了院生，而且還是輸給剛開始學〈兵術〉不久的荳兒。請問，您有什麼資格擔任勁草院的教官？」

前一刻還鬧哄哄的講堂，驟然鴉雀無聲。

「翠寬院士，請您辭去教官的職務，這無論對您還是我們，都是最好的解決方法。」

「你到底用了什麼手段？」

聽到公近怒氣沖沖的質問聲，茂丸不禁抖了一下，雪哉卻仍是一臉若無其事。

「你在問哪件事啊？」

「少裝蒜，現在教官都亂成一片。」

午膳時間，雪哉和茂丸在前往食堂的路上，被公近和一群南家旗下的宮烏包圍。

上午的〈盤上訓練〉，荳兒打敗了負責演習的教官，還建議教官辭職的消息，已經傳遍了整個勁草院。公近可能對一直袒護自己的翠寬面臨危機感到震驚，特地前來責問。

「你是不是作弊？」

「怎麼可能！雪哉只難得贏一次，就被懷疑作弊，實在太冤枉了。」茂丸插嘴回答。

公近露出憤慨的眼神怒瞪兩人。

「我也看了戰譜，無論怎麼想，都覺得那種贏法很有問題。」

茂丸也很清楚這件事，因為雪哉今早要去上〈兵術〉課前，曾經揚言：「今天要去幹一架。」雖然不明白雪哉具體做了什麼，顯然並非巧合，他肯定動了什麼手腳。

然而，當時都是由勁草院的職員協助〈盤上訓練〉，完全看不出任何可疑的地方，而且根本沒有人察覺雪哉做了什麼？

「你不僅靠作弊贏了比賽，還要求教官辭職，到底有何居心？」公近顯得心浮氣躁。

「我才沒有作弊，又不是你。」
「我什麼時候作弊了？」
「聽說你學科成績很差，卻因為翠寬院士的『特別照顧』，才能晉升成為草牙。該不會是因為這個原因，所以你才這麼生氣？因為一旦翠寬院士離開了，你就無法順利升級。」
雪哉明目張膽地挑釁，而公近果然中了圈套。
「你在說什麼鬼話！是誰在散撥這種毫無根據的謠言！」
「市柳草牙說的啊！」
「他就在那裡。」
順著茂丸手指的方向看去，聚集的人群自動讓出一條路，明留和千早分別在兩側抓著市柳的手臂走了過來。
「是你在隨便亂放話嗎？」
市柳聽到公近的咆哮聲，臉上明顯露出了「為什麼會變成這樣？」的表情。
「不光是市柳草牙而已，我們也認為你有問題。」
明留漲紅著臉提出疑點，千早也難得表示認同。

「我曾經是你手下，也同意這種說法。即使你的考試成績沒有受到特別『照顧』，我也認為你不適合成為勁草院的院生。」

千早難得這麼伶牙俐齒，讓公近驚愕得不知如何是好。

「……千早，你到底支持誰？」

「我支持市柳草牙。」

「你以為是誰讓你有今天？是我們南橘家拯救了原本會變成馬的你，在你和你妹妹差一點曝屍荒野時救了你們。你這個忘恩負義的傢伙！」

公近理所當然地喝斥，明留聞言露出遺憾的表情。

「想到我以前和他一樣，就感到心驚膽寒啊！」

「至少你現在不一樣了。」

明留聽了千早的話，似乎重新振作了心情，點了點頭，露出嚴厲的眼神注視著公近。

「公近，你不要以為狀況永遠都不會改變，我已經為千早的妹妹贖了身，千早不會再受你家的指使了。」

「怎麼可能？」公近嗤之以鼻。

「我就是做到了你口中不可能的事，即使你現在想要挽回，也來不及了。」
公近原本從容的臉上露出了一絲疑慮。
「太可笑了……我的父親大人和我都對他有救命之恩。」
「就連你有恩於他的手下都放棄你了，可見你大有問題。」
公近還來不及反駁明留說的話，雪哉就呵呵笑了起來。
「公近草牙，恕我失禮，我即使絞盡了腦汁，也想不出你身上有任何讓我覺得你是學長的地方。不，這不是揶揄，我是真搞不懂。」
雪哉故意露出困惑的表情，眼神中卻帶著譏笑。
「即使你武藝很差，腦袋不靈光，這些都不能怪你，因為你無法改變與生俱來的東西，但是，」雪哉停頓了片刻，露出發自內心感到愉快的表情，「唯一最大的問題，就是你的八咫烏本性簡直就像垃圾，完全沒有任何值得尊敬的地方。同樣身為學長，市柳草牙比你值得尊敬一千倍。你知道會有這樣的結果，都是你自己造成的嗎？」
雪哉的話才剛落，公近就揮起了拳頭，但千早在拳頭落下前，已抬腳踹向公近。
雙方人馬頓時大打出手。

「打架了！」

聚集的人群中，有幾個和雙方陣營都沒有關係的人跑去找教官，大部分看熱鬧的人都留在原地。

公近的跟班和南家旗下的手下，包括草牙和荳兒在內的公近派，總共十個人。市柳派則有平時參加學習會的人相助，所以在人數上勢均力敵。

雖然之前就聽說了傳聞，還是沒料到公近的動作如此敏捷。只不過他的對手是教官口中的天才千早，也許是內心壓抑了許多憋悶，千早生龍活虎地對著公近一陣猛踢。即使公近使用了珂仗，千早可能忠實遵守市柳之前的叮嚀，僅徒手和公近對打。

茂丸雖然忙著對付兩名撲過來的草牙，依舊能聽到雪哉的放聲大笑。

「這是什麼？你打算用這個來打我嗎？蒼蠅都快停在上面了，你沒問題嗎？」

雪哉用最小限度的動作，閃過了對方揮下的珂仗，同時積極挑釁對方。當對方因發怒而鬆懈時，迅速直搗黃龍對著關節攻擊，把對方甩在地上。

「好痛！」

「你還好嗎？很痛嗎？那真傷腦筋吔！」

對方已經倒地不起，雪哉仍然乘勝追擊，繼續踢得對方滿地打滾，簡直太狠毒了。

「千早！」

聽到桔苹緊張的叫聲，雪哉轉頭一看，發現明留陷入了苦戰。

而此時的千早正用腳後跟踢向公近的後腦勺，耳邊聽到雪哉說：「這裡交給我。」他點了點頭，衝向明留等人的方向。

千早一離開，雪哉站在公近面前。

「混帳，混帳，你這個皇太子的走狗！」公近甩著頭咒罵著。

「走狗也沒關係，至少比無法成為任何人走狗的你厲害多了。」

雪哉一臉陶醉的微笑，公近怒不可遏地對著雪哉揮下珂仗，雪哉輕鬆閃避後，順手抓住公近的手腕，輕輕蹬地身體一躍而起。公近還沒搞清楚眼前的狀況，雪哉的腳就已勾住他的脖子，用全身的力量將公近整個人拖向地面。公近被拉直的關節，發出了喀嚓一聲可怕的聲響，就連旁邊的人也可以清楚聽到。

「啊啊啊啊！」公近的慘叫聲令人想要捂住耳朵。

雪哉嘴角扯出一絲冷笑，並沒有放開他的手腕。

「被狗咬的感覺怎麼樣？嗯？學了一整年，卻還是打不過自己看不起的對象，這種感覺怎麼樣？如果你再稍微可愛一點，我或許會考慮手下留情。哈哈哈哈。」雪哉囂張地狂笑。

「如果你要恨，就恨你自己太笨了吧！」

茂丸把兩名草牙打趴在地，原本打算幫忙，卻看到雪哉開心的樣子，一時說不出話。

「……呃，雪哉，你玩過頭了，要適可而止，否則對你沒好處。」

雪哉聽到這句話，馬上裝模作樣地瞪大眼睛。

「這樣啊！嗯，既然茂哥這麼說，那我就手下留情。」

雪哉鬆手起身離開，而公近按著被雪哉打傷的手腕，冒著冷汗，蜷縮在地上。

這時，明留一瘸一拐地走了過來，不知道哪裡受了傷。

「茂丸，雪哉，你們有沒有受傷？」

「沒事，你們呢？」

「沒有人毫髮無傷……但對方可是受了重傷，因為千早把每個人都打昏了。」

這應該算大獲全勝吧！茂丸如此思忖時，便聽到了大人口齒清晰的聲音。

「你們在那裡幹什麼？」

該來的還是來了。茂丸轉頭一看，只見清賢帶著幾名教官趕了過來。

雖然早就預料到教官會出現，教官身後的男人卻完全出乎意料。他的風貌讓人只要見過一次面，就絕對忘不了。

不知道哪裡傳來倒吸一口氣的聲音。

「不會吧？他怎麼會來這裡？」

市柳一看到那個人，不由得畏懼了起來，茂丸也沒料到他會出現在這裡。

這人就是長束的親信路近，也是被雪哉剛才打倒在地的公近的兄長，他正和教官一起走了過來。

「是誰先動手的？」

清賢看到是哪些人打架，似乎也猜到發生了什麼事。

雪哉聽到清賢的質問，立刻舉起了手。原本以為他會厚臉皮說「**是市柳草牙**」，沒想到他並沒有這麼做。

「是我。」雪哉很乾脆地承認，然後轉頭看向路近說：「路近大人，很抱歉讓令弟受了傷，但是……」

「不必！」路近低沉渾厚的聲音，粗魯地打斷了雪哉的辯解。「我已經聽說了勁草院的近況，也知道有人搶走我家下人的來龍去脈。」

「兄長，」趴在地上的公近可憐兮兮地向路近求助，「請你一定要懲罰他們，他們根本忘記自己的身分，也不恪守本分，竟然愚弄長束親王！絕對不能原諒他們！」

「對，無法原諒。」

公近聽到兄長如野獸低吼般的怒叱，放鬆了臉上的表情，下一剎那，只見路近大步走到他身旁，無情地踢向他的臉。巨大的衝擊讓公近的身體飛了起來，連牙齒都從嘴裡噴出來。

看到公近在地上連滾的樣子，就連剛才打架的人也都嚇破了膽。

「公近！你沒事吧？」公近派的人慌忙將滿身是傷的他攙扶起來。

將胞弟像球一樣踢飛的路近，無奈地搖了搖頭。

「是你忘了自己的身分，也不恪守本分。我都聽說了，」路近低頭俯看著公近，「你竟然厚顏無恥地自稱是長束親王派，在勁草院內貶低皇太子殿下，簡直蠢到極點。你持續輕視皇太子，這種態度根本沒有資格成為山內眾。」

「兄長，你在說什麼？不是你叫我……」

「少囉嗦！」路近又甩了公近一巴掌，硬是讓他閉了嘴。

「路近，夠了，不要太過分了！」清賢擋在公近面前，沉穩冷靜地看著路近。

「這是我家的事，外人不必插嘴。」

「這裡是勁草院，他是院生，你才不該干涉。」

路近看到清賢毅然的態度，露出一絲戲謔的表情。

「你忘了我今天來這裡的目的嗎？我是來讓公近退學的。」

原本呆愣在那裡的院生聽到路近這句話，都失去了平靜。

「兄長……？」

路近殘酷的眼神看著茫然若失的胞弟。

「從現在開始，他已經不再是院生了。對，沒錯，各位院生！」

圍觀的院生聽到他跋扈的語氣，以及剛才激烈的責打，全都嚇壞了。

「我不知道愚弟之前說了什麼，不過長束親王真心發誓效忠皇太子殿下，如果違背長束親王的心意，將個人慾望強加在親王的頭上，或許就會落入像愚弟一樣的下場。」

路近說完，抓起發出淒厲慘叫的公近頭髮，一把將他拉了起來。

公近喘著氣，臉又紅又腫，嘴裡鮮血直流。

「抱歉！給你們添麻煩了。」路近歉意的口氣中帶著蠻橫。

「住手！」清賢怒吼著想阻止。

路近無視清賢，拖著動彈不得的公近離開了。

「你應該知道為什麼把你叫來這裡吧？」

「是。」

即使面對尚鶴院長，這名院生絲毫沒有怯色，一臉溫和的表情站在那裡。

在這個荳兒峰入之前，院長就聽說了他以前曾經是皇太子殿下的近臣。

二號樓十號房，垂冰的雪哉。

這裡是〈盤上訓練〉所使用的講堂，中央設置了〈場〉。除了尚鶴院長和雪哉以外，還有荳兒的術科主任華信院士，學科主任清賢院士，以及在上午的〈盤上訓練〉中大敗的翠寬院士。

瞭解打群架的原因之後，尚鶴決定先解決成為鬥毆起因的雪哉作弊疑慮。

「我看了戰譜後也大吃一驚，那顯然不是巧合，你有計畫地把間諜的棋子變成了暗殺者，是不是這樣？」

「是。」雪哉再度坦誠回答。

「說來慚愧，但我們都不知你究竟如何做到的？無論怎麼想，都認為你應該掌握了下一次骰子的數目。問題是丟骰子的是輔助教官，唯一的可能，就是他動了什麼手腳……」

「輔助教官並沒有刻意想讓我贏，也沒有動任何手腳，更何況根本沒這個必要。」雪哉露出有點為難的表情。「請各位看好了，我接下來會丟出一。」

雪哉說完，拿起放在桌上的骰子，然後用指甲彈了骰子的側面，骰子在桌上旋轉起來，不一會兒，果然如他所預告的，出現了一的數字。

「是不是能輕易做到？這是谷間的賭徒常用的手法。」雪哉語氣輕快地說出了玄機。

「把想要丟出的數字朝上，像這樣彈手指一樣將骰子丟出去，骰子必定會旋轉三次。不瞭解內情的人會以為只是骰子正常旋轉，但只要用這種方法，幾乎可以任意丟出想要的數字。」

他記得以前曾經在谷間的賭場見過輔助教官，才會察覺這件事。

「至少在那一個多月，他來過四次，他可能向那裡的賭徒學會了這種丟骰子的方法。」

「該不會……？」

「沒錯，他在演習時練習。」

那名輔助教官的工作，就是坐在桌前丟骰子，記錄骰子的數字。雖然他一臉認真，但陷入長期戰，盤面沒有太大變動時，也會開始厭倦，玩起了骰子。

「他的動作很生硬，峰入後不久，丟出來的數字也很不穩定，最近越來越得心應手。即使沒有丟出想要的數字，最多也是加一或是減一而已，所以我認為時機差不多成熟了。」

「等一下，你知道他想要丟出什麼數字嗎？」

「是的，當然知道，因為有簡單的法則。在一次又一次進行單調作業後，他似乎漸漸覺得，隨時決定骰子下一個要丟出的數字很麻煩。」雪哉戳著骰子，一派輕鬆地解釋。「戰況表旁放著記錄了之前對戰的戰譜，於是他就根據前一局盤上訓練骰子的數字，按照由下而上的順序擲骰子。」

翠寬臉色蒼白地發出呻吟，華信驚愕得啞然無言。

「你是怎麼發現的？」清賢急忙問道。

「因為看他的目光，就發現他在丟骰子之前在看東西。我在打掃時，就順便確認了桌上放了什麼東西。」

「但是，你在對戰時，根本看不到輔助教官在看的戰譜啊！」

「只要記住上一次的對戰內容，不就解決了嗎？我以院生的身分，看了其他同學的〈盤上訓練〉。」雪哉若無其事地回答：「只要認真上課，根本不需要做什麼特別的事。」

他說得太理所當然，太過輕鬆了。尚鶴揉著太陽穴，似乎在緩解頭痛。

「實在難以認同……這已經不算是〈盤上訓練〉了……」華信難以置信地嘀咕道。

雪哉聽了這喃喃自話，雙眼倏忽炯炯有光。

「所以，您認為在盤外較量智慧的行為很卑鄙嗎？華信院士。」

雪哉叫喚華信頭銜的聲音，不像是責難，聽起來竟然有一絲訓誡。

「您這麼說，簡直就像是在遭到巨猿襲擊時，說什麼因為巨猿沒有事先公告，所以就無法採取措施之類的藉口。對巨猿撒嬌說牠們太狡猾了，絕對無法認同有用嗎？這樣有辦法保護山內嗎？」

雪哉的質問立刻讓華信無言以對。

「但是……即使這樣，你要求教官辭職，是否踰越了你身為院生的分際。」

「那倒未必。」一個帶著笑的說話聲從後來傳了過來。

眾人回頭一看，發現講堂門口出現一個高大的人影。

「路近！」從雪哉進來之後，自始至終不發一語的翠寬尖聲叫著路近的名字。

路近露出得意的笑容，大步走了過來，輕輕縱身一躍，跨過了隔開座位和〈場〉之間的欄杆。

「公近呢？」清賢看著跳進〈場〉內路近，露出嚴厲的神情。

「已經派人送他回去南橘家了，目前應該正在治療傷勢，至少他的傷勢並不至於嚴重到無法復原。」

翠寬聽了放心地吐了一口氣，用手遮住了自己的一隻眼睛。

「你說，雪哉未必踰越分際是什麼意思？」華信不解地問道。

路近用誇張的動作指著雪哉。

「我的意思是，這傢伙原本不該以院生的身分，而是以營運方的身分加入討論。」

「路近大人！」雪哉微微擰著眉。

「難道不是嗎？」路近不理會他，露出開朗的笑容。「因為勁草院會變成這樣，都是他一手造成的。」

翠寬聽到這句話，仰頭看著天花板，清賢則歎了一口氣。

「喔喔，看來你們也已經發現了。」路近感慨地點了點頭。

尚鶴院長並未參透這句話，而華信也一臉困惑。

「我之前就覺得他有點不太對勁，在一些明顯可以做得更好的事上，他好像故意偷懶。但你說目前這種狀態是他一手造成的，到底是什麼意思？」

「就是字面上的意思啊！」路近痞樣地攤開雙手。「他來勁草院有兩大目的。首先是懲罰自稱是長束派的人以儆效尤；另一個目的，就是培養能夠成為皇太子派的人。以結果來說，你應該很成功吧？」

即使路近這麼探問，雪哉還是緘口無言。

「皇太子不是針對今年度的宿舍分配下達了指示嗎？那都是雪哉仔細研究新院生和舊院生的評定後決定的。」

在進入勁草院之前，雪哉就注意到幾名院生。

其中一人，就是平民階級出身，來自風卷的茂丸。

茂丸的術科考試成績僅次於千早，名列第二。他的體能很強，也沒有棘手的貴族成為他的後台，從他希望入峰勁草院的理由來看，很容易拉攏他進入皇太子派。唯一令人擔心的是，他的學科成績敬陪末座這件事。於是，雪哉安排他和自己同室，一方面有助於日後將他拉進皇太子派，同時也可以協助他加強學科上的不足。

第二個人，是和雪哉有相同經歷的貴族，也就是西本家的明留。

明留雖然已經自稱是皇太子派，雪哉和皇太子都認為他的態度有問題。他的入峰考試成績是榜首，但今後的發展堪慮，擔心他無法順利畢業。於是，打算觀察是否能夠在勁草院內矯正偏差的認知，再決定他日後的去處。

第三個人，是南橘家的下人千早。

在入峰考試時，他在術科方面發揮了超強的實力，腦袋也絕對不愚笨，雪哉很希望把他拉入自己的陣營。於是，認為只要利用千早最關心的妹妹，便可輕易解決這個問題。

「他向我借了金子，事先拿到了那張賣身契以備不時之需。」

「所以，」清賢露出複雜的眼神，凝視著沉默不語的雪哉，「在進入勁草院時，千早的妹妹已經屬於雪哉了嗎？」

既不需要複雜的交涉，也不需要動任何手腳，結的賣身契已在雪哉手上，只要雪哉願意，隨時都可以讓她自由。

然而，雪哉並沒有這麼做，因為他在等待最佳時機，確實將千早拉入自家陣營。

「真是很為朋友著想啊！」

即使聽到路近的嘲諷，雪哉也始終默不作聲，面無表情。

此外，雪哉還相中了另一個人，最後這一個人正是南橘家的公近。

路近滿不在乎地繼續大放厥詞。

「他還特地來徵求我的意見，詢問是否可以利用我胞弟？由於聽起來挺有意思的，因此我就答應了。」

雪哉也是確認了舊院生的成績，並看了院士對公近性格的評價，忖度可以讓他成為長束派的代表。公近在新院生入峰之前，還只是普通的宮烏，與明留有相同的問題，只是程度上的差異。

不過，路近和雪哉事先討論後，慫恿公近自稱是長束派。因為哥哥是長束的親信，所以公近很快就成為擁護長束的院生頭領。

「因為這個原因，原本沒有明確表態的長束派都浮出了檯面，而且院生的想法通常都代表了成為他們後盾的家族想法。」

勁草院內的派系，無視皇太子和長束的意志激烈對立，雪哉思考該如何妥善處理他們。

雪哉和路近一開始就決定要利用公近殺雞儆猴，只要大肆懲罰公近，就可以讓勁草院內自稱是長束派的笨蛋徹底消失。

「沒想到有人妨礙這件事，試圖保護公近。」

翠寬在路近意味深長的視線注視下，一臉發自內心的厭惡轉過頭去。

「……你是什麼時候發現的？」雪哉的聲音不帶一絲情感。

翠寬也用壓抑的聲音回答：「看到入峰考試的答案，從那個時候開始，我就知道不能對你和其他院生一視同仁。」

雪哉明顯潦草應付課業，翠寬便猜想雪哉已經掌握了三年期間必修的學科內容。當雪哉和公近發生糾紛時，更加確信了這件事。

「雖然那次因為清賢院士出面，事情平靜落幕。聽說你又挑釁公近，讓他動手打人。」

透過這件事，翠寬察覺到雪哉的意圖是在突顯長束派的蠻橫，激化勁草院內部的對立。正因為這樣，翠寬才會執拗地指名雪哉成為對戰對手。

「我不記得我們曾經談過什麼，不過我從第一次對戰時，就清楚感受到你想要表達的意思。」雪哉依然保持著冷靜的態度。「我選擇了針對棋譜漏洞的作戰方法，你也用棋譜迎戰，而且在中途改變作戰方法，完美化解了我的奇招。」

每次〈盤上訓練〉時，翠寬必定全力應戰，以持續打敗雪哉為目的。

我知道你在打什麼主意，我可不會讓你稱心如意。

翠寬一逮到機會，就只懲罰雪哉一個人，盡可能斷絕他和其他院生之間的關係。

「以你的能力，如果想要揪出擁護長束親王的人，應該還有其他溫和的方式。」

翠寬用充滿憎恨的雙眼怒瞪著雪哉。

「你即使離開這裡，也有無數的生存方式，趕快去當皇太子的近臣啊！」翠寬激動地大聲吼叫。「院生中有很多人和你不一樣，勁草院是他們唯一的棲身之處，你卻為了盡快達到自己的目的，徹底利用了他們！」

翠寬憤恨地抓著自己的頭髮。

「被你們認定是長束派的人也一樣，即使他們家族在政治上和你們對立，也是無可奈何的事。他們都是下級貴族的次子或是三子，根本無法進入朝廷，還有的因為是庶出，在家裡根本無立足之地。這些人的追隨者中，有的人無依無靠，舉目無親！」

既然公近落得如此下場，之前跟隨他的那些人，不知道今後是否仍然能夠持續院生的生活，翠寬很擔心他們的未來。

「你還是這麼天真啊！」路近似乎十分樂在其中。

「閉嘴，你這個冷血動物！你竟然用那種方式對待公近！」

翠寬充滿嫌惡地對著路近怒目而視，接著又將銳利的視線移向雪哉。

「你哪裡是院生？」翠寬一臉悲憤地譴責。

「既然你不把我視為院生，那我就以皇太子殿下臣子的身分表達意見。」

雪哉的反應十分冷然，他環顧在場的所有教官。

「你們認為勁草院的本分是什麼？」雪哉口氣嚴厲地斥問。

兩年前，有年輕的山內眾參與了皇太子的暗殺未遂事件。

「在那個時間，山內眾就已經不是『為保護宗家而存在』，培養出那種山內眾的勁草院也顯然有問題。照理說，院方應該要好好追究這件事的責任，院方卻完全沒有採取任何行動。既然如此，只能由我來處理這件事。」

雪哉毫無怯色地說明事由。

「如果各位對我的行為有意見，我首先想要請教院長閣下，為什麼沒有做該做的事，以及今後打算把勁草院帶向什麼方向？」

「我……」在雪哉責備的眼神注視下，尚鶴悠悠歎了口氣。「我身為勁草院的院長，和當代金烏是命運共同體，我必須打造一個符合當今陛下利益的勁草院。」

「當今陛下期望什麼呢？」

「……至今為止，當今陛下從來不曾下達任何指示。」

當今陛下討厭山內眾，從來不主動與山內眾交流，甚至對於支持他治世的勁草院院長，態度也是如此。

尚鶴剛就任院長一職時，受邀前往紫宸殿去晉見當今陛下。當隔著簾子面對當今陛下時，卻只有站在一旁的秘書官開口說話。

秘書官頑固地命令他：「長束才是皇太子。」

院長聽到這個與上代意向相反的命令，深感疑惑地反問：「陛下，這樣真的可以嗎？」

然而，簾子後方卻傳來一句敷衍的指令：「隨你的便。」

最後，由於院長的舉棋不定，勁草院內部也分裂成皇太子派與長束親王派。

「照理說，山內眾試圖暗殺皇太子是天理不容的事，當今陛下卻完全沒有為此動怒……所以你忠實地遵守了當今陛下說的那句：『隨你的便。』導致了勁草院的現狀嗎？真是精神可嘉。」雪哉說話的語氣難掩輕蔑。「精神可嘉，而且愚蠢之至。」

「我知道，即使如此，我的主公仍然只有當今陛下一個人。」

「正如你是當今陛下忠實的僕人，我也是真正的金烏陛下忠實的僕人，為了保護主公的生命，即使是教官，我也不會手下留情。」

雪哉橫瞥了翠寬一眼，翠寬懊惱地咬著嘴唇。

「目前只有皇太子殿下具有對抗巨猿，保護山內的能力。」

雪哉說完，停頓了半晌，再度看向尚鶴。

「若不消除山內眾對皇太子的叛意，日後做出危害皇太子的行為，終會導致你忠心耿耿的當今陛下，以及整個山內都毀滅。你是否該清醒一下？對當今陛下來說，目前面臨的威脅並非朝廷那些愚蠢之輩，而是真正的鬼猿猴，現下已無暇極力維持四大家的平衡了！」

雪哉的情緒越說越激動。

「我太生氣了。至今為止，皇太子殿下曾經多次向你探詢，希望能安排面會，與你推心置腹地談一談。你或許是對當今陛下有所顧慮，每次都斷然拒絕。身為勁草院的院長，也許這是無可奈何的事，但無法用『**無可奈何**』的藉口來推諉。由於你的關係，導致原本可以成為宗家財產的優秀人才流失，更無法培育出能成為真正金烏陛下的左右手，保護山內的珍貴八咫烏。院長閣下，你難道沒有發現，只因為你自始至終守護的『忠誠』，導致整個山內，乃至當今陛下的生命都面臨了危險嗎？」

「夠了！」清賢伸出手，制止雪哉的連續逼迫，他平靜溫柔地說道：「院長閣下應該已經充分瞭解你身為皇太子殿下的臣子想要表達的意見，進一步的內容不該由你，而是該由皇太子殿下本人來說，才合乎道理，你說是吧？」

雪哉聞言氣憤到扭曲的臉，才終於恢了無憂無慮的表情。

「……的確，我太過分了，很抱歉！」

雪哉鞠躬表示歉疚，清賢露出平和的眼神看著他。

「不過，有件事要聲明，雖然翠寬並不把你視為院生，我卻一直把你視為一名院生。」

「……是，我知道。」雪哉聞言愣怔住，隨即露出淡淡的苦笑。

「所以，即使你身為皇太子殿下的臣子，甚至曾經利用本院的院生，我還是認為你同時也身為院生，真心為同學著想。」

遭人破口大罵也無動於衷的雪哉，難得心緒被微微動搖。

「你認為『只有自己變成魔鬼，才能打倒魔鬼』，對吧？」

雪哉想要開口反駁，最後還是什麼都沒說，只是站在原地，

清賢一臉悲傷地凝視著他。

「你或許會說，即使變成魔鬼也沒有關係。但你千萬不要忘記，另一個不是魔鬼的你，也是真真切切地存在。」

雪哉在清賢的注視下，冷不防露出了束手無策的表情。

「即使是這樣，也不允許我這麼說，是吧！」

今晚的月亮又圓又明亮。

茂丸輕鬆地走在院內，因為尚未接到通知，要如何處罰他們打架一事，所以他們在傷口接受治療後，分別乖乖回到各自宿舍。

茂丸很擔心獨自被院長叫去的雪哉，不知道是否被罵了很久，一直不見人影。

「我去看一下。」

他向市柳和千早打了聲招呼後走出宿舍。

白天被太陽烤焦的泥土味，以及吸收了水分的雜草的青澀味，迎面撲鼻而來，天空高掛著好像半熟蛋黃般色彩濃烈的滿月。

茂丸走向〈盤上訓練〉使用的講堂，驀然瞧見一個無精打采的身影，正走在建築物的影子裡。茂丸愣怔了一下，立刻在月光形成的陰影中奔跑過去。

「喂，怎麼這麼久？你是不是累了？」茂丸叫喚著。

「茂哥……」雪哉訝異地抬起頭，臉上的表情看起來有點茫然。

他似乎很沮喪。茂丸一邊這麼想，一邊舉起手上的紙包。

「你肚子是不是餓了？我去廚房拿來的。」

「啊！感謝你特地幫我去拿。」

雪哉試圖露出一如往常的笑容，只是勉強擠出來的笑很無趣。他坐在石牆上，有一口沒一口地吃著早已冷掉的飯糰。

他的樣子果然和平時不一樣！

「被罵得很慘嗎？」

「嗯，被罵得很慘呢！」

「教官罵你什麼？」

「嗯，教官大發雷霆，說我個性很差。」

雖然這句話聽起來不像是教官會說的話，但茂丸猜想教官應該用了不同的表達方式，他思忖著該怎麼安慰雪哉。

「你的個性真的很差。」茂丸語氣堅定地表示。

「啊，呀呀！」雪哉倒吸了一口氣，小聲地嘟囔道：「連你也這麼說嗎？」

雖然雪哉努力掩飾，但臉上的表情顯然很不自在，茂丸假裝沒有察覺。

「因為你個性差是事實啊！」

起初看到雪哉整天面帶笑容，以為他很好相處，漸漸發現他個性彆扭，執拗頑固，而且越瞭解他，越覺得絕對不能與他為敵。

「你還真……」雪哉比剛才更加沮喪了。

「但是，」茂丸停頓了一下，繼續開口說道：「無論我還是明留，還有千早、市柳學長，以及桔芊他們，都是在瞭解你為人處事的基礎上和你在一起。所有八咫烏都有優點，也有缺點，只是你的情況嚴重了一點，沒什麼好奇怪的。」

「那是因為你們對我的缺點瞭解不深的關係吧！」

「任何人都會隱藏自己一些黑暗面，但更重要的是，根據肉眼可以看到的光明面，決定是否能夠相處下去。」

即使聽了茂丸的鼓勵，雪哉仍舊愁眉苦臉。

「……你有時候看起來，就像是獨自跑腿的小孩子。」

「蛤？」

茂丸意外的發言，讓雪哉錯愕地叫出聲，茂丸忍不住笑了起來。

「不，我不是說你個子矮小的意思。因為你知道自己該走的路，也知道自己該做的事，所以絕對不會哭。只不過，身旁沒有陪著你的大人，臉上會露出很不安的表情。」

雪哉倏地閉上嘴，似乎被說到了痛處。

茂丸不曾將這件事告訴雪哉，他以前認識一個男孩，臉上的表情和雪哉像極了。

那名少年表現得十分堅強，努力完成大人交代他的事，很有禮貌地離去的身影，已永遠都無法再看到了。雖然茂丸無能為力，還是忍不住懊悔不已，早知道應該更加關心那名少年才是。

「我腦袋不太靈光，不明白你在跑腿做什麼事？也完全不知道你要去哪裡？但我知道你很努力想要完成自己的任務，而且也察覺到那應該是很重要的事。」

雪哉低著頭默默不語，茂丸粗暴地揉著他的頭。

「反正無論你要去哪裡，無論你要幹什麼，無論你有多麼腹黑，我都會和你在一起，不會拋棄你的，你不必擔心。」

「你嗎？」

「是啊！其實不光是我，我相信雖然嘴上抱怨，但願意跟上來的人比你想像中更多，只是也許不見得馬上就能夠找到。」

雪哉聽著他的話，手裡緊握著飯糰，整張臉都皺成一團。

「你不要忘記，我們會跟在你身後。」

雪哉沉默片刻後，微微點了點頭，小聲地說了聲：「謝謝。」

「好，那就回去吧！」

第四章　雪哉

「斬首成功，裁判請確認。」

清晰的聲音響徹寬敞的講堂。

巨大的〈場〉兩側台上的兩名對戰者，外形呈現明顯的對比。其中一名高大魁梧的壯年男子，穿著鏽有家徽的藍紫色外褂；另一名矮小的少年，只穿著簡單樸素的羽衣。

高大男人臉色很差，一臉難以置信地瞪著〈場〉，但無論看多少次，都無法改變盤面上的棋子。至於那名少年，則是冷靜地等待裁判的判斷。

少年一身漆黑的羽衣上掛著深紅色佩繩，綠色的飾珠格外鮮豔。一頭好像肥沃土壤般顏色的頭髮，凌亂地披在他挺直的背上。

聽說少年的年紀只比自己大兩歲，而且個子也和自己差不多，所以他佩在腰上的珂仗看起來特別大。然而，他無所畏懼地站在那裡的身影，看起來了充滿自信。

「確認，下方獲勝！」

少年聽到裁判宣佈勝利後，泰然自若地鞠了一躬說：「感謝。」

講堂內發出的不是歡呼聲，而是感嘆聲。

落敗的那名壯年男人，是目前在羽林天軍中擔任指揮的高級武官。雖然連日對戰後，對少年的評價持續上升，眾人認為少年戰勝這名高級武官的機率不到萬分之一。

好厲害，沒想到他真的贏了！和自己的年紀沒差幾歲的少年，能夠和地位明顯比他高很多的對象交鋒，實在太帥了。

「為什麼選擇這種戰術？」

「如果對方採用不同的手段進攻，你打算如何應對？」

參觀者爭相對剛才結束的對戰發問，少年的回答也都合情合理，而且口齒流利。

充分討論對戰內容後，少年終於從台上走了下來，準備走出去休息。

我依依不捨地目送他的背影。

「要不要去向他打招呼？」

帶我來這裡的鄉長，面帶笑容地如此提議。

那名少年吃著飯糰，正在和看起來像是他朋友的人聊天。

「雪哉草牙，可以打擾一下嗎？」

他，雪哉草牙聽到鄉長的叫喚聲，抬頭發現了我們，立刻端正姿勢。

「啊呀啊呀，原來是鮎汲鄉長閣下。你連日都來參加，真是榮幸之至。」

「有一半是興趣，而且山內赫赫有名的智將聚集一堂的機會不可多得，這次的對戰真是太精彩了。」

「承蒙誇獎，愧不敢當。」

他們兩人面帶笑容交談時，我的雙眼緊盯著雪哉草牙。

他真的很矮小，即使近距離觀察外表也毫不起眼，但是和老家那些同年紀的人相比，他看起來很成熟，和鄉長說話時泰然自若的態度，已經散發出像是威嚴的氣場。

「我想介紹一個人給你認識，我帶他來這裡，是希望他可以利用這個機會學習取經，他打算明年進入勁草院。」

「喔，所以是我未來的學弟。」

雪哉草牙聽了鄉長的話，轉頭看向我，害我頓時緊張了起來。

「初、初次見面，我是鮎汲的治真。剛才的對戰實在太精彩了，沒想到雪哉草牙人小志氣大……」

太過興奮的我，話才說到一半，倒吸了一口氣，自己的嚴重失言，整個人都僵在原地。

然而，雪哉草牙只是淡淡一笑，並沒有追究我無心的錯話。

「建立戰術和身高無關，希望今天的對戰對你有幫助。」

「……當然！」

雪哉草牙果然氣度不凡，令我更加感動不已，滔滔不絕地和他分享有機會觀賞這場對戰，對自己有多大的幫助，以及被雪哉草牙的戰術深深吸引。

這時，鄉長苦笑地插嘴打斷了我的激動。

「你也看到了，治真有點與眾不同，我暗自期待他可以成為第二個你。」

雪哉草牙立刻領會了聽了鄉長的話。

「原來是這樣。」

他輕輕點了點頭，露出比剛才更端肅的眼神，凝視了我片刻後笑了起來。

「如果有像你這樣的院生，我就更加放心了。我們這兩個怪胎院生，一起努力吧！」

那個瞬間，我決定了未來的路。

講堂的瓦屋頂因多次修補，呈現出斑駁的圖案，在初春的陽光照射下發著光。

好久沒有踏進勁草院了，雖然對放棄繼續當院生並不感到後悔，卻還是很懷念，自己不再屬於這裡的八咫烏了。

當他深有感慨地辦理入院手續時，驀然背後傳來驚叫聲。

「咦！這不是小鬼老師嗎？」

抬頭一看，兩個年輕人跑了過來，他們是以前荳兒時代自己曾經很照顧的久彌和辰都。

「一年沒見了，你最近好嗎？」

明留聽到他們的問話，嘴角扯出了苦笑。

「託你們的福，我在皇太子殿下身邊很好。你們呢？嵐試不是快結束了嗎？」

兩名老同學聽到他的詢問，不約而同露出凝望遠方的眼神。

「今年的第一名和第二名早就決定了，其他人都半斤八兩。」辰都心灰意冷地說。

「不過，茂哥太可惜了。」久彌像是在辯解似地說道：「他在術科方面有些還贏過雪哉和千早那兩個傢伙，偏偏因為學科的成績拉開了距離，只拿了第三名。」

「如果你沒走，結果可能會不一樣……」

明留聽了辰都深有感慨的話，忍不住笑了起來。

「什麼啊？你們都已經是貞木了，還要我當小老師嗎？」

「不，我不是這個意思。」

「你不是通過了霜試嗎？當初應該留下來成為貞木。」

明留微仰起頭冷哼了一聲。

「如果我沒走，第一名當然非我莫屬。不過，既然皇太子殿下叫我無論如何都要回到他身邊，我也只好遵命了。有才華的人才會有這種煩惱啊！」

兩人都知道明留的實際成績，聽到他配合誇張的動作說起這番話，不由得捧腹大笑。

「少在那裡吹牛皮了！你直到最後〈御法〉的成績都還比我們差。」

「你還是老樣子，那我就放心了。」

「我的性格怎麼可能輕易改變。先不說這些了，你們知道雪哉那傢伙在哪裡嗎？」

今天特地來勁草院，當然是有要事在身。

兩個老同學聽了明留的問題，互看了一眼。

「如果你要找雪哉，那來得很不是時候。」

「抽籤決定順序，他和定守的對戰排在最後，只有他的嵐試還沒有結束，明天開始要進行〈兵術〉比賽。」

嵐試中的〈兵試〉，是以實戰的方式考驗院生的實力。成為主帥的兩名貞木，運用由荳兒和草牙擔任的士兵，進行大規模的模擬戰。而且山內有好幾個大規模的演習場，在比賽的前一天才會知道要在哪一個場地比賽。

雪哉此刻應該在本陣閉關，仔細研究院方提供的資料，研擬明天的作戰計畫。

「今天一大早就沒見到他，閒來無事的千早和茂哥搞不好跑去鬧他了。」

「我要去哪裡，才能打聽到雪哉的本陣在哪裡？」

「應該要問院士才知道吧！」

明留正在思考該怎麼辦時，倏忽聽到一個客氣的招呼聲。

「啊！兩位學長。」

轉頭一看，一個不認識的院生站在那裡，身上戴著白色飾珠，顯然是荳兒。他整個人十分削瘦，鼻子旁長了雀斑，看起來很老實。

「不好意思，我無意中聽到你們談話……我可以帶你去雪哉貞木所在的本陣。」

「喔喔，真的嗎？」

「是的。但我要先去廚房拿東西，可以請你稍等我一下嗎？」

辰都和久彌看著這個彬彬有禮的學弟，不約而同露出苦笑。

「雪哉又使喚你了嗎？」

「如果你不想被他使喚，可以明確告訴他。」

「不，我很樂意。那我馬上就回來。」那名荳兒鞠躬說完，便轉身跑走了。

「他是誰？」明留看著他離去的背影好奇地問道。

「他是雪哉的小弟，名叫治真。他的〈兵試〉成績在今年的荳兒中很突出。入峰後，馬上就被拉進雪哉的戰術研究會。」

「真是太可憐了。」

「不過，治真很崇拜雪哉，所以他們相處得很愉快。」

「可能被雪哉的外表欺騙了，越來越同情他。」

正當三人開心地閒聊時，治真雙手抱滿東西跑了回來。

「讓你久等了，請跟我來。」

「那我先走了。」

明留告別了兩名貞木，跟著治真一起走出勁草院。

「對了，我還沒有自我介紹。我是……」明留的話還沒說完，治真就笑著說：「久仰大名，你是西家的明留少爺。你和雪哉貞木他們一起入峰，目前是皇太子殿下的近臣。」

「該不會說了我什麼壞話吧？」明留狐疑地瞇起了眼。

「當然沒有，雪哉貞木稱讚你很聰明。」

治真顯然往好的方向解釋。

不過，明留隱約察覺到雪哉口中的「**聰明**」是什麼意思，心情有點複雜。雖然剛才明留在辰都他們面前說大話，其實他清楚知道，自己根本不是雪哉的對手。

正因為這個原因，在霜試結束後，明留與皇太子面談，明確地告訴皇太子，自己已學會了最低限度的武術能保護自己，就算繼續留在勁草院，也無法培養足以成為護衛的實力，所以希望馬上能成為近臣。皇太子安慰了明留，同意他成為自己的臣子。

明留確信若繼續當武人，很可能會出紕漏，也認為自己的判斷十分正確。

只不過被別人這麼說，又是另一回事了。

「那個混蛋！呃，聽說你很崇拜雪哉，是真的嗎？」

「對，如果沒有雪哉貞木，我甚至無法進入勁草院。」

治真是東領的平民階級出身，他很喜愛讀書，可是以他的身分，即便想追求學問，求學途徑也極其有限。由於他的劍術不錯，因此希望可以獲得鄉長的推薦進入勁草院，只是他的體能不如其他人。

「我在瞭解適性的比賽中輸了，原本已經不抱希望，以為自己沒機會了。」

沒想到鄉長將治真列入了為數不多的推薦名額中。

「我簡直難以相信。我問鄉長，為什麼會選我？鄉長就提到了雪哉貞木的名字。」

據鄉長所言，直到不久之前，他還以為身強力壯、武藝高強的人，才適合成為山內眾，但在經歷了一些事件後，讓他開始覺得也應該有頭腦清晰的山內眾。

明留聽到這裡，已經可以猜到之後的發展了。

那是已是將近兩年前的事。

麒麟兒打敗當代最高軍師翠寬的傳聞，很快就傳入所有從事軍事工作的人耳中。翠寬後來果真離開了勁草院，為了挑選負責〈兵術〉演習的新教官，以研究會為名，舉辦了大型甄選會。

山內眾和羽林天軍的軍官，以及在野的兵法研究家，只要是對自己能力有自信者，都聚集在〈笙澪院〉，藉由對戰方式考驗每個人的實力。

這場大型甄選會根據舉辦的地點，取名為〈笙澪會〉。在笙澪會中最受矚目的，就是引發這個問題的雪哉。

當時，雪哉打敗翠寬的戰譜已經流出，只要看過那份戰譜，就會明顯發現當時的奇計需要莫大的幸運，或是用某些不正當的手段。很多人認為參加這場研究會，會讓「勁草院的麒麟兒」露出馬腳。

沒想到雪哉在會期中，完全沒有使用和翠寬對戰時的奇計，反而是用正統派的樣板戰術與強手交鋒，有時候贏，有時候輸。比賽後的討論十分精彩，許多人聽了之後，不再帶著揶揄，而是發自內心稱雪哉為「勁草院的麒麟兒」。
最後選中的新教官，是已經退役的前山內眾。
然而，在笙澪會中最有名的人，無疑就是雪哉。
「我看到雪哉貞木時，受到了很大的衝擊。」
治真可能回想起當時的情況，像是在做夢般地閉上了眼睛。
「雪哉貞木那時候比我現在更矮小，無論面對任何對手，他都毫不膽怯，甚至還贏了頭銜比他高很多的人。我當時實在太興奮了，」治真靦腆地輕笑起來，繼續說道：「在比賽後，我做了相當失禮的事，雪哉貞木完全沒有不高興，十分親切地對待我，還說如果我能夠順利進入勁草院，他會助我一臂之力。」
治真入峰勁草院後，雪哉真的很照顧他。
「除了我以外，還有很多人也都很崇拜雪哉貞木。對我來說，雪哉貞木不僅是我的目標，還是我的恩人。」
明留看著他燦爛的笑容，拼命克制內心複雜的心情。
「所以只要能夠為他做事，我就很高興，不管別人說什麼都無所謂。」

「你這個裝好人的爛傢伙！」明留一掀開帳篷就咒罵道。

坐在長凳上，低頭看著攤在桌台上地形圖的雪哉，頭也不抬地笑了起來。

「幹嘛沒頭沒腦說這種話？」

「你欺騙天真無邪的學弟，難道良心不會不安嗎？」

「我哪有欺騙學弟，我真的是很關心學弟的好學長。」

「你這個性格彆扭的人，說什麼鬼話！」

面對明留的咒罵，雪哉也只是一笑置之。

「你來這種地方，是有什麼急事嗎？」

雪哉問話的同時終於抬起頭，和荳兒時相比，他的外形有了很大的變化。

隨著年紀增長，原本嬰兒肥的圓臉變得精悍，卻又帶著些許的柔和，光看他的外表，會認為他是個爽朗的年輕人。這樣的變化太驚人了，以前在所有院生中個子最矮的他，如今已經有了武人的強壯體格。若三年不見面，也許會認不出眼前是同一個人。

因身高在不知不覺中被雪哉超越感到懊惱的明留，輕咳了一下。

「對了，皇太子殿下要我轉達重要的口信。」

「皇太子殿下的口信？」

就在雪哉發問的同時，不知道哪裡傳來了茂丸的聲音。

「喂！我們可以清楚聽到你們的談話，被我們聽到也沒關係嗎？」

明留還來不及問茂丸在哪裡，雪哉身後的帳篷已被掀了起來。

「明留，你好。」茂丸探頭進來招呼道。

「茂丸，你在那裡幹什麼？」

「千早也在呢！我們正在為嵐試中的好朋友泡茶，差不多該離開了。」

茂丸話一說完，正打算把頭縮回去時，明留開口挽留了他。

「不用，你們在這裡也沒有關係。反正你們不是第二名和第三名嗎？既然會在不久的將來成為皇太子殿下的貼身護衛，現在知道比較好。」

茂丸和千早已經多次與皇太子見過面，由於是雪哉和明留的親信，皇太子派的人直覺認定他們是自己人，不需要將他們拒之門外。

「是嗎？那稍微等我一下。」

不一會兒，茂丸就和千早從帳篷的入口走了進來。

「你來這裡傳話，看來你當跑腿越來越得心應手了，小鬼老師。」

千早一看到明留，就用很不客氣的方式打招呼，手上還拿著用竹子做的茶杯。

「囉嗦！你這個窮鬼給我閉嘴。」

茂丸提著冒了熱氣的鐵壺，把放了地圖的桌台移到旁邊，四人圍坐在鋪了涼蓆的地上。

「這是粗茶。」

「感謝。」

明留喝了一口茂丸恭敬遞上的茶潤喉後，從帶來的包袱中拿出一疊紙。

「你先看一下這個。」

雪哉接過明留遞給他的紙，千早和茂丸也好奇地探頭張望。

「這是什麼？」

紙上畫著細格和曲線，茂丸和千早露出狐疑的表情，雪哉似乎立刻猜到了。

「這該不會是外界的統計表？」

「是的。在皇太子的要求之下，調查了這一百年的紀錄，用外界的方式統計了中央山附近的水量變化。你看得懂嗎？縱軸代表水量，橫軸代表時間。」

明留簡單的說明，雪哉立刻理解了圖表的用意。

「原來如此，這樣的確可以清楚瞭解變化。」雪哉指著線低喃道。

「等一下，這是什麼意思？」

雪哉把紙放在涼蓆上，讓茂丸和千早也可以清楚看到。

「只要這條曲線往上，就代表水量增加，往下就代表水量減少。」

雪哉指著曲線，對著兩人說明這張表的內容。

曲線時上時下，但整體呈現逐漸向下的趨勢。

「中央山的水減少了嗎？」雪哉露出疑問的眼神看向明留。

「就是這樣。」

這幾年期間，中央有多處水井乾涸這件事，也證實了朝廷的調查。不過，中央山原本水量很豐沛，有許多從山壁上直接噴水的瀑布，貴族的房子都只能建在瀑布和瀑布之間。

因此，千早和茂丸感到很納悶，不知道水量稍微減少會有什麼問題？

「光看這個，你們無法理解其中的意義也情有可原。不過，請你們回想一下。」明留十分嚴肅地說：「四年前，巨猿便是從涸井闖入山內。」

明留突然提到巨猿，讓其他幾個人都緊張了起來。

「……這件事和巨猿有關嗎？」茂丸輕聲問道。

「沒錯，而且情況很緊急。」明留毫不猶豫地回答。「自從上次毫不猶豫侵犯山內後，朝廷調查了中央的水井和洞穴。」

朝廷在調查後對外宣佈，除了最初發現的涸井以外，並沒有發現其他猿猴闖入的途徑。

「實際上，朝廷還掌握了其他捷徑。」

「什麼！」茂丸驚愕地大叫起來。

「那裡應該沒有問題，捷徑已封住了，也派了人監視。」雪哉代替明留回答。

「喔喔，」茂丸看著明確斷言的雪哉，眨了眨眼睛反問：「呃，你知道那個地方？」

「我不僅知道那裡，當初還是我去確認那條捷徑的。我甚至走過那條捷徑，也親眼看到了巨猿。」

雪哉若無其事地陳述著，像是事不關己。

「你的人生太可怕了。」茂丸一臉詫異地說。

「所以呢？巨猿和水有什麼關係？」千早迫不及待地問。

明留將視線移回雪哉身上。

「既然你知道那條捷徑，那我問你，你知道的那條捷徑，和巨猿出入的那口水井有沒有什麼共同點？」

雪哉就像在課堂上被教官點名回答的院生，不加思索地直接開口。

「以地理條件來說，都是向中央山地下挖的洞，或是地下的通道。」

「你親自走過地下道，當時越過了什麼才進入猿猴的領域呢？」

「越過了什麼？」雪哉一時答不上來，卻很快反應過來。「……水。我當時潛入一個奇妙的地底湖，那個湖中的水會發光，當我浮出水面後，便看到了巨猿。」

「沒錯，這就對了。」

朝廷堵住了猿猴的闖入途徑，也就是水井側面的洞穴。那個水井原本積滿了水，猿猴根本不可能從那裡進來。

會不會是因為中央水的水變少了，水井乾涸，巨猿才有辦法從那裡闖入山內？

「皇太子殿下認為是水隔開了我們和猿猴的領域。」

奉皇太子的命令調查之後，發現中央山流往各地的水量在時增時減的同時，的確有逐漸減少的傾向，證實了這件事。

「而且在接到報告後的這兩、三天，瀑布的水量又突然減少。」

「這兩、三天？」茂丸皺著眉低聲喃喃道。

雪哉和千早沉默不語，卻也都露出了銳利的眼神。

「很希望是杞人憂天，不然皇太子殿下一直說他『有不祥的預感』。」

「簡直糟透了。」雪哉聽了明留的話後，低吟著說：「真金烏的直覺幾乎就是預言，既然皇太子殿下這麼說，最近必定會出事。」

「上次調查之後，掌握了可疑的地方，山內眾已經採取了行動。不過，由於範圍相當大，而且有可能會和巨猿交戰。」

目前的人手明顯壓倒性不足。

「因此，皇太子殿下令，等你考試一結束，就一起加入調查。」

「我瞭解了。」雪哉挺直了身體。「這場比賽結束之後，就完成了所有的嵐試。請你轉告皇太子殿下，我會盡快與你們會合。」

「我知道了。」

「我的嵐試已經結束了，」茂丸精神抖擻地探出身體。「雖然還沒有正式成為山內眾，可不可以讓我一起幫忙？」

「我也可以去。」

明留聽了茂丸和千早的提議，用力點了點頭。

「皇太子殿下應該會很欣慰。」

雪哉看到另外三個人隨時準備出發的樣子，鬧彆扭地撇著嘴角。

「其實我也很想馬上加入。」

「那可不行。」明留用嚴厲的口吻，拒絕了雪哉的嘟噥。「即使真的會發生異常狀況，沒有人知道是明天，還是十天之後，或者是一個月後。如果你因為這個原因考試不及格，便會淪為笑柄。你不必著急，完成該做的之後再來和我們會合，其他事情之後再說。喔！這並不是皇太子殿下說的，而是皇太子妃要我轉告你的話，我一句不漏地如實轉達。」

「啊？」雪哉感到意外地眨了眨眼睛。「櫻君特地要你帶話給我？」

「是的，皇太子殿下聽了之後也說：『即使不用說，雪哉應該也知道。但你告訴雪哉，我也同意以上的意見』。」

雪哉皺起眉頭，抱著頭哀叫了起來。

「……啊！那除了皇太子殿下，也請你轉告櫻君，我瞭解了，一定會在嵐試結束後再去跟你們會合。」

「瞭解，你可不要在最後的最後搞砸了，考試時輸給對手。」

雪哉聽了露出了一貫促狹的笑容。

「也不看看我是誰，竟然對我說這種話。」

明留他們離開後，雪哉獨自待在安靜的帳篷內嘆息，他低頭看著這一帶的地形圖。

白天的時候，他實際察看了整體地形，這一帶地形起伏較大，也有好幾條隧道成為捷徑。如果想用穩健的方式贏得勝利，明天將會展開一場複雜的戰鬥。

無論陷入怎樣的混戰，雪哉都絲毫不擔心自己會輸。之前曾經多次在這個演習場進行訓練，對戰對手也是相處三年的同學，他早就徹底瞭解對方的能耐。

比起勝敗，他更關心這場考試持續的時間。由於不太瞭解模擬戰的荳兒也會參加，所以雪哉不想採用太複雜的策略，而且聽了明留的話之後，他更希望能盡快結束。

原本打算用中規中矩的方式贏取勝利，現下臨時決定改變作戰計畫。

「雪哉貞木，我帶了晚膳過來。」

「進來。」

「打擾了。」治真很有禮貌地打了招呼。

他將放著晚膳的食案端到雪哉面前，把從廚房拿來的年糕上抹了味噌，烤得香噴噴的。

「其他人都回去了？」

「對啊！你還準備了他們的份，真不好意思。」

「沒關係，我可以把剩下的帶回去和其他荳兒分享。」

剛才在不遠處煮食的治真，也一併為茂丸和千早準備了晚膳。他總是默默地關心著雪哉，是個很優秀的學弟。

「關於明天的考試，我想請你帶領一支突擊隊。」

對於雪哉突然如其來的要求，治真立刻端正了姿勢。

「我可以嗎？不是應該由草牙擔任……」

「我會考慮你手下的成員，只要是瞭解你實力的人，應該不會有意見，現場的判斷也交給你決定。」

治真聽了雪哉的話，仍然一臉謹肅，但雙眼已亮了起來。

「真是太榮幸了！我會全力以赴，盡力協助你。」

「好，你今天就早點回去休息。」

「是，那我就告退了。」

雪哉目送他邁著輕盈步伐離開的身影，忍不住偷偷竊笑了起來。

治真可能沒有察覺，其實雪哉剛認識他時，曾經對他心生警戒。

當雪哉還是草牙時，和他同宿舍的兩名學弟都很自大狂妄，雖然他們現在對雪哉很順從，但這是因為雪哉用暴力制裁，讓他們從骨子裡牢記上下關係的結果。

雪哉知道自己以前比他們更張狂，一直認為這個世界上根本不存在順從的學弟。當看到治真從一開始就很順從時，不由得忖度這傢伙到底有什麼企圖？直到終於瞭解治真是真心崇拜自己之後，不禁回顧了自己走過的半輩子。

治真參加了雪哉主持的研究會，從不缺席；不需等雪哉開口，治真也都會主動打雜。由於治真實在太細心機靈，同學經常調侃雪哉，說他：「使喚萓兒」。

治真當初因為聰明才智獲得推薦，也確實表現得非常優秀。即使在術科方面有點令人擔心，〈兵術〉的實力卻很紮實，無疑是目前勁草院內最瞭解雪哉的學弟。

從此之後，雪哉漸漸覺得治真已經不像是學弟，更像是他留在北領的胞弟。儘管他像關心自己的事一樣，很期待治真日後的活躍表現，不過眼前比起治真的事，他必須先快速解決自己的考試。

原本要耗費一整晚的時間研擬作戰方案，他已經重新調整了作戰方針，雖然很對不起對戰的對手，雪哉還是決定要速戰速決，所以很早就上床睡覺了。

隔天早晨天一亮，雪哉就起床，變成鳥形在演習場上空盤旋觀察。

天氣很好，也沒有風，完全沒有影響作戰的任何問題。

當他回到過了一整晚的帳篷內，在作戰中將成為他部卒的學弟已慢慢匯合，治真站在最前面等他回來。

「早安，上空的情況如何？」

「微風無雲，適合比賽的日子。」雪哉恢復人形後回答，並俐落地將珂仗佩戴在身上。

「太好了。」

「今天就拜託你們了。」

「請交給我們吧！」

他們在擺開陣勢的廣場上排好隊，觀戰的教官陸續從勁草院來到廣場上。陣內掛著白色旗幟，院生也都拿到了白色懸帶。

雪哉有三十名部卒，只能使用順刀和響箭這兩種武器。一旦奪取主帥旗，考試就結束。懸帶被對方奪走者，或是被觀戰教官判定陣亡者，必須按照指示迅速離場。時間限制到明天正午為止。

對戰雙方的人馬都列隊等待演習開始，不一會兒，遠處傳來鼓聲。

雪哉在勁草院內的最後一場比賽開始了。

比賽一開始，雪哉就向部卒下達了指示。

「治真，你帶領三名部卒立刻從最近的隧道直奔敵方。」

「是！」

「除了主帥旗下留下一人以外，其他人全都前往敵人陣營。」

所有學弟聽到雪哉的指示，都懷疑自己聽錯了。

「啊？」被任命為副官的草牙，緊張地問：「那斥候呢？主帥旗周圍只留一個人，似乎也太……」

「一個人就足夠了，速攻就要搶時間。」

如何分散敵人的勢力，決定了這場演習的勝敗。

根據之前的戰績，敵人絕對會採取〈穴熊戰術〉，只派出最低限度的斥候，其他人都堅守主帥旗。然而，對戰對手曾經多次被雪哉打敗，必定非常小心謹慎，在剛開戰的此刻，會派出許多斥候四處偵察。

「至少會派出七名斥候，對方也會留意隧道的情況，因此包括派往隧道的人在內，應該還會有四、五個人離開大本營。即使有人發現我方的行動，能夠回去報告的最多只有兩、三人，所以當我們抵達對方的大本營時，那裡最多只有二十名左右的士兵。」

既然對方準備採取守勢，趁現在對方還沒有掌握我方的情況，做好充分準備之際進攻，無疑是最佳時機。

「也許我們能夠在對方還沒有任何斥候回去報告之前，先展開攻擊。」

雪哉說完，跳到已經變成馬的學弟身上，擔任副官的草牙露出了微妙的笑容。

「難怪在主帥旗旁只留一名士兵就足夠了。」

我方發動總攻擊時，唯一可能因為輕敵而失敗的情況，就是當前來偵察的斥候看到我方的大本營唱了空城計，隻身進攻，搶走主帥旗。

不過，雪哉認為這裡視野良好，只要安排擅長弓箭者守主帥旗，並給予充足的箭，就可以在對方的斥候靠近之前，用響箭射中對方，由教官判斷對方喪命。

更可怕的是，敵軍派先遣部隊，趁我方不備，利用隧道深入我方陣營，因此雪哉派了治真先行前往隧道防守。

「那就來迅速解決對方。」

「是！」

當他們全速衝向敵方大本營時，果然不出所料，只有十八個掛著紅色懸帶的士兵，因為發現我方的進攻而驚慌失措。

雪哉看到其中幾個人變成鳥形準備迎戰時，內心已確信自己會贏得這場勝利。

「散開！」

雪哉一聲令下，原本聚集在一起的院生完美分成了三個小隊。

兩小隊根據事先的決定，兵分兩路從左右包抄，閃避地面射來的箭，進攻敵人大本營。

雖然有人和變成鳥形的敵軍扭打，也有人中箭，但大部分院生都還活著。

地面上的紅色懸帶院生驍勇善戰，只不過在他們射了第一箭，來不及射第二箭時，已被最後一個小隊從正上方攻擊。

雪哉親自帶領從天而降小隊，率先衝入了混戰，用順刀揮開殺過來的四、五個人。在殺出一條血路後，白色懸帶的草牙衝了進去，搶到了主帥旗。

「得手了！」

觀戰的教官看到那名草牙喘著粗氣高舉旗幟後，敲響了戰鼓。

比賽結束了。

「我原本還打算在最後一次好好較量一番，你這個傢伙是魔鬼嗎？」

「嗯，別人經常這麼說。」

比賽結束後，並沒有發生稱讚彼此勇敢作戰的感人場面。

在紅隊的大本營列隊，定守確認傷亡的同時，對雪哉露出了愁容。

「定守，為了今後著想，我想提醒你一件事。你應該一開始就下達指示，在應戰時，是要要用弓箭迎戰？還是變成鳥形展開混戰？如果舉棋不定，可能會變成自己人打自己人，而且荳兒沒有太多演習經驗，也會陷入混亂。」

「你的意見完全正確，我也心存感激地洗耳恭聽。只不過我還來不及下達指示，你就已經殺過來了。可惡！可惡！」

定守虛心受教，卻還是懊惱不已，嘴裡咒罵連連。

他在入峰當初對雪哉抱有競爭意識，雖然兩人都來自北領，但在成為貞木之前，他們一直都沒能成為好朋友。後來雪哉發現，他只是好勝心過強，尤其在聊過天之後，更瞭解到他是一個很爽快的人。

「即使非常不甘心，但這下子你確定能夠以第一名畢業了。即使我早就猜到了，還是要恭喜你。」

「感謝，也恭喜你完成了嵐試，辛苦了。」

清點之後，發現紅隊有三人喪命，白隊有七名。紅隊有三名被搶走懸帶，白隊有兩名。

雪哉雖然贏得了勝利，犧牲的人數卻比較多，這也讓他忍不住反省，自己的作戰計畫果然太過急躁了。

正當雪哉打算與治真交流意見時，才發現突擊隊還沒有回來。

「我問你，你們這次有使用隧道嗎？」

「沒有，只是派人監視隧道出口，但所有人都回來了。」

「我想也是。」

雪哉擔心突擊隊的人在隧道內沒有聽到鼓聲，當他望向隧道出口的方向時，瞧見藍天中有一個黑影飛了過來。

終於回來了。雪哉在如此思忖的同時，猛然察覺到不對勁。

身為隊長的治真帶領的突擊隊有四個人，目前只有一個黑影飛過來，而且飛行的樣子看起來驚慌失措。隨著黑影漸漸靠近，聽到了不尋常的叫聲，這讓雪哉突然產生了既視感。

四年前，也有八咫烏在藍天中一路尖叫著飛來，而那個人也是可憐的受害者。

雪哉的故鄉，在之後發生了一連串接應不暇的慘況……

那個黑影來到正在收拾大本營的學弟面前，跌跌撞撞地變回人形。

雪哉撥開人群衝到了他的面前。

「小漉？」

飛回來的是突擊隊的一名草牙，他臉上的表情和剛才離開大本營時迥然不同——臉色鐵青，充滿絕望。

「雪哉貞木……」

「怎麼了？到底發生了什麼事？」

「猿猴……出現了……」

所有的聲音霎時遠離了，下一剎那，緊張反而讓五感變得更加敏銳，雪哉的腦袋深處聽到了自己心跳聲。

「有幾隻？」雪哉抓著小漉大聲問道。

「我，我只看到一隻，牠突然從我們背後冒了出來。原本想要應戰，可是手上沒有任何武器……」

「有沒有造成傷亡？其他人呢？」

「不知道……我一心想著要趕回來通知你們……怎麼辦？我把治真、鐵丙和昭時留在那裡了！」

小灑乍然想到了這件事，崩潰地哭喊起來。

雪哉沒有理會他，回頭看著驚愕呆怔在後方的院生。

「趕快把觀戰的院士叫回來！同時聯絡離這裡最近的值勤處，要求他們集結所有的士兵和武器，封鎖北側隧道。」

幾名院生聽到雪哉大聲下達的命令，驚慌地跑了出去。

雪哉將視線移回眼前的學弟身上。

「你沒有武器，立刻回來報告的判斷完全正確。等院士來了之後，你要正確向他們說明發生了什麼情況，這是為了保護其他夥伴該做的事。知道嗎？」

看著渾身顫抖不已的小灑用力點頭後，雪哉也站了起來。

「我先前往靠近這裡的出口。定守，你去另一側的出口，援兵趕來之前監視著。在武器送到之前，不要輕易降落地面。」

「知道了。」一臉凝重的定守，在聽到雪哉的命令後，立刻點頭回應。

「剩下的草牙拆成兩隊人馬，分別跟著我們行動！」

雪哉一說完，隨即變成鳥形，以最快的速度飛向隧道。當他快抵達隧道入口時，看到一隻烏鴉費力掙扎，努力想要飛起來，還有另一個人癱坐在地上，直盯著黑暗的隧道深處。

雪哉確認周圍沒有猿猴後急速降落，變回了人形。

「鐵丙，昭時！你們沒事吧？」

鳥形的院生發出了呱呱叫聲，顯然陷入了錯亂，愣在原地的昭時則一臉茫然。

「雪哉貞木……」昭時驚恐地喃喃自語。

「怎麼了？治真在哪裡？」

「治真他，治真他被猿猴帶走了。」

治真被帶走了！雪哉整個人被這個訊息震愣住了。

昭時的臉猛然扭曲了起來。

「我們應該保護他的！我們試圖要把他搶回來，但是猿猴的力氣實在太大了，直接把我甩開，我的肩膀……」

雪哉這才發現，昭時的手臂被扭向奇怪的方向，額頭上全都是冷汗。
雪哉聽著他抽抽噎噎說著話，勉強點了點頭。
「我知道，這不是你的錯。」
治真被猿猴帶走了！
「雪哉貞木，我們去找治真！」緊追上來的草牙如此說道。
雪哉立刻否決這個提議。
「不行！我們沒有武器，在戰力上也和他們四個差不多。」
「難道要放著治真不管了嗎？治真可能隨時會遭到殺害！」
「不能白白去送死。」雪哉語氣堅定地再次否決。
草牙用力倒吸了一口氣，沒有再說什麼。
雪哉把翅膀受傷的鐵丙帶離隧道，又為昭時治好脫臼的肩膀後，帶著武器的士兵才終於趕到。雖然昭時臉色蒼白，但意識十分清晰，雪哉和他一起帶著士兵進入了隧道。
「我們就是在這裡遭到攻擊。」
昭時指著隧道內唯一和地下水道相通的地方，只見一片稍微寬敞的空間旁，在修整過的道路略低處，流水發出了嘩嘩的聲響。

雪哉後悔莫及，自己明明事先勘察了地形，為什麼沒有發現這個可能性？

這裡是中央，而且有水流動，這不是完全符合猿猴出現的條件嗎？昨天明明才剛討論過這件事。

他走進水流，看向水流過來的方向，完全看不到任何光亮，只看見黑暗的洞穴。**那裡一定是通往猿猴住的地方。**雪哉很希望可以追擊上去。但是……

雪哉焦慮地用力咬著嘴唇，突然耳邊傳來，留在道路上的學弟的叫喚聲。

「雪哉貞木。」

「怎麼了？」

「你看這個！」

雪哉隨即跑了過去，在火把的火光下，看到有什麼東西掉在地上……

然而，無論怎麼看，都像是一封信，而且在紙質很差的泛黃紙上，用墨汁寫了字，信被仔細地折起，上面還寫著收件人的名字──『**金烏啟**』。

半個小時前，長束收到了猿猴入侵的報告。

長束和皇太子分頭指揮水井的調查工作，聽到這個消息時，直覺：該來的還是來了。

之前已經假設了各種不同的情況，研擬了一旦發現猿猴闖入途徑時的應對措施。只要冷靜應對，就可以避免最糟糕的情況發生。

當長束趕到現場時，發現已有士兵守在隧道的出入口，並在不遠處的廣場上，設立了對策總部。得知消息趕來的官吏，正聚集在剛才用於演習的帳篷內，討論著今後的方針。

比長束先一步趕到的皇太子等人站在旁邊，不知道為什麼，皇太子和雪哉正面對面互瞪著對方。

明留和澄尾看到長束出現，露出鬆了一口氣的表情。

「目前的狀況如何？」

「朝廷已經按照之前決定的步驟採取了行動。」

明留迅速向前回答了長束的問題。

長束看向那些面對地圖，表達不同意見的官吏。

目前武裝士兵監視著猿猴闖入的地方，官吏正在徵求負責修理宮殿、採集木材、製作工藝品的木工寮，和負責採集石材的石工寮，以及負責修理和建築修理職的意見，思考將猿猴逼出來的有效方法。

「目前發生了之前在研擬對策時，完全沒有料到的情況……」

「什麼情況？」

「在認為是猿猴闖入的地方，發現了這個。」

皇太子仍然凝視著雪哉，將信遞給了長束。

長束看到那封信，簡直懷疑起自己的眼睛。

「太荒謬了！猿猴怎麼可能會留下一封信。」

「四年前的猿猴也會說御內詞，即使會寫字，也沒什麼好意外的。」

皇太子露出嘲諷的冷笑，橫瞥了長束一眼。

「上面還清楚寫著『金烏啟』，寄信者名字寫著『小猿』。」

長束打開了折起的信紙——

吾欲見金烏。

若金烏現身，必將烏歸還。

吾不食烏，亦不危害金烏。

雖然文字有點費解，還是能夠瞭解想要表達的意思。

「猿猴竟然要求你去見牠們？」長束怔愣瞠眸，頓時感到無措。

「所以被抓走的院生，只是引誘金烏前往的人質。」

長束身後的路近，似乎覺得眼前的狀況十分有趣。

「殿下，這絕對是陷阱。」雪哉用殺人般的眼神看著自己的主公，強硬地說道：「尚且不知道牠們有什麼目的，不過這隻猿猴採用的方法，簡直就像是知道『真金烏的弱點』，如果您真的前往，結果顯而易見。」

真金烏，具備了普通八咫烏沒有的能力，同時有一項麻煩的制約——**即使面對想要危害自己的八咫烏，真金烏也無法奪取對方的性命。**

一旦對方手上有人質，根本無法做出理智的判斷，這是皇太子陣營最懼怕的狀況。

「難道你打算對你疼愛的學弟見死不救嗎？」

「臣不能因為治真一個人，讓您和山內都陷入危險。目前最優先的事項，就是堵住猿猴闖入的捷徑。」

雙方說話的語氣都很平靜，然則冷冽的氣氛和周圍的喧鬧完全不同。

「嗯，也只能這麼做。否則萬一真的是猿猴的圈套，你稀里糊塗就這樣赴約，到時候真會死於非命。」路近用挖苦的語氣說道：「按照正常的思考，必須放棄被抓走的院生。」

「……吾的意見也完全相同，奈月彥不該去。」長束對兩人的建議表示贊同。

「原來如此，吾充分瞭解了你們的想法。」皇太子用力點了點頭，依然在這個基礎上表達了自己的意見。「吾要去。」

沒有任何人感到驚訝，因為他們原本就知道皇太子一定會這麼決定。

皇太子看著長束手上的信，淡然地斷言道：「對方說想要和吾談話，而且還特地重申不會危害吾，也不會吃八咫烏，吾十分在意這一點。」

「你竟然相信對方為了設圈套所說的話！」長束扶額歎氣道。

「只有去了那裡，才知道究竟是不是圈套。更何況如果猿猴知道人質可以有效引誘吾去赴約，不會在信上寫這些。」

長束半信半疑地看著皇太子，皇太子輕笑了起來。

「難道皇兄沒有發現嗎？信中完全沒有提到，如果吾不去，會有什麼結果。」

只要在信中寫：『如果不去，就會殺了治真。』皇太子必定會毫不猶豫，非去不可。

然而，寫這封信的猿猴只說想見金烏，只要金烏前往，就會歸還八咫烏。

對方到底是基於什麼想法寫了這些內容？

「既然事先準備了這封信，代表猿猴原本就打算綁架人質。而且院生雖然受了傷，但並沒有遭到殺害。我知道必須提高警覺，但總覺得……和之前的巨猿不太一樣。」

「……難道你認為不是之前的巨猿嗎？怎麼可能有那麼多猿猴會說御內詞？」

長束說話的聲調不由得高亢了起來，但皇太子的表情依然很嚴肅。

「吾就是有這種感覺。」

皇太子堅持要和「小猿」見一面，想瞭解對方到底是何方神聖。

「臣完全無法服從。」雪哉緩緩地搖了搖頭，用壓抑的聲音說道：「這攸關殿下性命的問題，那些死猿猴可能為了引誘您去他們的地盤，故意用這種方式寫信。」

「到時吾察覺到有問題，會立即果斷逃走，相信你們有實力能確保吾的退路。」

雪哉還是難以接受，卻有些鬆動，

「只要有可能性，就不該一開始就放棄。」皇太子堅毅地斷言道。

「但是！」雪哉的臉皺成了一團。

皇太子轉頭不再看雪哉。

「吾並沒有問你的意見，這是命令，你閉上嘴，給吾跟上來。沒問題吧？」

皇太子帶著一臉困惑的澄尾走出了帳篷。

「喂，等一下，奈月彥！」

長束慌忙追了上去，卻看到皇太子苦笑的臉後，又再回頭看向帳篷內。

「……真是的，這傢伙真麻煩。」

茂丸默默觀察事態的發展，溫柔地拍了拍留在帳篷內的雪哉肩膀。

「……雪哉，太好了。」

雪哉緘口無言，他猜想自己內心的想法被識破了。

雪哉在做前往洞穴準備的同時，回想著剛才的對話，不由得咬緊了牙關。

他內心絕對不想說放棄治真這種話，正如皇太子所說，只要有可能，無論如何都想營救治真，他甚至很想懇求皇太子，千萬不要放棄治真，但他不可能提出這種要求。

皇太子最後的命令，正是看透他的想法，是皇太子對自己的關懷。謝謝！他在內心小聲道謝，也深刻感受到自己讓皇太子面臨危險的責任。

即使付出生命的代價，一定要讓皇太子平安回到山內。

事已至此，也要把治真平安帶回來。

「不管吾說什麼，他不聽的時候就是不會聽。」

長束很瞭解皇太子的性格，一旦下定決心，就是全力支援。

他派人準備了進入洞穴的必要物資，也扛下了和朝廷方面的交涉工作。由於不能對外公開皇太子要進入洞穴之事，所以要阻止打算盡快封住洞穴的朝廷並非易事。

除了澄尾以外，雪哉、千早和茂丸三個人也一起擔任皇太子的護衛工作。

「因為通道狹窄，人太多反而會礙手礙腳，只能挑選少數精銳兵力，目前值得信賴的手下中，你們幾個人實力最強。」

長束也下達了只有站在他的立場才能下的命令。

「在緊要關頭，你們可以憑自己的判斷採取行動，即使無視皇太子殿下的命令，也要保護他的生命安全。知道嗎？」

雪哉等人堅毅地一口答應。

然而，當雪哉等人做好準備工作，打算進入洞穴時，面臨了幾個問題——進入可能離開山內結界的洞穴時，經常會焚香以避免迷路，但有流水的關係，香氣無法飄進洞穴深處。

這次輪到明留大顯身手。

「那就在火把中混入黃雙。」

「那是西領特產的香嗎？」

「對，強烈的氣味應該可以飄得很遠。」

雖然不知道香氣能夠傳到多遠，總比沒有得好。

猿猴闖入的地方因為有水流，無法完全封住，於是就用前端削尖的竹子做成拒木，在皇太子回來之前暫時擋住。

為了以防萬一，路近留在長束身旁。

「我會派精銳部隊守在洞穴周圍待命，也會帶上目前所有的箭守在這裡。若猿猴從這裡現身，即使你沒有回來，也只能把這個洞封住。」

擔任現場指揮的路近說明了最壞的狀況，皇太子一臉端肅地點了點頭。

「很好，皇兄，萬一發生意外，之後就交給你了。」

「我不接受！你一定要給我活著回來！」

「請殿下務必平安回來。」

在長束的罵聲和一臉擔心的明留目送下，他們終於踏進了隧道。

把一大塊糖放進大型的防水鬼火燈籠中，隨著「轟」的一聲，原來藍白色的光粒變成了拳頭大的火球。將鬼火燈籠舉向水流深處的方向，發現光可以照到水流轉彎處。

每個人把筆墨盒形狀的鬼火燈籠，掛在脖子上。走在最前面的千早拿著最大的鬼火燈籠，雪哉跟在千早身後，接著是皇太子，澄尾跟在皇太子身後，殿後的茂丸把不易斷裂的女郎蜘蛛絲綁在入口的石頭上，並將線團拿在手上以免迷路。

他們經過磨得像長槍一樣尖的拒木之間，抓住了側面的岩壁，以免被流水沖走。

「走吧！」

在皇太子的一聲令下，一行人踏入黑暗的水流。

他們逆著地下水路而上。

雖然在意料之中，但水流果然湍急，而且水溫很低，被流水沖刷的岩石地面很光滑，十分容易滑倒。不知道是否因為原本就在水中，側面的岩石沒有太多的凹凸，手幾乎沒什麼地方可抓。

他們小心翼翼前進，避免腳下滑倒，打頭陣的千早憑著出色體力，發揮了很大的作用。即使來到不好走的地方，或是容易打滑的地方，他雖然會重心不穩，但從來不曾跌倒。

雪哉等四個人默默隨著千早走過的路前進，他們沿著蜿蜒曲折的水流往前走，無法再看到入口處火把的火光，但鬼火燈籠的光足以發揮照明的功能。

他們順利走過一段有坡度的路之後，水路發生了很大的變化。

「嗚哇！」雪哉忍不住叫了起來。

原本像狹窄通道般的空間瞬間變得開闊，岩壁上佈滿像是從內側膨脹凸出的巨石，而腳下雖是水流，露出水面的岩石上則長出像竹筍形狀的石頭，頭頂上也吊掛著許多像冰柱形狀的石柱。

「啊！」走在最後的茂丸發出了慘叫聲。「這些石頭掉下來，我們會被刺死嗎？」

雪哉被燈籠照亮的異樣空間震懾，他想到以前也見過這種像冰柱般的石頭。

「我在地下街的通道中也看過類似的東西，只是那裡並沒有這麼多……」

「這是鐘乳石，吾曾經在外界聽說過。」唯一曾經有去外界遊學經驗的皇太子，冷靜地說：「從岩石中滲出的水含有岩石的成分，應該需要相當長的時間才會長這麼大，雖然不會輕易折斷，但還是要小心。」

大家表示瞭解，一行人再度準備逆流而上時，千早突然停下了腳步。

「……水流分岔了。」

「什麼？」

雪哉把燈籠舉到千早的前方，發現水流的確分成了三條路。

這樣根本不知道該往哪裡前進？這該怎麼辦？

正當雪哉打算請求皇太子指示時，千早猛然叫了起來。

「不，等一下。」

他的話音才剛落，就跳出水面，在打滑的岩石上蹦跳著往前跑。

「千早？你發現了什麼嗎？」

雪哉慌忙追了上去，在千早回答之前，他也發現了。

「是治真的懸帶！」

定睛細看，一條和這裡很不相襯的白布繞在筍狀石上。

察看之後，發現白布並不是繞在石頭上，而是牢牢綁在上面，顯然不是不小心勾到而掉落，是刻意留在這裡。

「是不是治真趁猿猴不注意留下的？」茂丸猜測道。

「不！」澄尾斷言道：「既然猿猴特地邀金烏前來，應該是猿猴留下的路標。」

雪哉默默看向上游。

「繼續往前走，猿猴和治真絕對就在前面。」

所有人聽了皇太子的話，用力點了點頭，再度沿著懸帶指示的方向前進。

然而，越往前走越辛苦，原本及膝的水越來越深，而且很多地方從上方垂下來的石頭，與下方冒出來的石頭連在一起，形成像柱子一般。有些石頭則是垂到水面的位置，因此只能從水下鑽過去。

即便身體冰冷，至少沒有迷路，每當遇到前進很困難的地方，必定有特徵顯示他們前進的方向正確。而且垂下來的石頭前端，像針一樣細的部分，都被折斷了。
「應該是猿猴經過留下的痕跡。」
「是猿猴的頭撞斷的嗎？」
「可能是為了方便通過，故意折斷的。」
他們撥著水前進了一段路，澄尾在堆積了黏土的水底發現了什麼……
「這裡留下了腳印。」
水十分清澈，用鬼火燈籠照亮後，可以清楚看到猿猴經過的痕跡。
不過，在注視這些痕跡時，發現了一件不愉快的事實——只有一個人的腳印。
這裡的水面快到雪哉的胸口，治真的身材並不高大，也許水會淹沒他的臉。
「……趕快往前走。」澄尾催促道，很有默契地都沒有人回答。
終於，他們來到階梯狀的水窪，有點像山泉，也有點像在外地經常看到的梯田。
當他們爬上去之後，再度遇到了岔路，這次的記號也是撕開的白色懸帶。
在這之後又根據兩個岔路的指引，來到一個稍微寬敞的空間。雖然是洞穴內，卻感覺就像是堆了碎石的河邊。

千早舉起燈籠想要找路，驀然咻地倒吸了一口氣………

在異樣形狀的岩石之間，隱約有一個駝背的人影。

「渾蛋……！」

雪哉正想撲打過去，茂丸急忙抓住了他的手臂制止。

「雪哉，你不要衝動，這裡就交給皇太子殿下，難道你忘了來這裡的目的嗎？」

雪哉這才發現自己太衝動，很不像平時的作風，他冷靜地退了下來。

那個人形的動物似乎被雪哉的氣勢嚇到，瑟縮地躲到岩石的後方，過了一會兒，才戰戰兢兢探出頭。

「烏鴉之長……金烏嗎？」

低沉沙啞的聲音說出的，正是御內詞。

「對，吾就是金烏。」皇太子在警戒的同時，不疾不徐地告知身分。

那個動物聞言慢慢從岩石後方走了出來。

「所以你看了信。我是小猿，我不會危害你，我想見你，想和你說話。」

一個矮小的老人熱切地說著話。

鬼火燈籠蜜柑色的光線，照亮了他的蒼白色身影。他身上穿著用深灰色富有光澤布料製作有點像淨衣的衣服，白髮稀疏，臉上滿是皺紋，雖以人形現身，看起來仍是猿猴。

「我們依約來到這裡，請你先把治真還給我們。」

雪哉立刻切入正題，繃緊了身體警戒著。

「男孩？」小猿不知為何露出快哭出來的表情。「男孩，沒事，沒有受傷。」

「真的嗎？」

「真的。回家了，在這裡。」

小猿正準備邁開步伐，瞧見茂丸手上的東西，搖了搖頭。

「這個不行。前面有吃烏鴉和人的猿，食人猿不知道路，有這個，就知道路。」

那是為了能夠順利找到回程的路，茂丸一路拿到這裡的女郎蜘蛛絲線團。

茂丸大致理解小猿想傳達的意思，舉起了線團。

「所以你的意思是，前面有食人猿，牠們並不知道這條路，但如果發現這些線，就會被識破嗎？」

「對，吃人的猿。」

小猿說話的樣子，好像牠並不是食人猿

「……你不是食人猿嗎？」皇太子歪著頭疑問道。

「不是，我不會害你。」

小猿明確說完，毫無防備地轉過身，匆忙地往深處走。

皇太子趁猿猴不備，向雪哉使了一個眼色，雪哉用力點了點頭。

其實當這傢伙一口開說話，雪哉就察覺到了，皇太子的預感完全正確，這傢伙就是之前在涸井中曾經交談過的猿猴，和襲擊山內的巨猴屬於不同的個體。

茂丸按照老人的指示，把線團藏在岩石後方後，一行人跟著老人往前走。

沒多久，小猿離開了水域，默默走在乾燥的洞穴內好一會兒，突然轉過頭來。

「接下來要小聲，要小聲。」

說完，他走進岩石後方一個如果沒有人指引，無法輕易察覺的洞穴。之前所走的都是自然形成的通道，但走進那個洞穴之後，變成了顯然經過整理的道路。

那似乎是一條通道。正當雪哉這麼暗忖時，前方出現了一個體格壯碩的年輕人。

所有人都以為是食人猿，紛紛拿起武器時，只見年輕人露出極其不悅的表情攤開雙手，表示自己手上沒有武器。

「他沒問題，所以你們，小聲。」

雖然小猿這麼說，仍無法消除他們的警戒。

「雖然他不會說烏鴉的話，他負責監工……監獄？監牢……？」

小猿努力想要說明，卻卡住了。

雪哉看著小猿拼命歪著頭思考的樣子，不由自主地出手相助。

「你該不會想說監視？」

「對！監視。他監視，放心。跟我來，趕快。」

小猿轉身在通道上小跑了起來，一行人拿著武器，跟在小猿後方奔跑，而那個年輕人則向他們揮著手，目送他們遠去。

跑了一會兒，便來到了目的地。

「到了，是這裡。」

小猿手指的地方被一片枯藤蔓覆蓋。

一時無法理解「這裡」是怎麼回事，不過仔細觀察後，發現枯藤蔓後方是一道對開的門，只是門已經損壞了。

牆壁鑿岩而成，門是用鐵釘和木頭做成的。牢固的門被人從外側用斧頭砍壞，而且枯藤蔓都是從破損的地方交錯著冒了出來。門的後方應該有一個像房間的空間，因為被枯藤蔓擋住，無法窺探裡面的情況，也不知道該如何進入。

小猿趴在地上，鑽進藤蔓的下方，然後從門上破損的地方走進去。

事到如今，沒有理由再猶豫不決了。為了以防萬一，茂丸被留在原地監視周圍。雪哉一行人像在糾纏的藤蔓中游泳般，尾隨在小猿後頭。

從壞掉的門走進房間，雪哉在藤蔓中站了起來，舉起鬼火燈籠一照，發現天花板很高。而且這裡與其說是房間，更像是鑿岩打造而成的大廳。

這個大廳差不多有勁草院大講堂一半大小，牆上和地上都覆蓋著枯藤蔓，在大廳中央附近，有一個人影被藤蔓包圍，無力地躺在地上。

「治真！」

看到治真一動也不動，雪哉整個心都揪了起來，他急忙跑過去，確認治真的呼吸。

「別擔心，他只是在睡覺。」小猿平靜地說。

治真的確有呼吸，也有心跳，雪哉這才放下心來。他轉過頭，向大家點了點頭，跟在後頭走進來的皇太子和其他人也都鬆了一口氣。

重新打量昏睡的治真，發現他身上蓋著乾淨的白色衣服，旁邊放著裝了水的竹筒，和看起來像丸子的食物。

「這個食物該不會？」澄尾緊張地詰問。

「不是！是樹果做的食物，不是肉。」小猿立刻否認道。

所有人的視線都集中在小猿身上。

「吃人肉，身體，會變大，但變笨。大家都變笨。」小猿壓低聲音努力解釋。

「你的意思是說，猿猴吃了人肉雖然會變強壯，但也會因此變得愚蠢嗎？」

「對。」

「所以你……沒有吃人肉？」

「不吃。變笨。」小猿語氣堅定地對澄尾說，然後慢慢彎下身體，竟然深深地鞠躬。

「……利用男孩，很可憐。不好。我錯了，我內心感到抱歉。」

他道歉的話說得很流利，不像之前只是用不完整的單字拼湊出句子。

「你為什麼會說御內詞？」皇太子歪著頭提問。

「學習。很久以前。很久很久以前。」小猿抬起頭說道。

「向誰學的？」

小猿聽到這個問題，默然不語地凝視著皇太子的臉，看到皇太子訝異的表情，悵然地垂下了肩膀。

猿猴遵守了約定，治真平安無事，目前也感受不到猿猴試圖加害的跡象。事到如今，越來越搞不清楚眼前這個小猿的意圖。

「既然你感到抱歉，為什麼要做這種事？」

「必須。」小猿立刻回答了這個問題。「其實，很久之前就想見你，但沒辦法，見面。以前有路，現在沒了。」

「你是說，以前猿猴和八咫烏之間有交流？」

「對！」

皇太子一時之間說不出話來。

「一起供奉山神，很自豪，生活富足。」小猿頻頻點頭，說話再度流暢起來，接著又嘆了一口氣。「吃烏鴉的猴子，都是吃人的猴子，食髓知味，就變了調。」

之前不會這樣。小猿說完這句話，撥開了藤蔓，走到和進來的門相反方向的牆壁。

「這就是路。」

仔細一看，小猿拍打的地方雖然被藤蔓遮住，卻不是牆壁，而是一道門。只不過比那道遭到破壞的門更大了兩圈，一整面都是一道對開的門，看起來有點像朝廷的大門。

「這個，打開。你打開。」小猿嚴肅地正視著皇太子。「後面是烏鴉的家，猴子，打不開，你打開。」

猿猴無法打開這道門，但你可以，所以請你打開這裡。

「……這就是你的目的？」

「是的。」

「為什麼？」

「因為必要。這樣下去，不行。大家會死，但是，還來得及。」

皇太子聽了這番聳動的話，俊眉一擰，小猿著急地繼續說了下去。

「山神會完蛋，烏鴉、猴子全都會完蛋。打開這條路，會好一點。」

「等一下！山神和這道門有什麼關係？你再說得更清楚些，我聽不懂你說的意思。」

「我知道的，也不多。但是，有做比不做好。快打開。」小猿催促著皇太子。

「殿下，請等一下。」雪哉從後方厲聲制止。

「怎麼了？」

皇太子回頭看向雪哉，只見他指著剛才走進來的那道門附近的某一點。

「您不覺得曾經在哪裡見過這些藤蔓的生長方式嗎？」

雪哉一踏進這個空間，就一直很在意這件事，仔細打量之後，發現蔓延了整個房間的藤蔓，是以幾個地方為起點擴散。

皇太子理解了雪哉的意思，打量起周圍，澄尾也走到起點附近確認。

「這是箭，雖然箭有點腐爛了，但這是從陳年的箭上長出來的藤蔓。」

皇太子身為真金烏的能力之一，就是具備了使用藤蔓修補山內結界破洞的能力。在修補時會使用樹枝做的弓，和箭頭是石頭的箭。

「……這裡被誰用結界保護起來了嗎？」

「似乎是這樣，無論是誰做了這件事，既然和你有相同能力的誰關上了這道門，是否具有某種意義？」

雪哉謹慎地叮嚀：在瞭解其中的意義之前，真能輕易破壞結界嗎？

「小猿，可以請你告訴我們，是誰，又基於什麼目的，打造了這個結界嗎？」

雪哉質問的口氣十分嚴厲，小猿卻沉默不語，沒有回答。

皇太子在大廳內走來走去，四處觀察著，當看向小猿所在的那道門的下方，頓時整個人愣怔在原地。

「怎麼了？」澄尾疑惑地問道

當他走向皇太子，順著皇太子的視線望去，從喉嚨深處發出了驚叫聲。

雪哉見狀，急忙將治真交給千早後跑了過去，定睛一看，整個人愕然地瞪大眼。

那是一具已經乾枯的遺骸。

那具遺骸坐靠在緊閉的門上，雖然沒有腐爛，皮膚卻極度乾躁，僅勉強黏在骨頭上，身上穿著像袍子般的衣服，已無法分辨原來的顏色。只剩下皮包骨的手上握著弓，一頭長髮綁了起來。

轉過頭，看著遺骸面對的方向，這具遺骸果然位在成為結界起點那支箭的對角線上。

「看來是這位老兄建立了這個結界。在建立結界之後，馬上就因為某種原因死亡。」

雪哉檢查完乾枯的遺體後，轉過頭，一時說不出話來。

只見皇太子緊抿著唇瓣，面色一片鐵青。

「殿下？」

皇太子踉蹌地走向遺骸，伸手觸摸著遺骸的臉。

「那是我。」

「啊？」

「這具遺骸是我。」

雪哉感到不寒而慄，同時恍然大悟。

「這具遺體是上代真金烏？」

「你恢復了記憶嗎？」澄尾錯愕地問道。

皇太子沒有回答澄尾的問題，銳利的目光打量著周圍。

「不對……不，沒錯，吾的確死在這裡。因為吾覺得必須保護吾的眷屬和八咫烏。只是一心想著要保護他們。」皇太子嘴裡不斷喃喃自語，猛然驚愕瞠目。「慘了！」

「怎麼了？」

「不能留在這裡，這道門也不能打開。趕快沿著來路回去！」

「不行！不能逃！」小猿焦急地大聲叫了起來。

澄尾立刻擋在猿猴和皇太子之間，以免皇太子受到危害，並和猿猴保持了距離。

小猿見狀，露出了絕望的表情。

「這應該，是最後了。這次不行，就沒有機會。你逃走，所以不行。你又要逃走嗎？」

小猿起初要他們小聲，說到最後時，幾乎扯著嗓子嚷叫。

這時，藤蔓外傳來了奔跑的腳步聲和茂丸的呼喚聲。

「剛才那個傢伙帶了很多猿猴來這裡！」

「什麼？」

「還隔一段距離，不過時間不多了。」

「可惡，果然是圈套嗎？」澄尾咂著嘴。

「不必慌張，只要逃回留下線團的地方，我們還有機會。」雪哉冷靜地判斷。

「能夠撐到那裡嗎？」皇太子瞥了他一眼問道。

「距離並不會太遠，我們這些人完全有機會能正面突破。」

「但是，」

並沒有把失去意識的治真計算在內。皇太子將後半句話嚥了回去，因為一開始就料到可能會有這樣的結果。

「我們的任務是讓您平安回到山內，治真就交給我。」

皇太子默然地望著雪哉。

「我已經做好了心理準備。」雪哉毅然地點點頭。

「殿下，請做出決定。」澄尾急切地請求道。

「來這裡的猿猴，很多，笨猿猴，壯猿猴，可能有人會死。只有一個方法救你們。」在皇太子開口之前，小猿輕聲地咕噥著，接著抬起了頭，用謹慎的語氣說道：「打開門，從那裡出去。」

「你一開始就打算讓其他猿猴攻擊我們？」皇太子寒著臉沉聲質問。

猴子露出淡淡的苦笑說：「我說過，不會，危害你。不想害你。你們，可以從，這裡回去。大家都沒事。所以，開門。」

「沒這個必要！」雪哉在說話的同時，扭住了猿猴的手臂，將他按倒在地。「剛才只是在討論雙方交戰的情況，現在牠在我們手上，可以把牠當人質。」

正因為這樣，所以才會跟著猿猴來到這裡。

剛才擦身而過時，就發現那個像是猿猴變成人形的年輕人，在張開雙手時，向這個老人行了注目禮。老人可能以為沒有人看到，悠然地點了點頭。從這個老人身上的衣服判斷，牠在猿猴中應該有相當的地位。

這個老人絕對有作為人質的價值，即使成功地把金烏引誘到這裡，他也犯了大錯。

沒想到臉埋在藤蔓中的小猿，發出了乾笑聲。

「不可能。來這裡猿猴，會殺我。」

「什麼？」

「食人猿，不食人猿，不一樣。我想見你們。猿長，不想見。」小猿說話的聲音帶著一絲寂寞。「我背叛猿長。猿長不，原諒我。」

這是故弄玄虛嗎？雪哉難以判斷，抬頭看向主公。

皇太子目不轉睛地盯著小猿的臉。

「……雪哉，你放開牠。」

雪哉聽從命令，鬆開了手。

小猿緩緩直起了身體，但並沒有站起來，而是呆坐在地上。

「我問你，你曾經見過吾嗎？」

「你，記得我？」小猿聽了皇太子的問話，驚喜地抬起頭。

然而，皇太子卻好像在忍著疼痛般按著額頭。

「……不知道，吾只知道以前曾經在這裡經歷了可怕的事，然後死在這裡。不知道為什麼，吾覺得認識你。」

小猿聽了皇太子這句話的瞬間，原本混濁的雙眼中亮起了理智的光芒。

「請相信我，我不會危害你，不會危害尊貴的你。我跪著求你，請你從這裡離開！」

「牠們已經逼近了！而且還拿著弓。」茂丸從藤蔓下方鑽過來警告。

「所有人各就各位。」

隨著澄尾一聲令下，千早和茂丸站在皇太子和入口之間，拔出了刀。

外面傳來了猿猴的叫聲和沉重的腳步聲。

沒時間猶豫了！既然對方有弓箭，站在這裡會變成明顯的目標，必須趕快決定要開門，還是正面對決衝出去，然後採取行動。

雪哉猶豫著哪一個才是正確的決定？

「真金烏陛下。」雪哉下定決心，對著自己的主公說道：「事到如今，已經不是用冷靜分析的時候。我們會聽從您的判斷，無論發生任何事，都不會怨懟。請陛下做出決定！」

皇太子在緊繃的氣氛中看著雪哉、小猿，和站在周圍的護衛，以及躺在地上的治真，他靜靜地做出了決定。

「開門！」

皇太子把手放在門上的瞬間，立刻感覺到一陣刺痛，手掌吸起了好像蜘蛛網般包圍那道門的東西。

那是之前的金烏留下的強烈意念——絕對不能打開這道門。

皇太子回想起的記憶極度扭曲。

到底是什麼可怕的狀況？為什麼必須關上這道門？

混亂的記憶，讓皇太子完全摸不著頭緒。

然而，讓他下定決心，要做出與前任金烏不一樣的決定，其理由很簡單，即使他還沒完全搞懂所有狀況，但只有「**小猿真的不想危害自己**」這件事是千真萬確。

這樣也算是真金烏！皇太子用這句無法讓別人聽到的真心話自嘲後，用力握著手，接著感受到肉眼看不到的東西彎曲扭動。他手上握著這些肉眼看不到的東西，將手臂用力向後一拉，感覺到撕開了肉眼看不到的網子。

停頓了一下後，覆蓋在他前一刻碰觸的那道門上的藤蔓，開始冒出了嫩芽，枯萎的藤蔓突然帶著春天萬物萌芽的精氣，迅速變成了綠色。新的藤蔓以驚人的氣勢在房間內蔓延，鮮嫩的綠葉不斷生長，長滿了含苞待放的紫色花苞。

「開門！」

皇太子再次下令的瞬間，花苞盡情綻放，室內瀰漫著甜蜜的芳香，綠色的葉子發出了沙沙的聲音。甦醒的綠色藤蔓開始移動，離開了那道門。每一根藤蔓就像有生命般，而且完全理解皇太子的命令。

已經趕到大廳前的猿猴，發出了嘶吼的猿叫聲。

定睛一看，大廳內的所有藤蔓都生機勃勃，不知是否感受到皇太子的意志，壞掉的門附近的藤蔓特別茂密，擋住了猿猴的去路。

「太震撼了。」

雪哉委婉地表達讚賞，而茂丸和千早第一次見識到真金烏的力量，整個人目瞪口呆。

皇太子並沒有為此感到得意，轉身面對呆愣在一片紫花中的小猿。

「你剛才說，即使你回到他們那裡，也會被殺掉。」

小猿恍然若失地抬頭看著皇太子。

「你要不要跟我們一起走？」

「走……？」小猿瞠大了眼睛。

「我們有太多不知道的事了。不知道以前發生了什麼？這裡又發生了什麼事？很希望你可以告訴我們。」

小猿的嘴唇顫抖著，好像快哭出來，他搖搖晃晃地站了起來，張嘴打算說話的瞬間，覆蓋在壞掉門上的藤蔓被猿猴用力一一扯開了。

突然，被扯開的藤蔓縫隙中，有什麼東西一閃。

「殿下，小心！」

澄尾和雪哉立刻衝上前，但那支箭並沒有射向皇太子，而是直直射中小猿的後背。

小猿茫然地看著胸口冒出來的箭頭，然後又看向皇太子，輕輕地笑了起來。

「再見！」小猿費盡全力說出這句話。

猿猴的怒吼聲響起，原本堵住入口的綠色藤蔓快被完全扯掉了。從縫隙中，可以看到猿猴拿著弓箭瞄準這裡，下一剎那，箭就像雨點般地飛來，所有八咫烏閃避著飛箭。

在危急之中，皇太子把手伸向那道門，門立刻被打開，他快速滑進門內的同時，也將往後倒下的真金烏遺骸拉向自己。此時，背著治真的雪哉也衝了過來，而茂丸和千早在確認所有人都進來之後，迅速從兩側將門關起來，皇太子旋即上了鎖，隔絕門外的叫囂聲。

周遭只聽得到急促的呼吸聲，因為所有人暫時都說不出話來。

「……我們回到山內了嗎？」茂丸語帶遲疑地問。

「對，好像是這樣。」澄尾擦著汗喘著粗氣回答。

圓形的大廳內排放著石棺，石棺湧出清澈的水。

站在遠處的神官看到他們的身影，個個發出了驚叫聲。

澄尾一臉笑不出來的表情，確認了目前的所在地。

「這裡是〈禁門〉。」

「真難得，小猿在啊！你剛來這裡嗎？」

那個聲音帶著爽朗的笑聲。

「你還沒有學會我們的語言嗎？要不要吃點心？」

也許他這麼說只是心血來潮，但他的確對自己很好。

正如周圍的那些傢伙所說，並非全都是壞人。

因為他很英俊瀟灑，所以不想恨他，所以自己做了力所能及的事。

懷念的夢中斷了……

回過神，聞到了紫藤花的香氣和身上的血腥味，不會覺得痛，只感到冷。

探頭看著自己的，正是自己曾經全心付出，最後選擇背叛的尊貴猿長。

「你真是亂來，時機不是尚未成熟嗎？」

昏暗的視野中，自己的確聽到了這個聲音。

「話說回來，如此一來，就不必費力打破這道門了，這件事必須感謝你啊！只要時機成熟，用合乎禮節的方式打開這道門，或許也不錯。」

雖然感覺到鮮血從嘴裡流出來，仍然費力想擠出聲音。

「千、千萬別再做這種事了，同、同胞因為吃了人，越、越來越愚笨了……照此下去，不、不僅八咫烏，就、就連我們也……」

「那又怎麼樣？這不是早就知道的事嗎？」

「請務必重新考慮，請、請……」

不知道自己是否發出了聲音，但曾經敬愛的猿長已經不打算聽了。

「啊，金烏，真期待啊！再等一下，再稍微等一下，我將親自去迎接你。」

猿長喜孜孜地自言自語的聲音越來越遙遠。

「請……」

好冷！意識消失了。

得知猿猴就在中央山深處，而且是〈禁門〉的另一端，朝廷陷入了前所未有的混亂。

〈禁門〉目前已經上了鎖，很難說可以徹底防止猿猴闖入。於是，派人二十四小時監視，並加派大批兵力實施戒嚴體制，以防猿猴闖入。

由於宮中不知道何時會出現猴猿，已無法繼續在宮中處理政務。因此，朝廷決定將處理政務的功能，暫時遷離中央山。

正當有錢人爭先恐後逃離中央山，前往外地落腳之際，〈禁門〉前正在舉行一場儀式。

繡了金線的漂亮白袍，和鑲嵌了寶石的黃金頭冠。乾枯的遺骸完全撐不起這身豪華的裝扮，非但無法讓人心生悲傷，甚至覺得有些滑稽。

然而，看到這一幕的人並不多。原本應該舉國參加的這場葬禮，如今只有皇太子和長束兩名貴人。代理金烏、皇后和四家的大臣都缺席，〈禁門〉前冷冷清清。

在奉獻給山神的肅穆祈禱聲中，神官將遺骸放進了屬於祂的地方。

空棺終於迎接了主人——上代真金烏那律彥，在約一百年後，終於回到了山內。

當石棺豎在〈禁門〉旁，石棺立刻湧出了水。

應該在百年前舉行的葬禮結束後，雪哉看向主子，皇太子仍是滿腹心事，愁眉不展。

看到皇太子默默搖著頭，雪哉知道他的記憶幾乎沒有太大的變化。

「那律彥讓博陸侯景樹，景樹逃走了。」

一回到招陽宮，皇太子幽幽地對著雪哉道出破碎的記憶。

「他知道如果只是按正常的方式把門鎖住，是行不通的。不但無法阻擋來自〈禁門〉另一端的威脅，也無法保護八咫烏，所以他讓景樹逃走，自己留在那裡封印〈禁門〉。」

皇太子驀然感到怔忡不安，視線飄忽起來，

「只是不知道為什麼會發生這種情況？」皇太子沉重地雙手捂著臉。

勉強回想起來的些許記憶，比完全想不起任何記憶，更加折磨皇太子。

雪哉為自己的無能為力感到懊惱，並非只有他，而是任何人都幫不了皇太子。

「〈禁門〉另一端的威脅是猿猴嗎？」

「……不知道。」

上一代金烏如此懼怕，想要逃避的到底是什麼？

溫熱的風吹落了桃花花瓣，吹向灰色的天花。翻騰的烏雲閃著白光，不時發出彷彿震撼大地的轟隆聲。春雷響起，雖然沒有下雨，卻是十足的壞天氣。

雪哉隔著窗戶，一動也不動地看著天空，想起第一天來到勁草院，是晴空萬里的天氣。

上一代真金烏的葬禮之後，勁草院舉辦了比原計畫更小規模的畢業典禮，地點就在勁草院的大講堂。

皇太子、長束和院長坐在前方，路近、澄尾和明留守在後方。教育這些畢業生的清賢、華信和其他教官排成一行，整齊列隊的院生比不久之前少了一些。

猿猴事件後，許多貴族階級出身的院生都離開了勁草院。雖然那些人遲早會離開，但看到他們一下子離開，難免有些感慨。

已經恢復健康的治真挺直腰桿，站在萱兒的最前排。

從山內回來後不久，治真就平安地甦醒過來，他一時無法置信自己昏睡期間發生的事。

「我只記得在隧道內遇到了猿猴，當我轉身想要逃走時，頭部遭到重擊。」

治真的身體雖然濕了，除了頭部腫起以外，並沒有其他外傷。由於他從頭到尾都失去意識，而且水底也沒有他的腳印，不難想像是猿猴抱著他走路。

雪哉猜想，是那個監視的年輕猿猴擄走了治真。只是年輕猿猴再怎麼身強力壯，那條通道垂下了很多鐘乳石，連正常走路都有困難，又抱著一個人，然而治真完全沒有受傷，顯然沿途都很小心。

雪哉想起治真昏睡在那裡時，身上蓋了一件衣服，而且旁邊也有食物，實在越來越難以理解試圖和八咫烏接觸的猿猴，到底在想什麼？

雪哉回想著這些事，畢業典禮在肅穆中持續進行。

當初和雪哉一起參加入峰典禮的有四十四人，順利畢業的只有八名。

畢業生將珂仗歸還給院長後，皇太子和院長交換位置，親自將真正的太刀授予每一位畢業生。成績排名較後的畢業生先被叫到名字，接受皇太子授予的太刀。

「第三名，風卷的茂丸。」

茂丸被叫到名字後，落落大方地走上前，皇太子將太刀遞給了他。

「欣聞你劍術高強，品行清高，不驕不躁，為肩負重任感到自豪。吾希望和你一起保衛八咫烏，你意下如何？」

「樂意之至。」

「特此任命你為山內眾，護衛招陽宮，好好努力！」

「是！」

茂丸恭敬地接過太刀。

「第二名，南風的千早。」

千早靜靜走上前，向皇太子微微鞠了一躬。

「欣聞你武術均優，實力出類拔萃，關懷弱者，面對強權不屈不撓，吾希望和你一起保衛八咫烏，你意下如何？」

「樂意之至。」

「特此任命你為山內眾，擔任吾的護衛，好好努力！」

「是！」

千早面不改色地接過太刀，回到隊伍中。

終於輪到最後一人，準備被叫名。

「第一名，垂冰的雪哉。」

當雪哉被叫到名字時，治真用力吸了一口氣。雪哉橫瞥了一眼比自己更激動的學弟，站在早就已經決定追隨的主子面前。

「欣聞你武術精湛，擅長弓箭，具備了前所未有的用兵才華。吾為你出現在這個時代、出現在這裡感到無上幸運。希望你能夠用吾無法做到的方法幫助八咫烏，你意下如何？」

「樂意之至。」

「特此任命你為山內眾，擔任吾的護衛，以及山內眾的作戰參謀。」

雪哉聽著皇太子淡然的話語，鞠了一躬。

「我會好好努力！」

雪哉嚴肅地接過太刀，佩戴在身上，已經習慣珂仗的身體感到格外沉重。

轟隆隆！宛如天空低吟般的雷聲中，皇太子站在大講堂的上座。

「暴風雨要來了。」

皇太子沉靜地看著並排坐在前方的山內眾新成員。

「在不久的將來，將會和猿猴交鋒。朝廷不得不放棄之前的形式，山內整體也必須改變，但是……」

皇太子的聲音既響亮又清澈，完全感受不到他曾經在宮中苦悶不已。

「吾向各位發誓，只要吾身是金烏一天，必定會保護包括你們在內的山內所有八咫烏，為你們抵擋所有風雨，所以希望你們能夠保護吾身為金烏的生命。」

皇太子在講堂內所有視線的注視下，露出了一抹輕笑。

「吾相信你們，交給你們了。」

皇太子的語氣從來不曾像此刻這般平靜。

「是！」

山內眾的新成員用三年期間，不知曾經重複過多少次的動作，向主公奉上了第三隻腳。

寬烏十一年，櫻月時分。

八咫烏再度遭到猿猴闖入翌年，朝廷功能完全遷至離宮〈凌雲宮〉內。

政務場域移動初期，曾導致諸多混亂，但並未花費太長時間，即恢復了朝廷功能。

日嗣之子奈月彥伺機展開大規模改革。

來自勁草院的多位年輕英才成為改革主力，其中包括西本家和北本家的子弟。

日嗣之子獲四家中兩家支持，成功確立了以自己為中心的政治體制。

山內在新體制下開始運作之際，即將發生前所未有的大地震。

（本卷完）

空棺之烏【八咫烏系列・卷四】

作　　者　阿部智里 Chisato Abe
譯　　者　王蘊潔
發 行 人　林隆奮 Frank Lin
社　　長　蘇國林 Green Su

出版團隊
總 編 輯　葉怡慧 Carol Yeh
日文主編　許世璇 Kylie Hsu
企劃編輯　許世璇 Kylie Hsu
責任行銷　朱韻淑 Vina Ju
　　　　　姜期儒 Rita Chiang
封面設計　許晉維 Jin Wei Hsu
版面構成　譚思敏 Emma Tan

行銷統籌
業務處長　吳宗庭 Tim Wu
業務主任　蘇倍生 Benson Su
業務專員　鍾依娟 Irina Chung
業務秘書　陳曉琪 Angel Chen
　　　　　莊皓雯 Gia Chuang

發行公司　精誠資訊股份有限公司
　　　　　悅知文化
　　　　　105台北市松山區復興北路99號12樓
訂購專線　(02) 2719-8811
訂購傳真　(02) 2719-7980
專屬網址　http : //www.delightpress.com.tw
悅知客服　cs@delightpress.com.tw
ISBN : 978-986-510-212-8
建議售價　新台幣３６０元
首版一刷　２０２２年06月

國家圖書館出版品預行編目資料

空棺之烏 / 阿部智里Chisato Ab 著；王蘊潔譯. -- 初版. -- 臺北市：精誠資訊, 2022.06
　面；　公分
ISBN 978-986-510-212-8 (平裝)
861.57　　　　　111004031

建議分類｜文學小說・翻譯文學

※書封插畫設計：名司生 Natsuki